노비 종친회

노비 종친회

제1판 1쇄 2022년 9월 19일

지은이 고호
펴낸이 이경재

펴낸곳 도서출판 델피노
등록 2016년 8월 11일 제2020-000082호
주소 서울시 양천구 신정중앙로 86, 덕산빌딩 5층
전화 070-8095-2425
팩스 0505-947-5494
이메일 delpinobooks@naver.com
ISBN 979-11-91459-35-7 (03810)

고호 장편소설

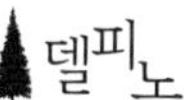

목차

노비(奴婢)
: 전근대사회에 최하층 신분을 이르던 말

종친회(宗親會)
: 성과 본이 같은 부계의 친족 모임

1장 수단

오늘날에는 모두가 자신의 신분을 떠난다
그들 모두는 상승했거나 아니면 상승했다고 믿는다

쥘 미슐레 『민중』

1

'조상 잘 둔 사람은 명절에 해외여행 간다.'라는 개똥같은 말이 언제부터 퍼졌는지에 대해 봉달은 한쪽 다리를 덜덜 떨며 생각에 잠겼다.

'죽고 없는 조상신에게 때마다 전이며 생선, 과일까지 바치고 절을 해도 좀처럼 나아지지 않는 살림을 조롱하는데서 시작된 말이긴 한데... 아무리 생각해도 개똥같단 말이야... 빨간 날에 민족 대이동하는 우를 범하는 건 하수나 하는 짓인데.'

이번엔 반대쪽 다리를 떨며 생각했다.

'진짜 조상 잘 둔 사람은 남들 다 일 하는 평일에 놀러 다니지.'

봉달은 확신으로 가득 찬 얼굴로 고개를 끄덕였다. 저만치 공항 에스컬레이터에 오르는 4인 가족이 그 훌륭한 본보기라 여기며. 180cm쯤 되는 훤칠한 남자가 아메리칸 투어리스터 대형 캐리어 하나와 배낭 가방을 걸머지고, 그 뒤로 작은 캐리어 하나를 끄는 아내, 토끼 인형을 든 두 아이의 뒷모습이 차례로 이어졌다. 멀리서 봐도 여자는 모델 빰치게 잘 빠진 몸매와 얼굴엔 지지고 볶고 사는 주름이라곤 찾아볼 수 없이 탱탱하다. 무엇보다 일상의 풍요가 가져다

준 결과물이 틀림없다. 아이들은 상황에 익숙한 듯 신나서 영어를 섞어가며 저희들끼리 뭐라 뭐라 옹알댄다. 평일 오전임을 감안하면 영락없이 해외여행에 들뜬 중산층 가족의 모습이다.

꼬르륵. 남의 눈에 띌세라 이 더위에 첩첩 껴입은 옷을 뚫고 뱃속에서 뇌성이 울렸다. 도피하는 와중에도 배는 고프다니. 등산 모자를 꾹 눌러쓰고 마스크를 잔뜩 올려 쓴 채로 한 칸밖에 남지 않은 배터리에 쫓겨 1층에 있는 24시 무인 편의점으로 이동했다. 이제 전국 도처에 깔린 게 무인상점들이다. 무인카페, 무인 아이스크림점, 무인 편의점. 결국 인간이 설 자리는 없다. 현대 사회는 점점 하나부터 열까지 있는 놈들을 위한 사회로 변해가고 있다. 그러다 문득, *"5년째 월급이 180만 원이에요!"*하며 미련 없이 사표를 던지고 떠난 경리가 떠오르자 쓴웃음만 났다. 이번 휴가만 끝나면 올려주려고 했는데. 다만, 경리는 그것이 실현되지 못하리라는 걸 알았고 봉달은 회사가 망할 줄은 몰랐을 뿐이다. 단지 그뿐이다.

벽에 붙은 콘센트와 일심동체가 된 봉달은 사발면에 물을 붓고 기다리며 마지막으로 통화버튼을 눌렀다. 자- 아무 지푸라기나 걸려라.

삼촌도 참. 저한테 그만한 돈이 어디 있어요?

2어억? 2천이라면 어떻게든 마련해 보겠는데... 이거 어쩌지?

빌려야 주고 싶죠. 근데 형님도 알잖아요. 나 저번에 몰래 코인 하다 말아먹어서 그 후로 카드며 인증서까지 죄다 우리 와이프가 쥐고 있는 거.

연결이 되지 않아 소리샘으로 연결하오니...

모멸감에 온 몸이 화끈거렸다. 주식 소스 알려줘서 삼천만 원이나 이익 본 군 동기, 코로나 시국에도 병문안을 갔던 거래처 친한 지인, 대학 들어갈 때까지 꼬박꼬박 용돈 쥐여줬던 조카놈, 심지어 부친상 때 발인까지 함께 해줬던 이십 년 지기에 아들딸 결혼식에 모친상에 환갑, 고희연까지 꼬박꼬박 가줬던 친구는 결국 이것밖에 안 된 인간들이었나? 그간의 숱한 인연들이 오늘날 고작 '돈'이라는 허들 앞에선 함께 하지 못하는 무용지물이 되었을 때 인간은 비로소 인연 정리라는 작업에 착수한다. 지금처럼. 치졸해 보여도 하는 수 없다. 연락처에서 일일이 삭제 버튼을 누르면서 목 끝에서 울컥하는 것이 치밀었다. 그러다가 문득 경조사 때 서로 얼마가 오갔는지에 대한 케케묵은 과거까지 떠올라 속만 쓰라렸다. 어째서 인간들은 받은 만큼 토해낼 줄을 모를까. 됐다. 두 번 다신 보지 말자.

"잠시만요."

얼떨결에 앞을 막고 있던 모양새가 되자 반사적으로 뒷걸음질로 비켜섰다. 스물 남짓의 청년이 정수기에 물을 받는데, 귀에는 에어팟을 꽂은 채로 통화 중이었다.

- 나 요즘 공항에서 아르바이트하지. 편의점에 잠깐 밥 먹으러 왔어. 그나저나 걱정이다. 누난 전액 장학금으로 갔는데 난 이번 등록금도 걱정이야. 우리 엄마? 뭐 하러 말해. 안 그래도 며칠 전에 다치셨거든. 괜히 돈 걱정만 끼치지 뭐.

청년의 통화 내용을 안주 삼아 설익은 면을 젓는 봉달의 손길이 느릿느릿 어딘가 기운이 빠져 있다.

- 어떻게든 마련해 봐야지. 아르바이트를 하든, 대출을 받든... 엄마한테

폐 끼치고 싶지 않아. 그동안 나랑 누나 뒷바라지하느라고 마음 놓고 병원도 못 갔는데...

순간, 청년의 모습에서 딸 민정이가 아른거렸다. 이대로 혼자 홀연히 사라져 버리면? 딸은? 일 년만 있으면 대학생이 될 딸이 등록금 걱정으로 발을 동동 구르며 혼자 도망쳐 버린 아빠를 원망할지도 모른다. 아침잠이 많아 지각하기 일쑤인 녀석이 새벽같이 일어나 택배 상하차 아르바이트를 할 수도 있고, 야간에는 편의점에서 쉴 새 없이 바코드를 찍고 물걸레질을 할지도 모른다. 최악의 경우에는 야간 범죄에 노출될 가능성도 배제할 순 없다. 모두 사업이 망해 도망쳐버린 무능한 가장 때문에. 어쩔 수 없다. 그것도 지 복이려니.

눈물이 뚝뚝, 라면 국물의 염분을 더했다.

* * *

전북 고창군 성송면 하고리.

해가 뉘엿뉘엿 지자 모기떼가 기승을 부렸다. 산중이라 더 그랬다. 구우- 구우- 하고 산새 우는 소리와 끝까지 발악을 하느라 울어 재끼는 매미 소리. 산길을 오를 때마다 봉달이 쥔 검은 봉지에서 바스락거리는 소리가 거기에 묻혔다. 막걸리와 북어포다.

쭉 올라 어느 축사를 끼고 오른쪽으로 돌면 바로 선산이 보였다. 어릴 때 중간 중간에 길섶에 열린 산딸기를 따 먹는 재미에 엄니 손을 잡고 올라오던 곳. 여가 증조부고, 저가 고조부다- 하며 하나하나

일러준 덕에 잊지 않고 알아볼 수 있었다. 왼쪽부터 차례로 증조부, 조부, 그리고 그 앞이

"지 왔어요."

상석 위에 북어포를 죽 찢어 올려놓고, 막걸리를 따르려는데 종이컵을 산다는 것을 잊었다. 에라, 모르겠다 하며

"기양 자싯씨요."

평소에 엄니가 오며가며 관리를 잘했는지 잡초 하나 없이 파릇파릇한 무덤 위를 둘러가며 병째로 따랐다. 절을 올리고 그냥 앉으려다가 왠지 옆에 할아버지들의 산소가 신경 쓰인 봉달. 잠시 뜸들이더니 마지못해 그쪽에 가서도 절을 올렸다. 어느새 비지땀으로 겨드랑이까지 흥건해지자 털썩 주저앉는 봉달.

"가기 전에 담배나 하나 피고 갈란게요."

누가 본다고 양해를 구하듯 무덤을 돌아보며 손을 어설프게 흔들어 보이더니, 마른 입술 사이로 한 모금 깊이 빨아들였다.

처음 상경해서 일한 곳은 굴지의 제약회사였다. 영업사원으로 일하면서 초반 몇 달은 좋았다. 번듯하게 양복을 빼입고 전국에 의사들을 만나러 다니니 아무것도 모르는 사람들은 그것만으로도 멋있다-라는 반응이 주를 이루었고, 엄니가 시골 어른들에게 퍼뜨려 놓은 자랑은 수습이 불가할 정도로 불어나 있었다. 실은 죽지 못해 다녔다. 공부한 책의 양이 이렇게 사람을 갑과 을로 나눌 수 있구나, 하는 진리를 깨달았을 땐 늦었다. 이왕 상대하는 거 시약이 아니라 큰 걸로 한 번 겨뤄보자. 그래서 생각한 것이 미국 FDA에서 승인을 받았다는

당뇨 치료 장비. MRI 기계만큼이나 커다란 데다 미국 본사에 여러 번 출장을 다녀와야 할 만큼 고가의 전문 장비였기에 더는 의사들조차 거들떠도 안 보고 *"거기 두고 가세요."*라든가, 늦은 시간 병원 회식 자리에 불러내는 일 따위 하지 못했다. 거꾸로 의사들에게 장비 사용법에 대해 교육시키는 위치가 되어 버린 것이다. 국내에 대학병원 외에는 소수의 병원에서만 들여놓기 때문에 찾는 환자들의 수요가 절실했고, 의사들도 이번만큼은 꼼짝 못 했다. 거기서 희열을 느꼈다.

문제는 미국 FDA에서 승인을 받은 게 아니라, 승인을 받을 예정이었다는 점이다. '아' 다르고 '어' 다르고 계약서상에 단어 오류와 과대 홍보를 문제 삼은 병원들로부터 고소가 들어왔다. 동업자는 공금을 들고 날랐고, 미국 본사 역시 자국에서 재심의가 들어가는 바람에 한국의 총판 사정까지 도와줄 수가 없단다. 영업실적은 제로가 되다 못해 마이너스가 됐다. 거래처마다 대금 결제 독촉에 시달렸다. 이다지도 사는 게 첩첩산중일까. 더는 물러설 곳이 없었다. 그래서

"우짰든간에 이분만큼은 잘해볼라혔는디요. 솟아날 구녕이 읎은게요."

그러면서 봉달은 다 따르고 없는 막걸릿병을 입에 탈탈 털었다. 한두 방울 떨어지는 것을 무슨 미련에서인지 마른 혓바닥으로 갈구하듯 빨아 마시고는 옆에 미풍에 흔들리는 청단풍 나무 쪽으로 성큼성큼 걸어갔다. 그중 굵은 가지에 바지 뒷주머니에서 꺼낸 붕대를 칭칭 감았다. 단단하게, 떨어지지 않게, 한 번에 확실하게. 그러다 문득 눈물이 났다. 재수 없게 여편네가 남편 일찍 죽으란 것도 아니고

사망보험금이 웬 말이냐고, 물리쳤었는데 지금은 그 보험이 유일한 구명줄이 된 것이었다. 죽고 나면 사망보험금이라도 몇 억 타서 그걸로 민정이 대학 등록금과 당분간은 먹고 살 수 있을 것이다. 그 후엔 유족연금으로 아내 노후는 그럭저럭 대비는 될 테고.

뺨을 타고 흐르는 눈물을 애써 닦아내고 천천히 끈에 목을 거는데, 어라? 가만있어 보자.

'사망보험금이... 자살할 경우에도 나오나...?'

이러지도 저러지도 못하고 황소같이 큰 눈만 끔벅이던 그때,

"시방 이게 누구여? 너 봉달이 아녀?"

* * *

"휴가아아??"

사위어가는 주황빛 전구가 밝히는 부엌. 방 안에서 질그릇 깨질 듯한 소리가 새어 나오자 그 참에 몰래 찾아든 도둑고양이가 쏜살같이 왔던 길로 내빼고 만다. 어떻게 된 게 볼 때마다 키가 3cm씩 줄어드는 것 같은 엄니가 어이가 없다는 듯이 반문했다.

"문놈 휴가를 혼자 말두업시 산소로 온다?"

"아, 오면 안 돼?"

"뒷집 갱수아부지가 그러든디? 너 산소에서 혼자 술 처마셨담서? 뭔 청승이여? 갑자기 나타나선?"

"아, 됐어! 밥이나 줘. 배고파."

"꿩일 굶은겨?"

엄니는 힐난하듯 큰 눈을 위아래로 부라리더니 금세 부엌에서 되지도 않는 가스레인지를 몇 번 켰다. 이윽고 된장찌개 냄새가 스멀스멀 풍겼다.

"그나저나 엄니. 우리 일가 중에 뭐… 누구 잘 사넌 집 없을까아?"

"잘 사넌 집?"

기억을 더듬는 듯 눈을 희미하게 떴다. 그러면서 문갑을 괜히 소득도 없이 뒤지는가 싶더니,

"고거슨 워쩌그 묻는댜?"

"필요하니까 그렇지."

"긍게. 왜애?"

"아, 알어 몰러?! 말헐 기력도 없구만 자꼬 말시키고 그랴!"

"시방 전화두 없이 내려와 갖구 뜬금없이 지럴이냐, 지럴이? 오밤중에 뭔 염병헐 놈의 썬구라스. 그라고 산소에서 지랄을 해싼겨?"

어쩐지 칠흑같이 까맣더라니. 홈쇼핑에서 1+1으로 아내와 함께 구입한 구찌 선글라스를 대충 가슴섶에 껴두며 삐딱하게 앉아 눈을 피해 보지만, 엄니의 감각은 언제나 그랬듯 상상 그 이상이라는 것. 문간에 세워둔 캐리어 가방과 아들의 범상치 않은 옷차림은 일평생 궁벽한 산골 마을에서 나고 자라 백 리 밖을 나가보지 못하고 늙어가는 처지에도 확실히 수상쩍어 보인 것이다. 돌연 목소리를 낮추더니,

"또 먼 사고라도 쳤냐?"

"몰라."

양말을 벗어 아무 데나 휙 던지더니 대자로 누워버리는 봉달. 눌린 까치머리를 벅벅 긁으며 고단한 듯 포효 아닌 포효를 질렀다. 하루 종일 긴장한 채로 숨어 다니다 보니 눕자마자 척추가 우드득하고 재조립되는 기분이 들 수밖에.

"너 인자 또 사고 침 그 날로 민정 애미한테 이혼당햐...!"

시집 올 적엔 며느리 집안도 별 볼 일 없는 데다 키까지 짜리몽땅하다니 볼품없다고 드러내놓고 면박을 주신 엄니는 당신 아들께서 몇 번 사업 말아먹은 뒤로는 그런 얘기도 일절 입에 담는 법이 없었다. 오히려 수십 년 전, 친할머니가 제수용품 사라고 준 쌈짓돈을 동네 처녀 임신시켜서 데려온 외삼촌한테 방 한 칸 얻으라며 몰래 쥐어 준 것을 들켰을 때의 표정으로 며느리 앞에서 절절매곤 했다. 못난 아들 둔 탓에 처지가 역전된 것이다. 그런 와중에도 손수 담근 김장김치를 야무지게 챙겨주며 밉든 곱든 니 서방 아니겠냐, 사람이 늙고 나면 자식들 그거 다 소용없다, 서방이 최고다 라며 주워 이르는 것도 잊지 않았다. 그런 엄니 앞에 어떻게 망해서 거래처 대금 결제도 못 해 쫓기는 처지라고 털어놓을 수 있을까? 게다가 동업자가 공금 들고 날랐다는 이야기는 또 어떻게 털어놓고.

"궁금혀서. 두루두루 알고지냄 좋제. 요즘 시상은 돈이 양반인게."

"허기야."

엄니는 그나마 한시름 놓았는지 찌개와 찬 몇 가지 올라간 밥상을 주섬주섬 내왔다. 그러다 뭐가 떠올랐는지 다시 앉아 무릎을 '탁' 치며 말했다.

"아! 어저께야, 느 큰집서 전화가 왔시야."

"내일은 해가 서쪽에서 뜨겄네."

"국가기록협횐가 무신가. 거서 교수며 학자며 죄 온대네?"

"......"

엄니는 아예 생기가 도는 얼굴로 무릎을 쿡쿡 찌르며 말했다.

"지역마다 돌믄서 즈들이 옛날 골동품이나 기록물같은거 있음 무료로 감정해준단디."

"혹시 가품명품 그 방송 한다고 오는 건가?"

"방송국서 오는 건 아니구. 기냥 온댜. 집에 가보겉은거 있음 들고나와 보래네? 아까 낮에도 본게로 맨사무소에 전단지가 쫘악 붙었드라고. 포상도 해준다든디..."

"포상...?"

귀가 번쩍 뜨였다. 언젠가 TV 프로그램에서 스치듯 봤던 장면들이 불현듯 떠올랐다. 집에 굴러다니는 타구 그릇인 줄 알았던 것이 국내에 몇 점 없는 고려 왕실에서 일본으로 보내던 청자였던 것과 증조부에게서 물려받은 태극기가 우리나라 최초의 태극기라나 뭐라나. 어쨌거나 의뢰인들이 가져온 물건들은 하나같이 천문학적인 액수를 감정 받았고, 그들은 놀라움과 기쁨을 감추지 못했다. 갑자기 희망과 의욕이 깊은 곳에서 스멀스멀 피었다.

"그래서? 우린 뭐라도 있든가?"

"머이가 있기야 헌디. 봐도 모르겄다, 나넌."

"함 봐봐아."

리모컨을 조작하며 딴청을 피웠지만, 문갑을 뒤지는 엄니의 몸짓 하나하나를 결코 놓치지 않았다. 이윽고 첩첩이 쌓여있는 약 봉투 옆에 1997년도에 발간된 낡디낡은 전국 전화번호부를 촤라락 펼쳤다. 그 틈에 박힌 종이를 꺼내 드는 엄니.

"짜, 여 봐보니라. 머라 쓰였는고."

순발력 있게 얼른 넘겨받는 봉달. 테두리가 낡고 색이 바랜 고문서로 크기는 A4용지보다 좀 더 큰 사이즈였다. 얼핏 보아도 일반 가정의 그것은 아니다. 고문서를 찬찬히 뜯어보았다. 전문가가 아니어도 알 수 있는 건 필획 하나하나가 강단 있고 붓을 놀리는 세기를 조절하는 힘이 다르다. 게다가 좌측 하단에 위치한 붉고 선명하게 찍힌 관인은 문서가 가진 효력에 힘을 실어주는 듯 했다. 더듬대나마 읽어낸 건데 '교지'라고 쓰여 있었다. 결정적으로 가장 중요한 건 헌상규, 고조부의 함자가 맞았다.

교지

헌상규

납통정첩가조십이석

상보진자

광서이십년

2

"으쩐지. 나가 시집와서 첫 지살 지내는디 이 집구석 자손덜이 한나겉이 축문도 쓰도 모다길래 내심 궁금혔는디 인쟈서 이율 알겄네이. 허이고 참! 돈 주고 벼슬을 샀시야?"

"작게 말해. 다 들리잖아."

푸르게 우거진 녹음 어딘가에서 매미가 다시 활기차게 울어대고, 논두길을 앞서가는 엄니의 뒤를 봉달이 잰걸음으로 따랐다. 마치 옛날 국민학교 때 공놀이하다가 실수로 깨 먹은 교실 창문 값을 물어주고 온 날과 상당히 흡사한 풍경으로. 도저히 분이 안 풀리는지 떡하니 서더니 엄니가 눈을 흘기고 돌아섰다.

"염병, 속아서 시집 와 부렀네! 내사 좋다고 왔더니만!"

"조용히 좀 하라고, 엄니."

"니 친할압지가 소싯적에 머심살이했다는디 고래서 거랬구만! 이!"

"아따, 엄니!"

"아, 여서 누가 듣는다고 내 입 갖고 하고자픈 말도 모다게 허냐?! 인쟈 애미 늙었다고 괄시하는겨?!"

모자는 우여곡절 끝에 이십 분을 걸어 면내 금고에 도착했다.

엄니는 점포 대기석에 앉아 연신 끝나지 않은 불평을 쏟아내었다. 더는 터뜨릴게 없으면 서울서 사는 딸이 애완견 한 마리를 주고 갔다며 자랑하는 개울가집 할머니를 헐뜯기도 했다. 그걸 자랑이라고 하고 있냐- 사주면 뭐 하냐- 키우는 개 값이 더 드는데- 이래서 자식 새끼들은 하나만 알고 둘은 모른다-

"니넌 나 죽구 나면 울 것도 읎어. 아주 지겨워죽겠씅게. 덥긴 오지게 더워뿌네."

에어컨도 소용없는지 연신 손부채질이다. 그쯤 했으면 됐지- 속 타들어가는 나만할까- 싶지만 어쨌거나 위기에 처한 봉달을 구해주는 건 그래도 배 아파 낳은 생모밖에 없다는 사실을 잊어선 안 됐다. 조상 잘 만나 남들 다 노는 평일에 해외여행 갈 팔자는 못 돼도 집에 내려오는 고문서를 팔든, 그도 안 되면 종친회 어른들을 살살 구슬려서 돈을 꾸든 해서 어떻게 입에 풀칠이라도 해볼까 싶었으나 결과는 참혹했다. 날이 밝자마자 면사무소에 달려가지 말았어야 했는데...

"이건 임금의 교지가 분명합니다. 광서 이십 년이라 쓰여 있지요? 당시 중국의 연호를 사용했기 때문이고요. 서기로 따지면 1894년입니다. 고종 임금 시절이죠."

판정단으로 온 국학연구원이 돋보기를 거두며 말하자 자리에 함께한 한 젊은 학예연구사가 다소 들뜬 목소리로 물었다. 시종 그는 사회자 역할을 맡고 있었다.

"그렇다면 벼슬을 내린 교지가 맞다는 겁니까?"

"맞습니다. 에, 그런데 여기를 잘 보시면, 납.통.정.첩. 이라고 쓰여 있죠? 납, 말 그대로 뭘 냈다는 뜻이고요. 통정은 벼슬 품계를 말합니다. 그런데 그 옆을 보셔야 되는 게 뭐냐면, 조.십.이.석.이라 쓰여 있지요? 쌀이 열두 가마라는 뜻입니다. 쉽게 말해서 이 문서는 공명첩입니다."

공명첩.

임진왜란 이후 나라 재정이 바닥나기 시작하자 조정에서 머리를 쓴다고 쓴 게, 백성들에게 말뿐이지만 그럴싸한 자리 하나 줄 테니 뭐라도 내놔라- 해서 생긴 제도. 빌 공, 이름 명. 이름 칸을 비운 채로 무슨 직첩을 준다, OOO에게. 이런 식으로 대량 남발한 문서. 한 마디로 신분 질서 붕괴의 대표적인 물건이 하필 봉달의 집에 있었다는 사실이다.

쌀 열두 가마를 바치고 받은 이 정3품 통정대부라는 허울을 얻었지만 그렇다고 양반은 아니다. 폐쇄적인 조선시대에서 마을 사람, 더 나아가 백리 안에서는 서로가 어떤 집안사람인지 훤히 다 아는 마당에 갑작스런 양반행세란 얼토당토않다. 그럼에도 곡식을 바쳐서까지 양반인 '척'을 하고 싶었을까. 어차피 자손에게 그 어떤 영향도 끼칠 수 없는 허직에 불과한 것을.

이쯤 되자 고조부의 신분에 의문이 생겼다. 한미하나마 양반이 분명했다면 굳이 구질구질하게 이런 공명첩을 구걸하지는 않았을 터. 결국 고조부의 신분은 천민 또는 부유한 평민이란 얘기가 된다. 이러니 종친회가 있을 리가 없지. 그래도 불행 중 다행인건 방송에 나간 게 아니라 누구처럼 전국적으로 망신은 안 당했으니 그나마 위안이라면 위안인 셈.

어쨌거나 내막을 알게 된 엄니는 뒤로 넘어갈 뻔했다. 죽고 없는 시어른들과 아버지에 대한 분노와 배신, 그리고 충격에 방바닥을 쳐 가며 하소연을 했다. 설상가상 거기다 대고 자금을 융통할 구석이 사라진 마당에 이제 망했다- 하는 심정으로 그간의 사정을 모두 털어놓자 상황은 점입가경. 엄니는 눈물 콧물 다 쏟아가며 그 옛날 대동아 전쟁 때부터 시작해서 한 입이라도 덜겠다고 어린 나이에 시집간 일, 아부지가 개성댁 그 호로잡년과 눈이 맞은 일, 당신께선 징그러워 만지지도 못하는데 닭털을 뽑으라고 친할머니가 냅다 토종닭들을 부뚜막으로 던진 일 등등 혹독한 시집살이까지 줄줄이 쏟아내시는데, 그래서 결론은

"안 뒤야! 그 아파트는 절대 안 뒤야! 니가 고생고생 혀서 겨우 은행 돈 갚고 인쟈 참말로 니것인데, 뭐더러 또 빚을 지냐! 요즘 서울서 아파트 사려면 그게 얼만 줄은 아냐? 수수 십억을 싸매고 가봐라. 으디 팔겠다고 나서는 사람이 있길 허나! 동니사람덜언 다아 니가 서울서 아파트도 사고 번듯한 사장님 소리 들어가매 떵떵거리고 사는 줄 아넌디! 워매 내 팔자여!"

하며, 대신 아부지가 돌아가시면서 남긴 논 아홉 마지기와 현재 살고 있는 시골집을 담보로 대출을 받아 주겠다는 것이다. 물론 공시지가를 이미 알아본 봉달이 옆구리를 찔러서 얻어낸 결과물이었다.

엄니는 *"니 누난틴 돈해줬단 소리 입두 뻥긋말이. 일먼 시발헝께. 저 분날에 즈 서방하고 싸우고 와선 돈 해달란거 안 해줬드니만 꼬라지 내*

고 가드랑께." 하고 입단속을 시켰다. 그러고도 남은 빚은 어떻게 메꿀 것이냐며 잔소리와 함께 요즘 '동치미'에서 전문가들이 하는 말 들어 보니까 부모 자식 간에도 차용증을 써야 한다길래 달력종이 죽 찢어 그 뒤에다 차용증까지 써서 겨우 한고비 넘긴 것이 불과 세 시간 전의 일이다.

그렇게 한바탕 난리 끝에 '불운'에 어느 정도 익숙해진 두 모자는 적당한 세기의 에어컨 바람 앞에 멍한 얼굴로 번호표를 쥐고 차례를 기다리고 있었다. 읍내 금고답게 두세 명의 직원뿐인 내부는 아담하고 한적했다. 십오 분쯤 흘렀을까? 이윽고, 좌측 끝 이사장실 문이 열리더니 깔끔한 인상의 남자가 나왔다. 더위와 화에 벌겋게 달아오른 봉달 모자와는 사뭇 다른 하얗고 뽀송뽀송한 얼굴이었다.

"숙모님! 봉달아!"

작은아버지의 장남. 사촌 형이 손을 흔들었다. 일찌감치 상고를 나와 대학진학 대신 금고에 입사한 사촌형은 직접 처리한 돈 봉투를 눈치껏 엄니가 아닌 봉달에게 건넸다.

"신권이 형!"

"오랜만이다, 봉달아. 숙모님도 차암. 미리 연락 주시고 오시지 그랬어요."

"미안. 바쁜디 언넝 들어가 일 쪼깨 봐아."

"그러지 말구요. 어차피 점심시간 다 됐으니까 식사라도 하고 가시죠. 요 앞에 아구찜 잘하는 데 있는데."

"그럴까?"

"봉달이 너도 시간 괜찮지?"

* * *

그로부터 열흘 뒤.

- 아빠, 엄마가 빨리 들어오래.

- 왜.

- 이따 에어컨 수리기사 온다고.

- 네 엄만 뭐하고.

- 기사 아저씨가 와도 우린 뭐가 뭔지 모르잖아.

- 기사가 고치지, 네 엄마가 고치냐?

- 아 진짜. 그만하면 됐다고, 빨리 들어오래!

- 시끄러. 엄마한테 전해. 귀하신 댁 딸 데려다 고생시켜서 아주 그냥 면목이 없다고. 그러니까 족보도 없는 네 아빠는 하루 24시간 머슴마냥 일하겠다고 전해!

- 아빠 진짜 유치해.

뚝.

반드시 재기한다, 액정에 비친 봉달의 두 눈이 결연한 의지로 이글거렸다. 다시 우뚝 일어서서 가장의 권위를 보여주마. 그동안 동창회 다녀올 때마다 댓 발 나와 들어갈 줄 몰랐던 그 입을 언젠간 보기 좋게 눌러 주리라.

그새 불어 꾸덕꾸덕하게 굳어버린 짜장면을 뭉텅이로 집어 올려

입에 한 움큼 쑤셔 넣었다. 오기다. 엄니로부터 빌린 돈으로 급한 불을 껐지만 앞으로가 문제였다. 공금을 횡령한 동업자는 여기저기 일을 벌려놨는지 이미 고소가 들어가 있었고, 몇 안 되는 직원들 월급과 퇴직금까지 지급하고 나자 그야말로 알거지였다. 물론 그사이를 못 참고 노동청에 신고를 한 직원도 있었지만, 원만하게 해결했다. 거래처엔 저마다 사정을 말했고, 대금 결제할 수 있는 최대 기한으로 딱 삼 개월을 벌어냈다. 삼 개 월. 그 안에 어떻게든 결론을 내려야 한다. 계좌 관리 앱을 열어보니 시중은행은 물론이고 제2, 제3금융권에서까지 받은 대출 잔액이 어지럽게 눈을 괴롭혔다.

똑똑.

"저기이..."

그때, 반쯤 열린 사무실 문틈으로 한 여자가 고개만 빼꼼 내밀었다. 작은 키에 대책 없이 퍼진 몸, 일부러 의도했는지 의심이 들 만큼 형편없이 헝클어진 머리, 시장에서 왔음을 유추할 수 있는 한 손에 들린 검은 봉지와 그 위로 정신 사납게 솟은 부추, 파.

봉달이 앉은 쪽과 맞바람이 통하자 출입문에 나붙은 헬스장 오픈 전단지 따위가 요란하게 휘날렸다. 그 때문인지 여자의 얼굴이 풍파에 낡디낡아 보이는 효과가 한층 더했다. 누가 봐도 사는 게 힘들어 보이는 동네 여자.

시큰둥한 얼굴로,

"안 사요."

* * *

방금 출력한 따끈한 A4용지와 펜을 가져다주자, 다소곳이 건네받은 여자는 한 자 한 자 꾹꾹 정성을 담아 써 내려갔다. 마치 받아쓰기를 하는 학생의 모습을 연상케 했다. 맞은편에 앉은 봉달의 눈에 그녀의 굽은 어깨와 겹겹이 말린 뱃살과 그 사이사이에 파묻힌 싸구려 티셔츠가 상당한 존재감을 자랑했다. 공란을 작성하는 동안 어색한 공기가 흘렀다. 여자가 수줍게 말했다.

"여기 다 썼어요."

이름 : 헌신자

나이 : 44세

직업 : 전업주부

최종학력 : OO대 서양화과 중퇴

거주지 : 서울

"같은 일가 사람도 몰라보고. 이거 초면에 실례가 많았습니다."

"아니에요. 호호."

신자가 손사래를 쳤다. 전업주부로 틀어박혀 살다가 어쩌다 집 밖으로 나와 가족 외의 사람을 만났을 때 취하는 심하게 비사회적이고 어색한 리액션.

다시 정적. 찻잔을 입에 가져다 댄 봉달은 불현듯 뭔가 떠올랐는지 눈을 동그랗게 뜨고 물었다.

"그런데 여긴 어떻게 알고 오셨습니까?"

"실은 요 앞에 횡단보도에 서 있는데, 여기 3층 창문에 크게 써 붙인 게 눈에 띄더라고요. 어찌나 반갑던지 바로 올라왔어요."

감격에 겨운 신자가 손으로 가리키자 창문으로 시선을 옮겼다. 오늘 아침에 문방구에서 구입한 사절지 두 개를 이어 붙인 **전국에 진주 헌씨들 집결 요망**. 얼룩진 유리창 너머로 오후 햇살에 비친 그 매직 자국이 처연하게 느껴져 괜히 멋쩍은 기분이 들었다.

"그럼, 여기가 종친회 맞죠? 막 길가다보면 무슨 씨 무슨 파 사무실! 이래가지고 딱 있더라고요. 아휴 나는 우리 헌씨도 이런 데가 있는 줄 몰랐지 뭐에요."

"그동안 종친회가 없었잖습니까? 그래서 일단 전국 각지에 흩어져 있는 우리 같은 헌씨들을 규합하는 취지에서 그러니까... 아실런지 모르겠는데... 사실은 우리 헌씨가 솔직히..."

"알아요, 저도. 안다고요!"

"뭘 말입니까?"

그러자 두 눈을 질끈 감으며 주먹을 불끈 쥔 신자가 당장 봉기를 일으킬 것 같은 결연한 의지로 말했다.

"노비 집안이라는 거!"

"노, 노비 집안입니까?"

"아니에요? 그럼?"

"아닌 것보다 자세히는 모르겠... 아니 그렇다고 노비일 것까지

야…"

"세상에 노비래요, 노비! 모르셨어요?"

"누, 누가 그럽디까?"

묻는 건지, 따지는 건지 내뱉고도 봉달이 혼란스러워하는 와중에 군침을 꿀꺽 삼킨 신자가 몸을 앞으로 당겨 앉더니 눈을 번득이며 속닥였다.

"친할아버지랑 친할머니가 돌아가시고 한 참 뒤에요. 옆집에 살던 어떤 노인분이 돌아가셨거든요. 그 집 자식들이 거기서 오래된 호구단자를 발견했대요. 근데, 거기에 우리 할아버지랑 할머니 이름이 적혀 있었다지 뭐에요. 남의 집 호구단자에 적혀 있는 이유가 세상에 그게 종이라서 적혀 있었던 거래요, 글쎄!"

"그럼 그게 노, 노비문서였단 겁니까?"

"그렇죠!"

"그 집 노비 문서에… 그러니까 신자 씨 조, 조부모님 성함이?"

"그렇대도요! 거기 적힌 이름이 망추라고 했던가? 그리고 할머니는 자개비였던가? 두 분이서 그 집에서 일하다가 만났나 봐요. 뭐 서로 의지하다 보니 정이 들었겠죠. 어쨌거나 다행인 건 나중에 두 분이 이름을 개명했거든요. 한 번은 창씨개명, 또 한 번은 6.25 전쟁 끝나고. 그래서 아무도 몰라요. 우리 식구밖에."

"식구가 몇 명이길래요?"

"큰집이랑 작은집, 막내삼촌네… 아, 아니다! 큰큰집까지 합치면 서른두 명?"

"서른둘?! 근데 큰큰집은 또 뭡니까?"

"큰큰할머니네 집이요. 아, 그러니까 이게 좀 복잡하긴 한데 저희 친가에 할머니가 두 분이시거든요. 아니다, 세 분인가?"

그렇게 내질러 버리고 흡족한지 냉커피를 한입에 다 털어 마시는 신자. 봉달은 그녀가 들어오고 단 십 분 만에 벌어진 이 상황에 문득 편두통이 찾아와 눈을 질끈 감았다.

대한민국에는 수백 개의 성씨가 있는데, 어딜 봐도 헌씨 가문은 눈 씻고도 찾아볼 수 없었다. 나중에 인터넷을 검색해 보아도 비슷한 발음의 현씨만 나올 뿐, 유달리 헌씨는 찾아볼 수 없었다. 혹시 중국에서 건너온 성씨인가 싶었지만, 대륙에서조차 나오지 않는 성씨라니! 이제까지 살면서 친척을 제외하자면 헌신자, 그녀가 최초였다. 그런데 그녀는 절대 해선 안 되는 최악의 커밍아웃을 하고 있는 것이다! 세상에! 노비 집안이라니!

"휴우. 그래서 우리 헌씨도 이렇게 종친회가 있다니까 반갑기도 하고, 혹시나 해서 얼른 올라와 봤죠."

'종친회'라 발음할 때엔 또박또박 힘주어 말하는 신자. 하지만 아직도 타격감이 큰지 봉달은 떨군 고개를 쉽게 들지 못했다. 잠시 후, 반은 포기하듯 입을 열었다. 공명첩도 나온 마당에 따지고 보면 그리 놀라운 일도 아니므로.

"뭐, 양반 상놈... 요즘 세상에 누가 그걸 따집니까. 떳떳하게 잘 먹고 잘살면 그게 양반 아니겠습니까."

"맞아요."

"좌우지간 그래서 전 결심했습니다."

착착!하고 무슨 서류철들을 테이블에 치며 선언하듯 말했다.

"내가 그동안 살아온 과거에 비추어보니 너무 앞만 보고 살지 않았나. 내 혈육을 너무 등한시 하지 않았나. 늦지 않았다. 이제라도 내 뿌리를 찾고 전국에 있는 내 핏줄들과 어울려 살아보자."

"세상에..."

입을 틀어막은 신자의 눈가가 어느새 촉촉하게 젖어 있었다. 그런 그녀가 조금 부담스러운지 봉달이 어서 말을 마무리 하려는데, 짝짝짝짝! 신자는 어느덧 휘몰아치는 감격에 취해 경이로운 눈빛으로 박수갈채를 보냈다.

"정말 멋지세요!!!"

"멋지긴요. 일단 그래서 낮에는 택배 일을 하고, 저녁에는 이렇게 사무실에 나와서..."

"저어 그런데요. 이 사무실은..."

하며 다소 불안한 눈길로 스무 평 남짓의 사무실 내부를 돌아보는 신자.

"아 문제없습니다. 사실 여기 건물주가 돌아가신 저희 아버지의 중학교 은사님의 형제분이라서..."

"아하."

"저와는 동향인데다 굉장히 그릇이 크신 분입니다. 제 사정을 알고 특별히 임대료를 시세보다 반만 받겠다고 하시더라고요."

말을 마친 봉달은 책상 위에서 굵은 스프링 노트 한 권과 펜을 가져와 무언가를 열심히 써내려갔다. 대략의 청사진이었다.

"그런데 제가 뭐라고 불러야 되나요?"

"그러고 보니 호칭 정리가 필요하겠군요."

"사장...님? 아니면 회장님?"

그렇지. 종친'회'니 '회장'이 맞지. 듣기는 나쁘지 않았다. 사뭇 다른 종류의 우쭐함 마저 들었다. 건물 임대도, 종친회 설립도 다 봉달이 주축이 된 것이니 설령 회장이 된다고 해도 어느 누가 말릴쏘냐. 말릴 사람도 없지만.

"회장님이라니 참..."

"왜요? 회장님 하세요, 회장니임!"

"뭐 정 원한다니 좋습니다."

아까보다 더 호들갑을 떨며 손뼉을 치는 신자의 눈에 예상치 못하게도 천진한 어린아이 같은 웃음이 번졌다.

"그럼 회장님과 저뿐인데, 다른 헌씨들을 더 모아야겠네요!"

"물론입니다."

"무슨 수로 모으죠? 신문에 기사라도 내야 되나?"

"헌씨들이 어디 신문 보는 사람들이겠어요?"

"어머 왜요. 요즘 세상에 신문 안 보는 사람이 어딨다고. 우리 헌씨 너무 무시하신다."

"그러는 우리 헌신자 씨는 신문 보십니까?"

"아뇨."

"인터넷에 올립시다. 사람들도 많이 보고 전파력도 세니까. 포털

아이디는 있으시죠?"

"네, 그런데... 내일마저 다시 이야기하면 안 될까요?"

신자가 난처하듯 두 손을 비볐다.

"아, 이거 초면에 너무 오래 붙잡았네요."

"실은... 조금 있으면 저희 신랑 퇴근할 때 되어서요."

* * *

전국에 있는 진주 헌씨들에게 고함.

안녕하십니까? 바야흐로 만물이 생동하는 계절, 봄이 왔... 지난지 좀 됐습니다.

우리 전국에 계신 헌씨들께서는 날도 좋은데 무엇을 하시렵니까? 나들이? 이사? 결혼? 여행? 다 좋습니다. 하지만 여러분 그것 아십니까? 봄이란 무릇 한 해의 시작입니다. 시작은 곧 뿌리라 할 수 있습니다. 뿌리가 튼튼해야 줄기와 잎과 열리는 과실까지 잘 자라납니다. 때문에 우리가 새해 복을 기원하고 소원을 비는 것도 뿌리가 되는 그 시작부터 잘 해보려는 마음가짐 아니겠습니까?

자 여러분. 그렇다면 여러분은 한번쯤 생각해보셨습니까? 나의 뿌리는 어디인가? 나의 뿌리는...

그때, 키보드 위로 손그림자가 드리웠다. 그리고 지그시 누르는 Del 키. 봉달이 뒤를 돌아보자 고개를 천천히 가로 젓는 신자. 그 무미건조한 눈빛에서 엄중한 다그침을 읽어낼 수 있었다.

"회장님. 이렇게 쓰면 사람들이 안 와요."

"그럼 뭘 어떻게 해야 돼?"

"저한테 맡겨 주세요. 제가 이래 봬도 맘카페 게시판지기 8년 경력이거든요."

노비 집안 헌씨들이여! 클릭 필수!

자, 이 글을 클릭한 당신. 아마 후방주의를 하고 있겠죠.

하지만 괜찮습니다. 쪽팔림은 찰나에 불과할 뿐. 이제 곧 우리 헌씨들도 기를 펼 날이 있으니까요!

자, 아래에 해당하는 헌씨들은 올 자격이 있으니 눈 부릅뜨시고 참고하세요.

1. 살면서 한 번쯤은 헌씨라는 성도 있냐는 질문을 받아본 사람.
2. 헌씨를 인터넷에 검색했을 때 나오는 게 하나도 없어서 당황해본 사람.
3. 그리고 결정적으로 '가품명품'에 노비문서 사건을 보고, 설마 우리도? 하며 초조해하며 손톱을 물어뜯어 보았던 사람.

위에 하나라도 해당된다면 당장 이 주소로 찾아오세요.

주소 : 서울시 종로구 종로5가 OO약국 건물 3층. 302호.

적어도 시원한 음료수와 왕복 교통비, 그리고 짜장면 한 그릇 정도는 회장님께서 자비로 부담합니다. (*주의 : 짬뽕 가능. 삼선짬뽕은 불가. 탕수육 요구 시 핏줄이어도 퇴출)

연락처 : 010-4836-XXXX

"오호. 그럴싸한데? 안 오곤 못 배기겠어. 대단해. 잘했어!! 헌 실장!"

신자는 입꼬리를 씰룩거렸다. 결국엔 방정맞은 웃음을 토하듯 쏟아냈지만.

얼마 만에 듣는 칭찬인지 모른다. 여고 시절, 너는 그림을 참 잘 그리니 방학 전에 있을 전국 사생대회에 나가 보면 어떻겠느냐는 선생님의 칭찬 이후로 처음으로 들었다. 역시 당신은 대단해! 이 말을 남편에게 들었으면 어땠을까? 망나니 남동생 대신 십수 년째 친정엄마 병수발을 해온 자신에게 역시 딸이 최고다! 한마디라도 들었으면 어땠을까?

종친회 일이 파하고 허겁지겁 집에 도착했을 땐, 남편이 가스레인지 앞을 서성이고 있었다. 넥타이는 풀러 거실 바닥에 팽개치고, 바시는 아무 데나 벗어 하의 실종에 누가 아저씨 아니랄까 봐 종아리까지 올라온 양말만 신은 괴기한 모습으로. 냄비 안에는 이미 라면

이 끓고 있었다.

조급한 마음에 샌들을 벗으며 비굴한 웃음을 흘렸다.

“일찍 왔네...?”

“얼씨구?”

“왜 라면을 먹어. 내가 얼른 밥 할게.”

얼른 시장바구니를 내려놓고 싱크대에 가서 손을 대충 씻으려 하자, 무안하리만큼 밀치는 남편. 그 손짓 한 번에 온몸이 푸대접을 느꼈다.

“손 좀 씻어라. 나갔다 들어왔으면. 전업주부가 위생 관념하고는...”

“아, 미안.”

“대체 요즘 어딜 그렇게 싸돌아다녀? 애 밥도 안 맥이고.”

“아니이 점심은 학교에서 먹으니까 저녁은 내가 얼른 와서 해주려고 했지. 그리고 나 이번 주부터 종친회에서 일한다고 했잖아...”

마지막 ‘종친회’를 이야기할 때에는 저도 모르게 주눅이 든 신자. 남편은 한심하다는 듯이 위아래를 훑어보며 쏘아댔다. 기분 탓인지 ‘으이구 화상아’라는 소리가 효과음처럼 들렸다.

“가지가지 하네. 니네 집구석에 무슨 종친회가 있어? 아아! 노비 종친회?”

“무슨 말을 그렇게 해애...”

“개뿔 없는 것들이... 거기 다니면? 쌀이 나오냐? 돈이 나오냐? 돈도 못 버는 게 진짜 집구석에만 들어앉아 있으니까 아주 몸이 근질거리지? 그럴 시간에 살이나 빼!"

"……"

"아 빨리 밥이나 해! 배고파!"

어딘가 부딪혀 튕겨 나간 젓가락에 소스라치게 어깨를 움츠리는 신자. 휑하니 남편이 지나간 자리에 낯선 향수 냄새가 났다. 돌연 며칠 전, 어느 미용실을 찾아가 그 집 여주인과 대판 싸운 일이 떠올랐다.

"여자가 저렇게 무식하니까 남편이 바람나지!"

그렇게 해서 홧김에 말다툼한 것이 남편의 호출로 이어졌다. 그리고 남편은 그날로 당장 이혼하자며, 이혼서류를 내밀었다.

인터넷 커뮤니티에 수단 공고를 올린 지 일주일이 흘렀다.

여기저기 올린 글은 조회 수만 어림잡아 800쯤은 되는데 도통 사무실에는 파리만 날렸다. 벌써 다섯 번째 내쉬는 한숨이다.

"헌 실장. 별 일 없었고?"

전날 늦은 밤까지 택배 일을 마치고, 오전에 사무실을 찾은 봉달이 물었다.

"아직... 다녀오신 일은 잘 됐어요?"

"아무래도 자체 제작을 해야 될 것 같아."

"자체 제작이요?"

"족보회사에서 이런 경우는 처음이라면서 그냥 웃더라고. 망신만 당하고 왔어. 뭐 당연한 거지만."

생각보다 쉽지 않았다. 수단 공고를 내리면, 저마다 전국 각지에서 헌씨들이 물밀듯이 찾아올 거라고 생각했고 그들의 수단카드를 모두 규합하여 족보회사에 넘기면 그곳에서 종이책 족보는 물론이고 인터넷 족보 프로그램도 만들어 줄 거란 예상이었는데, 퇴짜를 맞았다. 이유는 듣도 보도 못한 종중인데다 달랑 두 명이기 때문. 앞으로 회원 수가 늘어날 거란 말도 붙여봤지만 그래 봤자 천명도 안 될 테고, 만든다 해도 기업 상 이렇다 할 업적 축에도 끼지 못할 거란 판단에서였을 것이다. 쉽게 말해서 어디에 영업실적이라고 내놓기에도 쪽팔린 가문은 사절이다, 이 말씀.

"헌 실장. 우리 수단금을 얼마 받는다고 올렸지?"

"이만 오천 원이요."

"오천 원으로 내려."

"그렇게나 많이요?"

"보책 가격은?"

"사십만 원이죠."

"공짜로 해."

"네에? 갑자기 이러시는 이유가 뭐예요?"

"아마 다들 쪽팔려서 안 나타나는 것 같은데 비싼 돈까지 내라고 하면 우리 정말 파리 날려, 헌 실장. 누가 돈 주고 노비 족보를 사냐고. 거저 줘도 안 가질 판에. 그리고 무엇보다 중요한 건 넣을 사람들도 없어. 보책이고 나발이고 들어갈 인간이 있어야 말이지. 제기랄."

"그래도..."

"그러지 말고, 벼룩시장이나 교차로에도 공고 내놓자고. 통화는 해봤어?"

"올리는데 팔십 달래요."

"파, 팔십?"

"깎아도 칠십."

"그럼 그건 관두고..."

똑똑!

소리가 나는 쪽으로 두 사람의 시선이 쏜살같이 날아갔다. 이십대 후반쯤 됐을까? 양 볼이 홀쭉하고 말랐지만, 어딘가 강단 있어 보이는 체구의 남자가 첫날 헌 실장이 그랬던 것처럼 쭈뼛대는 자세로 서성이고 있었다. 눈만 껌뻑거리다가 돌연 꾸벅 인사를 했다. 비쩍 마른 얼굴엔 투쟁의 고단함 같은 분위기가 풍겼다.

"어떻게 오셨습니까?"

기대에 가까운 질문이었다.

"저어..."

"우선 드, 들어오세요!"

남자가 우물쭈물하자, 신자는 봉달의 눈짓에 잽싸게 자리로 안내했다. 나란히 붙어 있는 두 개의 캐비닛 맞은편에는 중고마켓에서 구입한 인조가죽 소파가 디귿자로 놓여 있었다. 젊은 남자는 맨 끝에 조심스레 앉았다.

"커피 드릴까? 녹차 드릴까?"

"일 없습다."

"......?"

"고난의 행군 때 돌아가신 아바지께서 기래도 니 종자가 어떤 종잔지는 알구 살라 했댔어요. 겉으루야 수령님 장군님 했어두 조부 누구, 증조부 누구, 고조부 누구... 이래 하나하나 다 짚어주구 눈 감았단 말입다."

"아아... 북, 북한에서 오셨나보다? 호호호..."

"이래봬두 피양입다."

"예? 피...?"

"피양이요."

"아하..."

하고 이 뭐라 형언할 수 없는 분위기를 쇄신해야겠다는 의무감이 돌연 들었는지,

"난 반공세대라서 그런지 호호호 신고할 뻔했지 뭐예요! 호호호."

봉달이 신자의 발을 슬쩍 쳤다.

"이야아- 좋은데서 오셨네에. 거긴 평양! 여긴 서울! 평양에서 서울까지! 백두에서 한라까지! 하하하! 전 여기 회장입니다. 헌봉달."

참을 수 없는 침묵. 옆에 앉은 신자는 혼란스러운 얼굴로 후루룩 녹차를 한 모금 마셨다. 테이블 밑 두 다리는 초조함으로 떨리고 있었다.

"그래. 뭐 다 같은 한민족이니까. 우리 헌씨가 북한에도 있겠지, 뭐. 아참! 성함이 어떻게 되십니까?"

"헌. 총각입다."

퓹! 하고 신자가 입에 대던 녹차를 쏟아내자, 봉달이 아까보다 더 세게 발을 찼다.

"그래요, 헌총, 헌총각 씨. 우리 종친회는 어떻게 알고 오셨습니까?"

"기게 말임다. 하나원에 있는데, 여기 남조선의 현씨 종친회에서 사람들이 왔단 말임다?"

"아닛! 우리 헌씨 종친회가 있었다고요?"

"기게 아이라, 헌씨가 아이구 현씨! 현!"

"아... 현씨도 있었던가요? 히연..."

그러자 옆에서 신자가 작게 "현진영 고 진영 고요." 하고 속삭였다.

"같은 하나원 동기 듕에 현가 놈이 하나 있는데, 간나 새끼가 핵심 간부집 아들이어서 그런지 남조선에 현씨 종친회에서 우루루 몰려와서 면회하고 갔슴다. 긴데 난... 개미 한 마리두 안 왔슴다. 킁."

날파리가 총각의 콧등에 앉았다.

이름 : 헌총각

나이 : 28세

직업 : 채널B '지금 만나러 갑니다' 출연 중

최종학력 : 평양농업대학 졸

거수지 : 경기

3

어느덧 오후 일곱 시.

빌딩 밑, 쭈그리고 앉아서 담배를 피우는 봉달. 무심한 눈으로 오가는 사람들을 구경 중이었다.

깔깔대며 지나가는 인근 여고 여학생들, 이 건물 2층에 있는 은행원들인지 푸른 사원증을 훈장처럼 매달고 나와서 담배 피는 남자들의 모습은 어쩐지 하나같이 빼기는 것 같아 심사가 괴롭다. 우회전하면서 아는 사람을 만났는지 차창을 내리고 여유 넘치는 웃음을 날리는 벤츠 차주. 보아하니 풀옵션... 법인차량이겠지, 법인차량일 거야. 번호판을 보니... 자차구나. 좋겠다. 오늘도 계약을 성사시켰는지 가게를 나서는 손님에게 충성의 작별 인사를 보내는 공인중개사까지. 세상의 제1법칙, 언제나 그렇듯 나 빼고 다 잘 산다.

몇 시간 전, 북한에서 왔다는 헌 총각이라는 청년은 그 자리에서 대리가 되었다. 자리 잡을 때까지 당분간 헌 실장을 도와 수단업무를 도맡아 할 것인데... 말이 수단업무지, 그냥 사무실에 나와서 어물쩡 있다 하루 다 보내는 거다. 물론 그마저도 무보수다. 다만 식비와 차비 정도는 지원해줄 뿐, 철저하게 종친회를 향한 봉사 정신으로 시작하는 일이라고 못을 박았는데도 놀랍게도 총각은 흔쾌히 받아들였다. 아니 더 반기는 구석마저 보였다. 으이그 미련한 놈.

윙-

봉달은 벌떡 일어나더니 기다렸다는 듯이 내내 손에 쥐고 있던 스마트폰을 밀어서 받았다. 마치 상대가 눈앞에 있기라도 하듯 자동으로 굽신대는 허리.

- 아, 예! 박 사장님. 오랜만입니다!

- 잘 지내시죠? 헌 사장님? 아니지 이제 헌 회장이라 불러야 되나요?

- 아휴 편하실 대로 불러 주십시오.

- 다름이 아니라 저번에 요청하신 건 말인데요. 의원님께서 궁금해 하시길래 그러는데, 사업자 나왔습니까?

- 예! 물론입니다! 지금 바로 제가 사진 찍어서 보내드릴 수도 있습니다!

- 하하. 혹시나 해서 여쭤본 겁니다. 헌씨라는 성을 제가 처음 들어봐서요. 아, 기분 상하신 거 아니죠?

- 아닙니다, 하하.

- 아, 딴 게 아니라 의원님 쪽에서도 관심이 대단하시던데요? 종친회 말입니다. 옛날에 일사 후퇴 이후로 어머님이랑 단둘이 살아오신 분이라 그런지 핏줄에 대한 애착이 굉장하세요.

- 그럼 언제 한번...?

- 이제 선거도 끝났겠다, 뭐 조만간 자리 주선해보겠습니다.

그러자 소리 없이 어퍼컷을 날리는 봉달. 그 모습이 어찌나 촐싹맞아 보이는지 리어카에 폐품을 끌고 지나가던 노인이 혀끝을 차도 모를 정도다. 그러다 빌딩 입구로 들어오려는 한 청년과 부딪힐 뻔하자, 도리어 그쪽에서 먼저 정중하게 두 손으로 제스처를 취하는 바람에 그 뒷모습을 눈여겨보게 되었다. 청바지에 라운드 티셔츠 하나만 걸쳤는데, 돌아봤을 때 얼굴을 보니 여기저기 피어싱을 안 뚫은 데가 없었다. 딸 민정이가 즐겨 시청하는 래퍼 선발 프로그램에 나가면 딱이겠다 싶은 그런 외모.

- 고오맙습니다! 이 헌봉달이가 아주 화끈하게 모시겠습니다.

- 그런 소리 마세요. 의원님 점잖으신 분입니다.

- 하하하! 농담입니다, 농담-!

* * *

법인명 : 진주헌씨중앙종친회

대표자 : 헌봉달

업태 : 부동산업 종목 : 임대

그렇게 한참 벽에 걸린 사업자등록증을 물끄러미 보던 노신사가 흡족스러운지 고개를 끄덕였다. 그리고 몸을 돌리자 바짝 군기가 들어 보이는 봉달, 신자, 총각이 다소곳하게 일렬로 서서 그의 대답을 기다리는 풍경이 펼쳐졌다. 노신사가 마치 제자들을 불러 모은 것마냥 쭉 돌아보더니 손을 쑥 내밀었다.

"나 헌 학문이외다."

"예, 반갑습니다. 선생님."

노신사가 건넨 손을 넙죽 잡으며 봉달이 허리를 숙였다.

"음음."

학문은 검지를 살랑거리더니,

"선생이 아니라 교수. 세상 사람들에게 모범을 보일만한 그릇은 못되니 그냥 교수라 불러주시오. 몇 년 전까지만 해도 한국대학교에서 동양사학을 가르쳤거든."

하며, 안경테를 살짝 매만진 학문은 습관처럼 소파 정중앙인 상석에 앉으려다 멈칫하더니 이내 옆으로 옮겨 앉았다. 펄러럭하고 아름답게 펼쳐지는 린넨 재킷이 마치 도포 자락 같은 착각마저 불러일으켰다. 그만큼 신선처럼 섬세한 이목구비에서 고상한 아우라가 풍겨 나왔다. 거기다 퇴직한 대학교수라는 배경은 한층 그 우아함을 더했다.

"가운데 앉으시지 않고요, 선생... 아니 교수님."

"음음. 그래도 서열이란 게 있는 법."

눈치껏 신자가 차를 내오는 사이 봉달과 총각이 차례대로 앉았다. 간신히 상석에 앉았지만, 마음이 불편한지 봉달이 엉덩이 끝만 살짝 걸친 채 손을 썩썩 비비며 물었다.

"인터넷 보고 오셨죠, 교수님?"

"음."

"잘 오셨습니다. 일단 제 소개를 하자면, 이름은 헌 봉달이라고 합니다."

"젊은 사람이 이렇게 강단 있게 종친회도 설립하고, 참 대단하이."

"별말씀을요. 그리고 저쪽이 헌 신자 실장. 그리고 이쪽이 헌 총각 대리입니다. 두 사람 모두 사무실 일부터 이것저것 다 맡아서 합니다. 종친회가 더 확장되면 그땐..."

"사공이 많으면 배가 산으로 간다오. 음."

"네?"

말없이 끄덕이며 찻잔에 입을 가져가는 교수. 고개를 갸웃하며 총각이 받아쳤다.

"사공이 이래 많아두 선장만 딱 제대루문 문제 없습다."

"자네, 이북에서 왔나?"

"예."

"고향이 어딘가?"

"피양임다."

두 사람을 번갈아 보던 봉달이 조심스레 끼어들었다.

"교수님, 무슨 문제라도...?"

"아니오. 전국에 헌씨들이 모여 만나는 것도 뜻깊은 일인데, 이렇게 남북 화합도 이루게 된 것 같아 기뻐서 그렇소. 그나저나 가야 할 길이 먼 것 같은데, 다뤄야 할 현안들이 어떻게 됩니까?"

오자마자? 첫날부터?

"아. 다뤄야 할 건 산더미죠. 하하하. 가장 기본인 수단 접수가 우선입니다. 최소 열 명 이상은 모여야 족보 제작에 들어갈 수 있고요,

위에 시조 정립도 중요하고 뭐. 잠시만요, 교수님. 서류가 어디에 있더라…"

자리에서 일어나 책상 위의 서류철을 뒤지는 시늉을 하는 봉달의 얼굴이 한순간에 일그러졌다.

제길. 만만찮은 노인이 나타났다. 골치 아프게 됐는데?

* * *

이름 : 헌학문

나이 : 75세

직업 : 무직 (전직 교수)

최종학력 : 한국대학교 대학원 사학 박사

거주지 : 서울

늦은 밤.

어둠 속, 작은 스탠드 하나 켜진 너저분한 책상 위에는 사발면과 반쯤 남은 맥주 두 캔이 나뒹굴었다. 등받이에 몸을 푹 뉘이고, 야무지게 팔짱을 낀 봉달이 책상 위로 두 다리를 떡 하니 올려놓더니 오후의 일을 떠올리며 가소롭다는 듯 냉소를 흘렸다.

"도유사가 좋겠구먼."

"도유사…요?"

"음. 내 직접 족보 편찬을 관장하는 게 좋을 것 같아서 말일세. 한문을

다루는데 능숙하니 이 늙은이가 그 정도 도움은 보탤 수 있겠는데, 회장님은 생각이 어떠신가?"

참 재밌는 노인네야. 서열을 따지고, 사공이 많네 어쩌네 할 땐 언제고 도유사를 하시겠다? 마치 간판을 보고 올라오면서 미리 자신의 포지션을 정한 것처럼 막힘없이 술술 말하던 모습을 회상하자 코웃음이 나왔다. 앞에 모니터에는 포털 사이트 검색화면을 띄운 상태였다.

도유사(都有司) : 종중 업무를 총괄하는 우두머리.

그렇지. 교수짬밥이 몇 년인데 이 정도는 하고 싶겠지.

하지만 얕게 볼 순 없다. 배운 사람이라 그런가? 확실히 말투엔 오랜 세월 학업 연마에 힘을 써온 티가 역력했다. 혹시나 하고 검색해보니 흔한 이름도 아니거니와 쉽게 검색이 됐는데, 그 이력 또한 화려했다. 한때 국사편찬위원회에서 연구자로 있었고, 중국 칭화대학교에 초빙교수로도 재직, 그뿐 아니라 조선시대 사회 분야를 다룬 논문만 여러 편에 조선 후기의 형법을 다룬 네 권의 단행본까지 나왔다. 유튜브에서는 EBS에 더러 강연을 했던 장면이 짧게 편집되어 올라오기도 했다. 퇴직했으면 연금이나 받아 잡수면서 책을 쓰든 난을 가꾸든 할 일이지, 왜 일을 저지른담?

"나도 참 답답했다오. 만가보도 뒤져봤건만 거기서도 현씨의 흔적을 찾을 수 없었지."

노인은 감회가 새롭다는 듯이 신자와 총각이 퇴근한 뒤로도 두 시간을 더 말을 나누었다. 그러면서 시조와 중시조를 세우는 것이 급선무겠다며 부푼 꿈을 안고 돌아갔다. 봉달에게 있어선 생의 기로에 서게끔 만든 종친회가 그에겐 따분한 노년의 일상에 쏠쏠한 소일거리를 제공해 준 것이 틀림없었다.

성가신 노인네. 두고 보겠어.

* * *

어느덧 토요일.

봉달은 종친회 설립 이후 처음으로 회식 자리를 마련했는데, 예정에 있었던 건 아니고 갑자기 정해진 스케줄이었다. 감정의 기복을 만들어낸 건 오전에 도착한 현판이었다. **진주현씨중앙종친회**라고 음각으로 새겨진 나무현판에 모두 넋을 놓았다. 신자와 총각은 스마트폰으로 촬영에 정신이 팔렸고, 학문은 흡사 웅장한 대자연과 맞닥뜨린 초기 인류처럼 입을 다물지 못했다. 실은 봉달도 마찬가지였다. 생각보다 실물이 지나치게 멋있었다. 회장으로서 우쭐함마저 생겼다. 기분이다! 회식이다!

"위하여!"

근처 대패삼겹살집.

멤버들에게 실컷 뭐 먹고 싶으냐고 원하는 메뉴를 묻던 봉달이 제멋대로 고른 식당 앞에서 신자의 입이 댓 발 나왔지만, 고기가 나오자 언제 그랬냐는 듯이 만면에 웃음꽃이 피었다.

봉달, 신자, 학문, 총각. 접점이라곤 도무지 찾아볼 수 없는 각기 다른 연령대와 다른 차림의 멤버들은 불판 위에 고기가 올라가자마자 건배를 들었다. 건배사는 없었다. 헌씨 종친회의 발전을 위하여! 가 어떻겠느냐고 총각이 먼저 제안했지만 흠칫한 봉달이 못 들은 체 묵살했고, 거기에 다들 암묵적 동의가 있었기 때문이다.

신자가 신이 나서 말했다.

"저는요, 교수님. 정말 회장님도 계시지만, 무엇보다 이렇게 교수님이 와 주시니까 얼마나 든든한지 몰라요."

"허허허. 다들 알지 모르겠지만, 조선 왕실에는 선원록과 종친록이라는게 있단 말이야. 왕실이니 당연해. 그런데 하다못해 그게 내관들에게도 있어요. 양세계보가 바로 그것이지."

"이런 젠장! 고기 다 타지 않슴까? 제가 뒤집겠슴다."

"호호 그런 건 여자가 하는 거라구."

"그래서 통탄할 노릇이야!"

도무지 갈피를 잡을 수 없는 무질서 속에서 원활한 소통이 이루어질 리 없었다. 분위기를 정돈하는 차원에서 봉달이 학문의 잔을 채우며 넌지시 말했다.

"헌 실장 말대로 교수님께서 계시니까 참 정신적 지주가 따로 없습니다. 솔직히 아버님 같다는 생각도 들고요. 하핫."

"춘부장께선 연세가 어떻게 되시나?"

"몇 년 전에 돌아가셨습니다. 살아 계셨다면 여든한 살 되십니다."

"음... 나보다 육 년 선배시구만."

같은 세대에 느꼈음직한 고리타분한 근현대사의 대서사시가 교장선생님의 훈화 말씀처럼 이어졌고, 얼마 후엔 자연스레 왁자지껄해졌다. 술과 고기 앞에 친목 도모는 생각보다 수월했다. 모임의 성격 탓인지 대화의 주제는 가족에 대한 이야기에서 시작했는데, 설령 누가 다른 화제를 꺼내도 더는 어색하지 않았다. TV에 나온 논문을 표절한 유명 교수가 실은 학문의 애제자였다는 기가 막힌 사연과 쪽파 한 단에 만 팔천 원이 넘는다는 신자의 한탄, 고난의 행군 때 고기 맛이 궁금해서 제 손을 쭉쭉 빨아봤다는 총각의 이야기가 신기하게도 자연스럽게 녹아들었다.

그렇게 두어 시간쯤 흘렀을까? 숱한 테이블의 손님들이 들어오고 나가는 와중에 어디서 이미 거나하게 취했는지 젊은 청년 하나가 비틀거리며 들어왔다. 그리고 자연스레 종친회 멤버들의 곁으로 와 철퍼덕 삐딱한 자세로 앉았다. 이미 맛이 간 눈동자로

"하이."

이거 미친놈 아냐? 하는 눈으로 다들 번갈아 보는 가운데 봉달의 눈이 휘둥그레졌다. 얼마 전, 빌딩 입구에서 박 사장과 통화를 하던 때 봉달을 치고 갔던 그 래퍼 놈. 그래도 그때는 허우대는 멀쩡해 보였는데 이제 보니 개판이군, 하고 봉달은 생각했다.

그리고 이어진 대참사.

4

일어나~ 일어나~

다시 한번 해보는 거야~

어떤 기시감이 느껴졌다. 이 소리는? 이 공기는? 그리고 눈가를 훑고 지나가는 이 빛은?

뉴런의 요정은 수년 전 군 시절로 안내했다. 크리스마스 이브였지 아마. 폭설이 쏟아져서 새벽부터 저녁 점호 때까지 삽질만 하다 잠들었는데, 역시 이 음악이 흘러나왔다. 눈을 뜨니까 또 이브 아침이었다. 그래, 꿈에서도 삽질을 한 거였다. 그리고 또 삽질, 다시 꿈. 그 끝나지 않을 것 같던 악몽. 악마 같은 선임이 귀에다 대고 고래고래 불러대던 그 노래!

기억이 되살아났다. 인상을 찡그리며 살며시 눈을 떴을 땐, 세게 부서져 내리는 햇살. 몇 초 후, 벌어진 눈 사이로 한 남자가 선 채로 내려다보고 있다. 악마 같던 선임이 저렇게 늙었나? 그가 도발하듯 들이미는 스마트폰에서 그 노래가 무자비하게 쏟아져 나왔다.

일어나~ 일어나~

다시 한번 해보는 거야~

소스라치게 놀라 일어나자, 그제야 남자가 음악을 중지했다. 한심한 눈으로,

"잘 잤냐? 이빨까지 갈던데?"

무심결에 청년이 대답했다.

"네..."

"네에?"

"근데 누구세요? 제가 왜 여기에..."

그때 어디선가 뜨끈한 짬뽕 냄새가 솔솔 풍겨왔다. 추레한 얼굴을 쓱쓱 비비자 정말 소파 앞 테이블에 짬뽕 한 그릇이 놓여 있었다. 남자의 것이다. 남자가 맞은편 소파에 털썩 몸을 묻고 앉자 그만큼 꺼져버리는 소파. 문득 심각하리만큼 싸구려라는 생각이 들었다.

"이름."

"네?"

"이름!"

"..."

이것도 꿈인가? '관등성명!'을 외치던 선임의 모습과 묘하게 겹치는 것 같아 정신이 아득한데, 정작 랩을 막 벗기던 남자의 얼굴이 험악하게 굳어졌다.

"어쭈? 이젠 남의 짬뽕을 넘봐?"

"제가 어제 설마 또 취했던 건가요? 죄, 죄송합니다."

"됐고. 기억 안 나나 본데, 어제 내 옷에다 아주 극악무도한 범죄를 저질렀어. 그 옷이 얼마짜린데? 드라이클리닝 값은 받아야겠거든? 계좌번호 알려줄 테니까 이틀 내로 삼만... 오만 원 보내. 그리고..."

"종친회 맞죠?"

입에 한가득 담던 면을 도로 쏟아내며 남자의 눈이 휘둥그레졌다. 젓가락을 내려놓더니 '이것 봐라?' 하는 눈으로 팔짱을 끼고 물었다.

"어른이 말을 하는데 대답도 안 하고 지 할 말만 하는 싸가지는 어디서 배웠어? 그래 종친회 맞다, 왜?!"

"아... 그, 그게..."

"안녕하십니까, 나는 누구입니다, 이래저래 해서 볼 일이 있어서 왔습니다- 이렇게 말 못 해? 싸가지 없이 앞뒤 다 짤라 먹고 말이야. 괜히 재워줬어."

청년은 대충 옷섶을 수습하더니 자리에서 벌떡 일어나 구십 도로 깍듯이 허리를 숙였다.

"죄송합니다. 제가 지금 정신이 오락가락해서... 안녕하세요. 제 이름은 마이클입니다. 마이클 엘리엇. 한국 성은 헌씨라고 알고 있어요."

"허언?"

청년을 요모조모 뜯어보는 눈빛이 데굴데굴 구르기 시작했다. 솔직히 말하면 설레는 기대감으로 바뀌었다.

"너도 헌씨란 말이지? 근데 이름이 마이클? 교포야?"

"네. 그런 셈이죠."

"기면 긴거지, 셈은 또 뭐야? 그래, 한국 이름은?"

"있는데... 이름이 좀..."

"나부터 말하지. 나 종친회장 헌 봉달이야. 넌?"

"헌...자식입니다."

이름 : 헌자식

나이 : 28세

직업 : 대학생

최종학력 : 시카고대학교 컴퓨터과학부 휴학 중

거주지 : 서울

도대체 어떤 생각을 갖고 살아야 자식의 이름을 '자식'이라고 짓는 걸까? 그것도 성이 헌씨인데. 의도한 걸까? 아니면 고려조차 안 한 걸까? 기가 찬 건 그뿐이 아니었다. 역시 사람은 이름대로 산다고 했던가? 헌 자식은 대뜸 부모부터 찾고 싶다고 했다. 걸음마도 떼기 전에 미국으로 보내진 입양아니까. 그래서 그랬구나 싶던 것이 처음 건물 1층에서 박 사장과 통화 중에 스쳤던 첫 만남이 떠올랐다. 인근 지리에 밝기보다 어딘가 찾는 듯 어실픈 행동거지, 옷매무새하며 피어싱까지. 그런데 왜 어젯밤엔 고주망태가 된 거지?

"친어머니랑 연락이 닿았어요."

"그런데 왜 술을 마셨어? 너무 기뻐서?"

"그쪽에서 절 만나고 싶지 않대요. 곤란하다고 들었어요. 어떤 사정인지는 말 안 해줘서 몰라요. 군대를 안 가도 되는데, 재외국민으로 입대한 건 친어머니에 대한 그리움 때문이었어요. 한국에 있으면서 찾을 수 있을까 해서... 가까이 있고 싶어서... 그런데..."

보통 70, 80년대에 입양의 경우 사생아이거나 미아, 또는 경제적 고통 등이 주된 이유였다. 그런데 90년대 중후반에 자식을 입양을 보냈다면 이야기는 달라질 것이다. 여러 사연들을 곰곰 상상해봤지만, 섣불리 그 주제로 이야기를 이끌어 가고 싶지는 않았다. 대신에

"먹어라."

하며 짬뽕을 밀었다.

"헌씨래서 주는 거야."

불어터진 면을 허겁지겁 먹는 모습을 보며 봉달의 입꼬리가 자유분방하게 씰룩였다.

"자아, 정리하자면- 어쨌든 우리 종친회를 찾아왔는데 문도 닫혔고, 마침 생모 쪽과 연락이 닿았는데 그쪽에서 만남을 거부했다- 그래서 에라이, 시부랄! 홧김에 술을 마셨다?"

"네. 정말 죄송해요."

"이제 와서 죄송할 건 없고. 여하튼 종친회 들어오고 싶은 마음은 변함없는 거지?"

"그럼요."

진의를 가늠해보려는 봉달의 표정이 금세 환하게 바뀌었다.

"들어오는 즉시 수단비와 보책 비용도 내야 해. 있어? 돈?"

* * *

이름을 한자로 쓸 줄 아느냐, 헌씨 성에 대하여 들은 바는 없느냐 등등의 질문에 넋 놓고 고개만 젓는 자식이 한심한지 학문이 말했다.

"족보란 자고로 천추만대를 이어가는 문중의 유산이라고 할 수 있지. 미국에서 왔다고?"

"네."

"음음. 미국엔 족보가 없어. 역사가 몇백 년밖에 되지 않았으니까 그럴 수밖에. 영국의 식민지에서 출발해서 독립을 쟁취한 나라지. 나름의 스토리가 있을 테지만, 유구한 우리의 역사에는 비할 게 못 되네. 그나저나 자네 양부모께서는 그 댁의 뿌리는 알려주셨든가?"

"아뇨. 딱히."

"음음."

학문은 아까보다 더욱 못마땅하다는 듯이 아예 미간을 찌푸렸다.

"저는 여기 종친회에 가입할 수 없나요? 입양아라서?"

"그럴 리가 있나. 입양이란 건 옛날에도 흔했네. 손이 귀한 집엔 조카나 먼 문중의 아이를 데려다 입직시켰으니까. 그게 아니라도 남의 핏줄이어도 데려다 키우는 경우도 심심찮게 있었고. 그걸 업둥이라고 하지. 그럼에도 생부모가 누구인지 아는 것은 반드시 중요해. 길러준 정이 있다면, 낳아준 정도 있는 법."

"낳아준 정..."

"족보에선 입양에 대해서 표기를 해두지. 뭐라고 하는지 아나?"

어차피 대답을 기대한 질문이 아니었기에 학문은 A4용지 위에 한자로 크게 썼다.

出繼

"출계라 하네."

"출계."

"음. 자식 군 생부가 누구인지 알게 된다면, 그 밑엔 자식 군이 기재가 될 테고, 옆에 조그맣게 출계라 적어놓지. 어딘가로 대신 후사를 이으러 갔다는 뜻으로 말이야. 그럼 자식 군과 자식 군이 낳은 후손들은 새로 입적된 양부 밑에 기재가 될 테고. 그게 바로 족보상의 출계지. 실제 핏줄과 무관하게 족보상에선 양부 쪽으로 쭉 이어진단 말이야."

봉달이 가만 보고 있자니, 아무래도 학문은 물 만난 고기 같았다. 일평생 학생들을 가르치다가 퇴직하고 적적한 마음을 달랠 길이 없던 찰나에 제대로 건수 물었단 말씀. 세대도 문화권도 전혀 다른 자식을 앞에 앉혀두고 답답하다는 듯이 훈계를 하고 있지만, 봉달은 다 안다. 실은 학문은 그 어느 때보다 눈빛이 초롱초롱하다는 것을.

적당히 회원이나 모으자는 심산이었는데, 이렇게까지 열성적일 필요가 있나? 그런 봉달의 속도 모르고 옆에서 신자는 호들갑을 떨었다. 아들이 아홉 살 이라던 신자는 자식을 보자마자 허우대에 반한 건 둘째 치고 미국에서 대학까지 다닌다는 이야기를 듣자 눈빛이 180도 돌변한 것이다.

"영어 과외요?"

"내가 많이는 못 줘도 섭섭지 않게 줄게. 같은 헌씨고 하니까 좀 싸게 해 줄 수 있지? 어려울 것 없어. 아직 초등학교 2학년이라서. 호호호."

"헌 실장. 같은 핏줄이라고 디씨 바랄 게 아니라 더 줘야지. 구질구질하게 그걸 깎고 있어? 에라이."

봉달이 기가 찬 가운데 아까부터 그 모습을 흐뭇하게 바라보던 학문은 내친김에

"이 봐, 헌 회장. 그러지 말고 우리도 장학재단을 만드는 게 어떻겠나?"

"장학재단이요? 그럴 주제나 됩니까? 규모도 코딱지만 한데. 그리고 무엇보다 돈이 없잖습니까. 다들 각출할 돈들 있어?"

손으로 동그라미를 만들어 흔들어 보이자, 모두 입을 다물었다.

"음. 이참에 내 간략하게 설명을 좀 해도 될까? 자네들에게 유익한 정보가 될 테니."

학문이 동의를 구하듯 번갈아 시선을 던졌지만, 어차피 입이 근질거렸던 학문이었기에 무의미한 반응은 뒤로 하고, 연설이 시작됐다.

"우리 족보라는 게 말이야. 17, 18세기쯤 되어서 널리 유행했어."

"그 전엔 족보가 없었어요?" 신자가 물었다.

"있었지. 하지만 조선 시대가 부계 사회긴 해도 초기엔 외손을 배척한다거나 봉손만 우선시한다거나 하는 풍토는 아니었거든."

"봉손? 그게 뭐죠?"

"제사 지내는 사람! 것도 모루네?"

자식의 질문에 총각이 대신 대답했다.

"그래. 총각이가 말을 잘했네. 제사를 지내는 후손을 봉손이라고 하지. 족보에서는 그런 봉손이라고 해서 외손과 차별을 두지 않았어. 그런데 후기에 들어서서 이상해졌단 말씀이야. 갑자기 봉손, 그 중에서도 남손 중심으로 바뀌고, 시간이 더 흐르자 여기저기서 자기네 집안 대동보를 만들겠다는 축이 많아졌어. 대동보가 뭔지는 알겠지? 클 대, 같을 동. 같은 본관의 성씨들을 한데모아 기록해 놓은 족보 말이야. 그런데 그 누구나 만들던 족보가 우리에겐 없다? 이게 무슨 말이겠나?"

역시 모두에게 질문을 던졌는데, 이번만큼은 아까와 달리 한 번에 답이 나온 눈치들이었다. 하지만 아무도 먼저 입을 열지 않았다.

"최악의 경우엔 우리 집안이 노비일 수 있고..."

"몰락한 양반일 수도 있잖습니까?"

봉달이 끼어들었다. '몰락한 양반'이야말로 바닥까지 처박힌 가문의 자존심을 그나마 일떠세워주는 항변이자, 현재로선 멤버들이 기대하고 있는 유일한 시나리오였으니까.

"음. 몰락한 양반일 수도 있지."

"그래도 그렇지. 다들 있는 족보가 우리에겐 없다는 게 솔직히 기운 빠져요." 신자가 말했다.

"하지만 족보가 있다고 해서 무조건 양반이라고 단정 지을 순 없네."

"어머, 교수님. 그게 무슨 말씀이세요? 족보가 없으면 노비거나 몰락한 양반일 수 있다면서요? 그런데 또 이제는 족보가 있어도 양반이 아닐 수 있다뇨?"

"이게 좀 복잡하네. 아까 말했듯이 조선 후기에 와서 다들 신분이 대이동하기 시작했으니까. 임진왜란 이후 양반의 수가 급증한 걸 보면 알 수 있어. 돈으로 족보를 사는 비양반들이 많아진 거야. 그건 지금까지도 이어지고 있고."

학문이 그사이 목을 축이는 동안 봉달이 팔짱을 끼고 의아하듯 물었다.

"지금까지 이어진다고 했습니까? 아니 요즘 같은 현대사회에 무슨 이유로요? 족보가 중요한 시대도 아니고."

"내가 아는 선에선 80년대까지 심심찮게 투탁이 벌어졌네."

"투탁? 그게 뭐죠?"

"돈을 들여서 가짜 족보를 만드는 것 말일세. 족보전문출판사 사장에게 뇌물을 먹여서 어디 괜찮은 가문에 적당히 들어갈 빈자리가 있는지 의뢰를 넣는 거야. 있으면 거기에 이름 석 자 써넣는 거야 문제 될 거 없었지."

"그렇게 되면 다른 후손들이 문제 삼지 않겠습니까?"

"삼을 후손이 없다면?"

다들 꺼림칙하다는 눈으로 학문의 다음 말을 기다렸다.

"대가 끊긴 자의 밑으로 들어간다는 얘기야. 그럼 딴지 걸 사람이 누가 있겠나 이 말이야? 다들 자기 앞가림하기 바쁜 세상에."

그러자 봉달이 다시 물었다.

"좋습니다. 그렇게 해서 족보를 위조했다고 칩시다. 그런데 그렇게 해서 무슨 이득을 보려고 요즘 시대에 그런단 말입니까?

"자네가 모르고 하는 말일세. 요즘 시대에 족보 따위야 구시대의 처치 곤란 골동품쯤으로 여기는 사람들이 다반수지. 하지만 뼈대 있는 집안, 따지기 좋아하는 집안은 그렇지 않아. 자식들끼리 좋다니까 무조건 시키는 결혼이 아니라, 먼저 상대방 집안을 가늠하는 거지. 부모가 뭘 하는 사람들이고, 조부모와 증조부모가 어떤 사람들이었고, 어떤 집안이었으며, 사회에서 어떤 위치를 가졌는가- 하고 말이야. 재벌들이 왜 재벌끼리 결혼하겠는가? 정치인 2세들이 어떻게 기가 막히게 상대방이 정치인 2세인 줄 알고 서로 결혼하겠나?"

"긴데 내 알기론 현대란 기업소는 다른 걸루 암다." 잠자코 듣던 총각이 불현듯 뭐가 떠올랐는지 손을 들고 말했다.

"현대는 정주영이라는, 지금은 돌아가신 분인데 그분도 바닥부터 시작하지 않았슴까? 지금이야 재벌소리 듣지만요. 그분 책을 봤는데 안 해본 일 업시 고생고생 다 했담다."

"바로 그걸세."

모두가 집중했다.

"내가 쌀가게 주인으로 머물러 있으면 내 자식, 손자들은 모두 쌀가게를 물려받게 되는 거지. 그런데 그 사람은 무려 현대그룹을 일궈냈어. 지금 어떤가? 자식 손자들이 '쌀집 누구'가 아니라 '현대가 누구' 소리 듣고 살지 않나? 그래서 결혼도 '어떤 가문 장녀', '어떤 가문 차남'과 하는 거고. 이제 알겠나? 현대사회에서도 족보가 종종 쓰임새가 있네. 적어도 신분 상승을 위해서는 겉치레로 보여주기식으로 악용하려는 사람들이 많다는 뜻이지. 다시 위조 이야기로 돌아가지. 족보전문출판사에 뇌물을 먹여서 그렇게 위조된 족보가 나왔다고 치세. 그럼 근본이 불분명했던 의뢰인은 별 볼 일 없던 위치에서 하루아침에 5대조가 관찰사를 지내고, 10대조는 집현전 학자를 둔 유서 깊은 가문의 후손으로 탈바꿈 된 거야. 그뿐인 줄 아나? 적당히 유명한 서예가 선생에게 비문을 받아내어 비석 세우고, 부모와 조부모님 무덤도 이장해서 잘 꾸며내면? 남는 건 양반 행세뿐이지."

"속, 속는 사람들이 있을까요?" 신자가 불안한 눈으로 물었다.

"대다수가 속지. 해마다 시제다 뭐다 종중행사란 행사는 다 나가고, 거기다 돈 좀 있는 사람은 장학금에 쓰라고 기부도 하고, 문중회관 짓는데 기부하고 이래저래 지갑을 열면 아무도 의심을 안 한단 말일세. 도리어 반기지."

"정말 미칠 노릇이네요. 아니 대체 누가 그렇게까지 해서 위조된 인생을 살려고 할까요? 어차피 그건 가짜의 삶이잖아요??" 신자가 더는 못 참겠는지 발끈해서 자리에서 일어났다.

"억울한 사람들."

"억울한 사람들이요...?"

"나쁘게 말하자면 자격지심 많은 졸부들. 다 가졌는데, 딱 하나. 잘못 잡은 탯줄이 살면서 번번이 발목을 잡을 때."

"너무해요..."

"정리해서 말하지. 불과 이삼십 년 전에 성행한 신분 세탁도 이렇게 몰라보는데, 어떻게 이백 년 전 신분 세탁을 우리가 알아차리겠나 이 말일세. 그러므로 우리가 해야 될 일은."

그다음 봉달이 학문의 말을 이어 받았다.

"이백 년 전 우리 헌씨 조상들에게 무슨 일이 있었는지 알아내는 거겠죠."

5

앗! 하며 정강이를 매만지는 여학생. 아픔을 참으려 어금니에 힘을 주지만 흐르는 눈물을 막을 순 없었다. 그 옆, 자기 차례가 다가오자 긴 머리를 한 여학생의 속눈썹이 파르르 떨렸다. 그 오천 원짜리 속눈썹을 손으로 무자비하게 뜯어내는 왕초 격 여고생. 피식하고 냉소를 흘렸다. 그런 뒤 틴트를 발라 빨갛고 도톰한 입술 사이로 걸쭉한 가래침이 엿가락처럼 주욱 떨어졌다. 십 대지만 흡연 경력이 꽤 되는지 허공에 연기를 내뿜는 것 또한 수준급. 왕초 여고생이 자기 차례를 기다리는 여학생을 향해 툭툭 어깨를 찌르며 말했다.

"그래서? 너도 오늘 십만 원 못 모았어?"

밀쳐지는 상체. 어떻게든 버티려고 앞으로 고이 모은 두 손을 꽉 잡으며 간신히 대답을 쥐어짰다.

"죄송합니다..."

"왜 못 모았어? 너도 내 말이 좆같아?"

"아뇨... 그런 게 아니고..."

"아니면? 무슨 바쁜 일이라도 있었어? 너네 엄마 죽었어? 아니면 아빠가 죽었어?"

강도는 점점 세졌다. 팔짱을 낀 무리들은 어른 흉내를 내듯 풍선껌을 딱딱 소리 내어 씹었다.

"엄마 아빠가 죽은 것도 아니면서 뭐가 그렇게 바빠서 돈을 못 모았냐고?"

여학생은 모멸감에 아랫입술을 꼬옥 깨물며 감내하려고 눈을 감았다. 약 올리듯 밑으로 얼굴을 들이미는 왕초.

"어? 너 지금 나한테 빡쳤지?"

"아닌데요."

"뭐가 아니야? 나한테 빡친 것 같은데? 그러다 한 대치겠다? 쳐봐."

"아니에요. 언니 죄송합니다."

"쳐 봐. 쳐 보라고!"

"죄송해요."

"뭐가 죄송해! 쳐봐! 쳐보라고! 미친년아!"

퍽!!!

하는 소리와 동시에 무리들이 빠른 속도로 몇 걸음 흩어져 버렸다. 뒤통수를 한 대 맞고 다소 모양 빠지는 자세로 엎어진 왕초와 그 옆에 더 놀란 토끼 얼굴을 하고 있는 여학생.

봉달이 어느 남학생의 입에 어설프게 매달려 있는 새 담배를 뺏어 물더니 불을 찾는 듯 바지 주머니를 뒤졌다. 다들 이 아저씨 뭐야? 하는 눈으로 여학생과 봉달을 번갈아 보지만, 여학생도 전혀 영문을 모르겠다는 듯이 거리를 두려 멀찍이 떨어져 섰다.

"불 있냐?"

얼떨결에 불을 붙이는 한 남학생.

한 모금 깊이 빨아들인 다음 아이들을 죽 돌아보니 길게 얘기 안 들어도 알 것만 같은 공기였다. 가끔 늦은 시간까지 동네 어슬렁거리면서 변성기 목소리로 꽥꽥대며 노래를 불러대거나 그도 아니면 걸핏하면 싸우는 동네 양아치들. 어느 허름한 빌라 구석에 둥글게 모여 삥을 뜯고, 뜯기고 하는 그런 갱생 불가능한 생태계.

너희들이 감히 내 밥줄을 뺏어?

"아저씨 누구야? 누군데 끼어들어, 짜증나게?"

이번엔 2인자쯤으로 보이는 여고생이 머릿수를 믿고 목소리를 높였다. 그러자 봉달이 검지와 중지 사이에 담배를 낀 채로 목을 벅벅 긁으며 말했다.

"아저씨가 얘한테 좀 볼 일이 있는데."

따가운 시선들이 여학생에게 모이자, 마치 어떤 사건의 용의자로 몰린 것 마냥 파르르 떨며 고개를 세게 흔들었다. 윙크하는 봉달. 그리고 영화에 나오는 것처럼 담배를 입천장으로 기역자로 꺾어 혀 안에 말아 넣었다. 그 모습을 본 아이들의 얼굴이 눈에 띄게 창백해졌고, 특히나 왕초가 침을 꿀꺽 삼키는 게 보였다. 슬프게도 가끔 청소년 중에는 좋게 타이르기보다 겁을 주는 게 만병통치약으로 통하는 경우가 더러 있다. 지금처럼.

* * *

“너희 학교에 민정이라고 알지? 헌민정. 3학년 3반.”

GS25 편의점. 외부에 마련된 테이블에 마주 앉은 두 사람. 하지만 테이블 위에 올려져 있는 건 인근 트럭에서 파는 바비큐 닭구이였다. 삐딱하게 앉은 채 한쪽 다리를 덜덜 떨던 여학생이 손톱 거스러미를 물어뜯으며 대꾸했다.

“모르겠는데요?”

“아저씨 딸인데.”

더 기가 찬 소리로, “아, 몰라요.”

봉달이 음흉한 시선으로 가슴을 뚫어져라 보자 불길함을 감지했는지 여학생의 표정이 점점 일그러졌다.

“왜 그러세요, 진짜? 누구신데요?”

“넌 누군지도 모르면서 따라와서 닭고기 얻어먹냐? 이 험한 세상 어떡할래 정말? 안 되겠어. 너 같은 애들한텐 소속이 필요해.”

“뭐래.”

“헌… 소리! 번지수 잘 찾아왔구만.”

왼쪽 가슴섶에 달린 명찰을 본 것이다.

“너 어디 헌씨냐?”

“모르겠는데요.”

“어디 헌씨인지도 몰라?”

“듣보 헌씨요.”

“역시…”

소리의 도발에도 대수롭지 않다는 듯 오히려 흡족한 미소를 짓는 봉달. 그 예기치 못한 반응이 하도 어이가 없는지 소리의 입에서 헛웃음이 나왔다.

"아! 내 정신 좀 봐. 이거 소개가 늦었군."

봉달은 두툼한 지갑에서 명함을 하나 꺼내 밀었다. 소리는 손은 대지 않고 그저 눈으로 쓱 훑어보더니,

"종친회? 아저씨가 헌봉달이에요?"

신사적으로 고개를 끄덕이며, "보다시피."

"근데 어쩌라고요?"

"집에 가서 아빠, 엄마, 오빠, 동생 다 데리고 와. 알았지? 사촌 언니 오빠들도 오면 더 좋고. 오면 이 아저씨가 맛있는 밥도 사주고, 간식도 사주고! 그 외에도 아주 아주 재밌고 유익한 일들이 많이 기다리고 있을 거예요. 알았죠?"

"뭐래 진짜..."

"핏줄 좋다는 게 뭐냐? 응? 꼭 가족들 데려와라. 다다익선, 많이 데려와도 돼. 괜찮아. 먹어라. 식겠다."

어느새 봉달의 입가엔 기름으로 번들거렸다.

* * *

건물 계단엔 온통 휘파람 소리로 울려 퍼졌다.

봉달 자신을 포함하여 신사, 종각, 학문, 며칠 전에 온 자식까지 총 다섯 명이다. 방금 만나고 온 여학생 소리가 가족들까지 우루루

데려오면 그로써 종친회 멤버는 잘하면 열 명이 넘는 것이다. 그 정도면 됐다. 신생 종친회의 초기 치곤 머릿수로 쪽팔리진 않겠군, 하고 봉달은 회심의 미소를 지었다.

"이제 오십니까아-"

3층 층계참에 올라설 때였다. 사무실 문 앞에서 쭈그리고 앉은 한 남자가 봉달을 향해 걸쭉한 웃음을 흘렸다. 그의 손에는 잭나이프가, 다른 한 손에는 키위가 들려 있었는데 보란듯이 통째로 입에 넣었다. 그리고 천천히 우물거리며 일어나는데, 오래도록 그 상태로 기다렸는지 일어나며 한쪽 다리를 절기도 했다. 키는 180cm쯤 될까? 떡 벌어진 어깨와 튀어나올 것 같은 팔뚝의 힘줄만 봐도 얼마나 단단하고 우락부락한 상체를 가졌는지 짐작게 했다. 남자를 가만 올려다보던 봉달이 정신을 차리고 말을 더듬었다.

"어떻게 오셨습니까...?"

"아시면서 묻는다."

옆구리에는 골프 브랜드가 새겨진 일수 가방 비스무리한 것이, 앞코가 과하게 뾰족한 구두. 하늘을 향해 한껏 솟은 뾰족한 헤어스타일, 젊어 보이려고 카라 깃을 올린 스포츠웨어까지.

사채를 쓰는 게 아니었다. 설마 정말 드라마에서 보던 것처럼 일하는 직장까지 깡패 같은 놈들이 찾아와서 돈 내놓으라고 땡깡을 부릴까 싶었는데, 그게 진짜였다고? 며칠만 더 말미를 달라는 말은 주먹만 재촉할 뿐이다. 이럴 땐 어떻게 해야 하지?

"오래 기다렸습니다."

"죄, 죄송합니다..."

"에이, 섭섭하게 왜 이러실까. 여기까지 왔는데 물 한 잔도 안 주고. 들어가서 우리 오순도순 얘기나 해볼까요?"

* * *

이름 : 헌금함

나이 : 44세

직업 : 전직 슬개골파 부두목. 현직 일식집 사장

최종학력 : OO전문대학 유도과 중퇴

거주지 : 인천

"그래도 그렇지. 깡패라뇨?"

"말조심해. 헌 실장. 지금은 손 털고 횟집 한다잖아."

"그래도!"

"쉿!"

탕비실이라고 하기에도 뭣한 구석. 정수기 앞에서 봉달과 신자가 티격태격했다. 종이컵에 믹스커피를 타며 신자가 오만상을 찌푸리자 소파 쪽을 힐끔거리며 봉달이 단속하듯 말했다.

"그럼 기껏 가입하겠다고 온 사람을 돌려보내?"

"솔지히 겁 떨이지잖아요. 무섭고. 팔뚝에 문신 보셨어요?"

그럭저럭 사무실은 조그맣고 허름했어도 나름의 질서나 그럴싸한 공기는 흘렀다. 금함이 나타나기 전까지만 해도 말이다. 골동품처럼 오롯이 앉아 장기를 두긴 하지만 그런대로 정신적으로 의지가 되는 교수님, 신자를 필두로 잡일을 도맡아 하지만 사무실에 젊은 활력을 가져다주는 쌍두마차인 평양에서 온 총각과 미국에서 온 자식까지. 여기서 더 회원이 늘어난다고 해도 기본 주축이 되는 라인에는 큰 변함이 없을 것이라는 게 신자의 생각이었다. 세상에 얼마나 많은 인간군상이 있겠느냐마는 그래도 그렇지, 깡패라니. 그걸 또 자랑이랍시고 수단 카드에 적어내는 배짱은 또 뭐람? 겉으로 내색하지 않았지만 금함의 종친회 가입을 두고 회원들 간의 이견이 나뉘었다. 그런 공기를 전혀 감지하지 못 한 채 금함은 아버지뻘 되는 학문 앞에서도 빚 받으러 온 것 마냥 다리를 쩍 벌리고 앉아 차를 기다렸다.

"교수님, 한 말씀 해주시죠."

봉달은 입장이 난감해지자 중요한 결정권을 학문에게 떠넘기듯 찻잔을 내려놓았다. 그러자 학문은 시선은 여전히 장기판에 둔 채로 물었다.

"자네 이제 손 씻었나?"

"예. 물론입니다."

"자네 스스로 장점과 단점을 말해보게나."

뜬금없는 질문에 금함이 잠시 흠칫하더니 이내 대답을 꺼냈다.

"장점은 말수가 적다는 겁니다. 하지만 남의 말은 잘 귀담아듣는 편입니다. 단점은 여자 문제가 조금 복잡합니다. 솔직한 말로. 아직 결혼은 안 했습니다."

"음."

여자 문제가 복잡하다는 부분에서 신자의 이목구비가 혐오로 일그러진 가운데, 학문은 열 몇 수 남겨두고 장기 말을 내려놓았다.

"가입시킵시다, 헌 회장."

"감사합니다. 어르신."

쩍쩍 갈라진 근육팔로 마치 조폭이 그러는 것처럼 각을 세워 어깨를 반쯤 숙이는 금함.

"안 받아주시면 그냥 돌아갈까 그 생각도 했습니다, 솔직한 말로."

"옛날 한 고조도 시정잡배들과 어울려 다니는 한량이었지. 명나라 주원장도 그랬고. 다들 여자 문제는 복잡했지만, 그릇이 컸기 때문에 나라를 창업하지 않았나. 자네도 지금은 칼을 쥐고 있지만, 그 칼로 나중엔 더 큰 문서를 쥐게 될 거야. 내 장담하지."

봉달을 제외하고는 모두 마뜩잖은 눈치였다.

윙-

그때 봉달의 휴대 전화가 걸렸다.

- 여보세요.

- 헌 봉달 씨 되십니까?

- 그런데요. 어디시죠?

- 여기 OO경찰서입니다.

6

경찰서 안에는 늦은 시간인데도 조사를 받고 있는 사람들로 북적였다. 버럭 소리부터 지르며 술주정을 부리는 노인과 정수기를 양변기로 착각해 그 앞에서 바지춤을 끄르다가 저지당하는 샐러리맨과 그의 등짝을 때리는 부인, 심지어 어딘가에선 청승맞게 우는 여성 등 별의별 희한한 광경이 펼쳐졌다.

그 와중에 어디서 맞았는지 입술이 터지고 헝클어진 머리로 앉아 있는 여학생. 가까이 다가가 옆얼굴을 보니 헌소리가 맞았다. 낮에는 몰랐는데, 이렇게 자세히 뜯어보니 165cm 정도 되는 키에 비하면 상당히 마른 체격이다. 보기 좋게 날씬한 게 아니라, 한창 먹을 나이에 못 챙겨 먹어 영양적으로 결핍된 느낌이랄까.

그리고 그 앞에 독수리 타법으로 키보드를 두드리는 경위쯤 되어 보이는 경찰. 책상 위에는 아까 낮에 봉달이 소리에게 준 명함이 놓여 있었다.

"사건일시 8월 2일... 오후... 여섯...시이... 엔비 빌...라... 엔비 빌라가 스팟 지점이구만! 여기 너 같은 꼴통들 많지. 밤마다 순찰 돌아도 그때뿐이야. 쯧쯧."

그러다 아무리 생각해도 한심했던지,

"야 이놈 자식아 그러게 학교 끝났으면 집에 갈 일이지, 어? 엄마 아빠가 걱정하실 생각은 안 해? 너 보호자가 와야 갈 수 있어. 알았어? 쯧."

"저어."

봉달이 슬쩍 다가가자, 무미건조한 눈으로 올려다보는 경찰.

"스팟이면 스팟이지, 스팟지점은 뭡니까."

"보호자 되세요?"

봉달이 소리를 흘끔 보자, 본인이 불러놓고도 모른 채 고개를 외로 꺾었다. 그러면서 흙투성이 운동화에 볼품없는 교복 차림인 제 모습이 영 마음에 들지 않는지 운동화를 의자 밑으로 숨겼다.

경찰이 재차 물었다.

"데리러 오신 거죠?"

"네. 순순히 따라 나올진 모르겠지만."

* * *

"첫 만남부터 심상치 않았지만, 가관이구먼. 술, 담배에 쌈박질까지. 보아하니 경찰서는 제집처럼 드나드는 것 같고. 말해 봐. 너 공부도 포기했지?"

"몰라요."

"몰라요? 늦은 시간에 어른을 불러 놓고, 고맙습니다-는 못할망

정. 싸가지 없이.”

“핏줄 좋은 게 뭐예요.”

“부모님은 뭐 하시고 아저씨를 불렀어?”

“안 계세요.”

“왜?”

“엄만 돌아가시고. 아빤 옛날에 집 나가고.”

괜한 걸 물어봤다는 생각과 종친회에 데려올 사람이 그만큼 줄었다는 생각이 적절한 균형으로 머릿속을 지배했다.

“저 이만 가 볼게요.”

“야 임마! 너 어디서 배워먹은 버릇이야? 빚을 졌으면 갚아야지.”

“무슨 빚이요?”

“내가 이 야밤에 아무 상관도 없는 널 데리러 왔으면 너도 뭔가를 해야 되지 않겠냐?”

“뭘 어쩌라고요?”

“종친회. 가입해.”

“아니 아까 낮에부터 자꾸 종친회 들어오라고 하시는데, 그 이상한 다단계나 사기 그런 거 아니에요?”

“쥐방울만 한 게 말하는 싸가지 하고는. 신성한 종친회를 뭘로 보고! 아무튼 꼭 와. 주말에 오란 말이야. 밥 사 줄 테니까.”

봉달이 차 문을 열고 반쯤 몸을 싣더니 다시 얼굴을 빼꼼 내밀어 소리의 염색된 머리를 노려보았다. 학생치고 너무 밝은 갈색인데 그마저도 집에서 했는지 얼룩덜룩했다.

"그리고 머리가 그게 뭐냐. 털 빠진 달구지 새끼마냥."

집에 돌아온 소리는 인터넷 검색 창을 한참 노려보더니, 결심한 듯 키보드를 두드렸다.

[진주 헌씨]

[헌씨 성]

[헌씨 조상]

[헌봉달]

[헌씨 종친회]

여러 번의 검색 끝에 어느 카페 글이 눈에 띄었다.

노비 집안 헌씨들이여! 클릭 필수!

자, 이 글을 클릭한 당신. 아마 후방주의를 하고 있겠죠.

하지만 괜찮습니다. 쪽팔림은 찰나에 불과할 뿐. 이제 곧 우리 헌씨들도 기를 펼 날이 있으니까요!

자, 아래에 해당하는 헌씨들은 올 자격이 있으니 눈 부릅뜨시고 참고하세요.

1. 살면서 한 번쯤은 헌씨라는 성도 있냐는 질문을 받아본 사람.
2. 헌씨를 인터넷에 검색했을 때 나오는 게 하나도 없어서 당황해본 사람.

3. 그리고 결정적으로 '가품명품'에 노비문서 사건을 보고, 설마 우리도? 하며 초조해하며 손톱을 물어뜯어 보았던 사람.

위에 하나라도 해당된다면 당장 이 주소로 찾아오세요.

주소 : 서울시 종로구 종로5가 OO약국 건물 3층. 302호.

적어도 시원한 음료수와 왕복 교통비, 그리고 짜장면 한 그릇 정도는 회장님께서 자비로 부담합니다. (*주의 : 짬뽕 가능. 삼선짬뽕은 불가. 탕수육 요구 시 핏줄이어도 퇴출.)

연락처 : 010-4836-XXXX

어? 진짜네? 하는 얼굴 위에 미소가 번졌다. 내용이 재밌어서가 아니라 어처구니없고 같잖아서 새어 나오는 웃음이었다. 그때 먼저 잠 들어 있던 여동생이 뒤척이며 잠투정을 하자 얼른 노트북을 끄는 소리.

이름 : 헌소리

나이 : 18세

직업 : 학생

최종학력 : OO여자고등학교 2학년.

거주지 : 서울

2장 입보

족보가 없는 가문이 은행 같은 것을 수중에 장악하면
족보 있는 집안과 대등해진다

찰스 라이트밀스『파워엘리트』

7

"자, 간부회의 하겠습니다."

그러자 전원 모두 소파에 앉았다.

이거 뭔가 이상한데? 하는 봉달과 달리 결연한 표정으로 펜과 수첩을 구비한 멤버들. 학문조차 뭐가 문제인지 모르는 눈치였다. 더 따질 힘도 없어 될 대로 되라며 상석에 앉은 봉달. 풍경은 본의 아니게 전체 회의가 되어 버렸다.

"아직 초기이긴 한데, 우리종친회 회원 수가 이제 일곱 명이 되었습니다. 정식으로 수단을 받은 수고요, 일인당 가족을 몇 명씩 더 데려오면 아마 스무 명은 넘지 않을까 싶습니다. 자, 그래서 말인데... 이제 슬슬 가닥을 잡아가야 하지 않겠습니까?"

가닥을 잡자는 말에 고개를 끄덕이는 학문을 제외하고 모두 맑고 어리둥절한 눈빛들이다. 다시 말을 고치기를

"교수님께서 도유사시니까 이제 시작해 주십시오. 족보, 자체 제작하잔 겁니다."

"듣던 중 반가운 소리구먼."

놀고 있는 연장을 간만에 쓸 때 발현되는 불꽃 튀는 에너지가 학

문의 두 눈에 넘실거렸다. 종친회 밑으로 족보편찬위원회를 꾸리겠다는 포부도 밝혔다. 그래, 이왕 배운 사람이면 이렇게 써먹어야지. 그러면서 이번엔 신자에게

“헌 실장, 여기저기 막 공고를 내보내. 맘카페 같은 곳에도 올리라고. 그쪽으로 발 넓잖아. 헌씨라면 남자 여자 할 거 없이 모두 받아준다고 해. 요즘 아들딸 구별을 누가 한다고. 안 그래?”

“알겠어요.”

“그리고 총각이.”

“예.”

“방송 ‘지금 만나러 갑니다’ 촬영 언제 나간다고 했지?”

“매주 수요일이 녹화 날입다.”

“혹시 방송 중에 우리 종친회 언급하는 거 괜찮겠어?”

“말이라구요. 피디님께 허락 받구 해보겠습다. 아마 허락해주실 검다.”

“좋아. 방송이 아무래도 파급력이 세니까. 다음. 자식이!”

“네.”

“컴퓨터 머시기 전공했다고 하니까, 홈페이지도 만들 줄 알겠네?”

“혹시 저예산으로 할 건가요?”

“당연하지.”

“그럼 쉬워요. 할 수 있어요.”

“오케이. 참고로 예산은 최대 십만 원이야.”

그 외에도 적당한 시기를 봐서 종친회 멤버 전원을 대상으로 족보에 대한 기초 교육을 실시하겠다는 계획도 밝혔다. 그쯤에서 회의가 마무리 할 조짐을 보이자 구석에 미미한 존재감으로 꿔다 놓은 보릿자루처럼 앉아있던 금함이 얼굴을 찌푸렸다. 옛 버릇 못 버린 듯 다소 위압적인 말투로,

"회장님. 나한텐 뭐 없수?"

자리에서 막 일어나려던 봉달이 재빨리 그 짧은 시간에 변명거리를 생각해냈다. 그러다 좋은 수가 떠올랐는지 말 잘했다는 듯이 핑거스냅을 튕겼다.

"아! 있지. 왜 없겠어. 금함이 자네 횟집 한다고 했지?"

"예. 인천에서. 그리고 횟집이 아니라 참치집입니다."

"규모가 얼마나 돼? 우리 다 갈 수 있겠어?"

자랑은 그때부터 시작되었다.

본점은 청라에, 2호점과 3호점은 각각 송도와 부평에 있다고. 처음엔 소소하게 오징어 횟집으로 시작했는데, 예전에 슬개골파에 있을 때 밑에서 일하던 부하 놈이 마침 일본 야쿠자 출신인데다 부친이 오사카에서는 꽤 유명한 참치 손질의 대가라고. 함께 손 털고 장사를 시작한 것이 현재에 이르렀다고 했다. 금함은 CEO로, 부하는 메인 주방장으로. 규모는 말할 것도 없었다. 본점의 규모가 무려 100평인데다 인테리어에 돈을 아끼지 않아 단체 예약석은 언제나 만원이라고. 하지만 종친회라면 언제든지 CEO의 권한으로 이용 가능하다는 생색도 잊지 않았다.

"어머! 세상에!"

그렇게 자랑스레 보여준 스마트폰에 저장된 사진. 신자는 식당 사진을 보더니 입을 다물지 못했다. 참치집이라 그런지 외벽은 깔끔한 화이트 톤으로 도장되어 있었고, 내부 또한 훌륭했다. 널따란 잔디 위에 흙빛의 징검돌 길을 통해 향하는 입구는 그야말로 갤러리로 향하는 길이라고 해도 전혀 손색이 없었다. 전체적으로 따뜻한 조도의 무드 등 아래 룸은 마치 TV에 나오는 정치인들의 밀담이 이루어질 만한 요정 같기도 했다. 문득 가장 낮추어 보던 금함이 멤버 중에서 가장 성공한 사람처럼 느껴졌다. 심지어 학문보다 훌륭해 보이기까지 했다.

봉달은 식당 사진을 보자 갑자기 희망과 용기가 샘솟는 것 같았다. 한때 어두운 음지에 있었다더니 거기서 번 돈을 여기에 다 때려 부었구나. 그래! 새 출발은 이렇게 화끈하게 해야지!

"좋아! 여기로 하자!"

"뭘 말입니까?"

"우리 정기총회 해야지!"

* * *

"의원님께선 말 많은 거 싫어하십니다. 필요한 말만 간단, 정확하게."

"명심하겠습니다."

"그리고 실실 쪼개는 것도 되도록 삼가시고요."

"예?"

"사람이 비굴해 보이잖아요."

"예, 알겠습니다."

긴 복도. 비서의 뒤를 따르는 봉달은 얼굴에 마법을 부리듯 손으로 슥 훑었다. 최대한 점잖고 신사적으로. 절대 방정맞게 굴어선 안 된다. 곧 만나볼 사람은 다름 아닌 대한민국의 4선 국회의원이자 당 대표까지 역임했던 사람이다.

이윽고 복도 맨 끝에 다다랐다.

"들어가실까요?"

안으로 들어가자 스탠바이 큐! 하면 시작되는 드라마의 한 장면처럼 집무를 보던 헌 의원이 반가이 맞으며 자리에서 벌떡 일어났다. 옛날 사람치고 키도 훤칠하고 풍채도 저만하면 나이 대비하여 건장한 편이다. 역시 권력가답게 뒤로 싹 빗어 넘긴 머리는 보나 마나 이른 아침 전업주부인 와이프의 작품일 테지만, 유명 바버샵에서 마스터의 손길을 거쳤으리라 믿게끔 만드는데 손색이 없었다. 그만큼 후광이 비쳤다. 헌 의원은 서글서글한 웃음을 만면에 띄더니 다짜고짜 봉달을 와락 안았다. 자세히 보니 마치 잃어버린 동생이라도 본 듯 눈가에 눈물마저 고여있는 게 아닌가! 다소 당혹스럽지만, 어쩐지 오늘 일이 순항할 것을 예감할 수 있었다.

"의원님 먼저 인사드리겠습니다. 종신회장 헌봉달입니다."

"정 없게 의원님은 무슨. 듣자 하니 내가 나이가 더 위던데, 형님 아우 합시다."

너무나 빠른 전개다. 닻을 올리기도 전에 배가 순식간에 바다 한가운데로 순간이동이라도 한 것 같다. 하지만 정신만 바짝 차리면 대어를 낚을 수 있다. 봉달은 황홀함을 애써 억누른 채,

"어떻게 감히 그럴 수가 있나요. 아 참, 그리고 이거."

하고 준비해간 선물을 올려두었다. 사과박스 크기의 오동나무 원목 함이었다.

"뭘 준비할까 하다가요. 둘째 따님이 국악... 무슨 이수자라고 들어서. 받아주십시오."

"아이고 뭘 이런 걸 다. 김 비서 자네 정말!"

얄궂은 표정으로 아랫입술을 꽉 깨무는 시늉을 하자 비서가 쑥스럽게 웃었다. 그 틈에 봉달이 과하게 손을 절레절레 흔들며,

"아휴! 비서님께 제가 졸랐습니다! 부담 갖지 마시고 정성이라고 여겨주십시오. 이거 유명 도예가가 직접 청자로 구워 만든 장구입니다. 가품명품에도 왜 그 퀴즈 맞히면 종종 선물로 주던 그."

"아아! 그게 장인이 만든 거였어! 안 그래도 이상하게 볼 때마다 그게 뭐라고 그렇게 탐나더라고. 그나저나 이거 참 나만 빈손이 되어 버렸구먼."

"그런 말씀 마십시오. 의원님께서 이렇게 만나자고 먼저 손 내밀어 주신 것만도 얼마나 큰 힘이 되는데요."

비서가 나간 뒤, 두 사람만의 티타임이 찾아왔다. 정확히 말하자면 종친회 어필의 시간이다. 피차 알다시피 알려진 내력도, 전해 내

려오는 항렬도 없는 가문이다 보니 불필요한 건 생략하고 바로 본론으로 들어갔다.

"그래, 지금 종친회에 사람은 몇이나 모였나?"

"예. 지금 총…"

단번에 대답하는 대신 수를 헤아리기라도 하듯이 실눈을 뜨더니 에라 모르겠다,

"삼십 명쯤 모였습니다. 다음 주면 사십 명 넘을 것 같습니다."

"그렇게나 많이?! 아니 종친회 설립한 지 한 달도 안 됐잖은가?"

"그렇게 됐습니다. 아무래도 다들 뿌리가 그리웠던 것 같습니다."

"아…"

감상에 젖은 듯 의원의 눈가가 다시 촉촉해졌다. 헌 의원은 1.4후퇴 때 피난길에 아버지를 여의고 어머니와 단둘이 살아남은 이야기부터 지난 삶을 풀어 놓았다. 양친 모두 고향이 이북이었기 때문에 남한에서 살면서 형제나 일가친척 하나 없어 쓸쓸했다고. 마흔 줄 넘어 살 만해지자 그때부터 자신의 핏줄을 찾으려고 노력했지만, 허사였다고 했다.

"아니 뭐가 나와야 말이지. 내가 이날 이때까지 살면서 헌씨를 본 적이 있었던가? 오죽했으면 내가 정말 헌씨가 맞나? 아버지, 어머니가 출생신고를 할 때 잘 못했나? 싶을 정도였다니까. 다른 사람들은 이해 못 할 거야."

"저는 백 퍼센드 공감합니다. 의원님!"

"그런데 이렇게 같은 일가를 보니까 감개무량해서 일이 손에 안

잡힐 것 같아."

"아이고 그런 말씀 마십시오. 의원님께서는 우리 헌씨들의 자랑입니다! 국회로 진출한 최초의 헌씨 아니겠습니까? 의원님께서 열심히 국민을 위해 일 해주셔야 우리도 잘 먹고 잘 살죠!"

"거 사람 참. 비행기 띄우기는." 헌 의원이 검지를 흔들며 너털웃음을 지었다. 그러면서

"그래. 언제 정기총회를 한다고?"

"그러니까 그게..."

"날짜 정해지면 연락 주게. 내가 반드시 참석하지."

사무실을 나온 봉달의 두 다리가 후들거렸다. 종친회 설립 이래 첫 정기총회에 현직 여당 국회의원의 참석은 상당히 이례적이면서 큰 성과였으니까.

이름 : 헌정치

나이 : 71세

직업 : 4선 국회의원

최종학력 : 국립노스웨스트사마르대학교 공공행정학과 졸업

거주지 : 서울

그러면서 헌 의원은 아직 세상에 드러나지 않은, 또는 출세했으나 미처 알지 못한 헌씨가 있다면 자기가 꼭 수소문해보겠노라고 힘주어 말했다. 전국경영인협회장, 국제타이거협회장, 한국전참전미군

용사후원협회장 등을 역임한 발 넓은 그가 알아본다면 필시 굵직굵직한 인사들일 것이리라. 종친회의 이 엄청난 비약 앞에 정신이 아득하던 그때,

웡-

신자에게서 걸려온 전화였다.

- 헌 실장! 마침 전화 잘했어. 지금 내가 말이야...

하지만 봉달의 얼굴에서 서서히 웃음기가 걷혔다.

8

서둘러 도착한 곳은 종친회 건물에서 멀지 않은 어느 오래된 아파트 단지 내였다.

재건축 이야기가 나온 지만 벌써 12년째인데, 여태 안전진단 조차 통과하지 못해 흉물처럼 남은 저층 아파트. 처음 신혼 때는 곧 부자가 될 거란 남편의 말에 홀딱 넘어간 자기가 바보였다-부터 시작한 신자의 하소연은 끝이 없었다. 욱하는 성격상 버럭하고도 남을 봉달이었지만, 왼쪽 눈이 시퍼렇게 멍든 신자 앞에선 어쩐지 한탄을 들어주지 않고는 못 배길 분위기였다.

남은 메가톤을 한입에 후룩 넣고 막대기를 휙 하니 버린 봉달이 상황을 정리하듯 박수를 치며 말했다.

"그러니까 정리하자면, 종친회 사무실에 처음 온 그날이 바로 그 상간녀랑 머리채 잡고 싸운 날이었다?"

"네에..."

"근데 그 상간녀가 명예훼손으로 헌 실장을 고소했고, 남편은 술 먹고 때렸다?"

"회장님 저는요. 그년이 고소하는 거 하나도 안 무서워요. 죄는 지가 지었지, 내가 지었나요? 제가 정말 무서운 건요. 애 아빠가 이혼하자고 할까 봐 그게 제일 무서워요."

"말은 똑바로 해, 헌 실장. 죄는 그 여자만 지은 게 아니라 헌 실장 남편도 같이 지었어. 근데 방귀 뀐 놈이 성낸다고. 지가 뭔데 이혼을 요구해? 유책 배우자잖아."

"그래도요. 저번에 그 사람이 저한테 그랬거든요. 한 번만 더 말썽 부리면 끝이라고."

그 말에 봉달은 화단 벽에 한쪽 다리를 올려 삐딱하게 상체를 기울이며 다그쳤다.

"한 번만 더 말썽 부리면이라니? 그게 무슨 소리야? 그럼 예전에도 여자 문제로 속 썩여서 헌 실장이 난리 친 적이 있다는 거야?"

잔뜩 풀이 죽은 신자가 가만히 고개를 끄덕였다.

"허허. 개새끼로세."

"그래도 개새끼는 좀..."

"곧 죽어도 남편이다 이거지? 참나. 아, 그래서! 사무실에도 못 나오겠다는 거야? 뭐야?"

"며칠만요."

"헌 실장 없으면 누가 사무실을 지켜?"

신자는 상간녀가 요구한 합의금을 줄 돈이 없으니, 며칠 동안이라도 단기 아르바이트를 해야겠다는 얼토당토않는 이야기를 늘어놓았다.

"제정신이야, 헌 실장? 대체 왜 그러고 사는 거야?"

“이게 다... 대학만 나왔어도 저도 이렇게 안 살았을 거예요.”

“나왔잖아. 음대 아니었어?”

“미대요. 서양화과. 그리고 중퇴죠. 죄송해요. 졸업이라고 써서...”

“그게 뭐가 중요해? 그래도 친정이 좀 살았나 본데? 미술을 시킬 정도였으면.”

“박박 우겨서 간 거죠. 그럼 뭐해요. 결국 시집가서 애 낳고 남편이 벌어다 주는 돈으로 살면서 밥하고 빨래하는 아줌만데.”

그리고 봉달의 눈치를 힐끔 보더니 덧붙였다.

“당장 이혼하면... 애하고 뭐 해먹고 살아요. 친정에서도 저 도와줄 형편 안 되고.”

* * *

그 시각 금함 참치. 청라 본점.

“이랏샤이마세!”

오후 일곱 시 반쯤 되자, 예약석이 하나둘 자리를 채워가기 시작했다. 주름이 칼같이 잡힌 유니폼을 맞춰 입은 서빙 직원들과 우렁찬 시작 인사를 나눈 뒤, 주방에 들어서는 금함. 안에서는 도마에 부딪는 칼 소리가 청명하게 들리고, 출격을 기다리는 항공모함처럼 옥돌로 곱게 깎은 굽접시들이 죽 늘어서 있다. 그 위로 주방장의 섬세한 칼 놀림에 선홍빛 붉은 참치 뱃살이 한 점 한 점 아름답게 베어져 차례로 포개어졌다.

"형님 요새 기분 좋아 보이십니다?"

슬개골파에 있을 때 직속 부하이자 지금은 메인 주방장으로 있는 마츠모토가 포렴 안에서 나와 물었다. 아까부터 뜻 모를 콧노래를 불러대는 금함을 놀리고 싶었던 것이다.

"크큭. 그래?"

"요새 뭐 저 빼고 좋은 데라도 다니십니까?"

"너 종친회라고 들어 봤냐?"

"글쎄요. 와까리마셍." 볼살 위에 식용 금가루를 뿌리며 대답했다.

"일본엔 그런 거 없어? 같은 성씨끼리 뭉치는 거."

"딱히. 아! 본 것도 같네요. 재일교포들은 그랬던 것 같아요. 자기네 집안 성씨끼리 만나고 그랬던 것 같은데, 아마도 그게 방금 말한 그런 모임인 것 같네요."

"그래. 거기에 내가 요직에 앉아 있다."

"형님은 거기서 뭘 하는데요?"

어깨를 뒤로 활짝 젖히며,

"사무국장."

"사무...? 행동대장이랑은 좀 다른 느낌인데요?"

"크게 보자면 같은 계열이지. 다만 뭐랄까? 힘을 쓰는 대신 머리를 쓴달까? 뭐 그 외에도 복잡하고 어려운 업무들이 많아. 기밀 사항이라 일일이 다 말할 순 없지만."

마츠모토가 빙긋이 웃으며 벨을 눌렀다. 이어서 서빙직원이 접시를 가져가고, 한 텀 쉬고 가기라도 하듯 허리춤에 손을 얹고 봉달의 주머니를 턱으로 가리키는 마츠모토.

"지금도 업무가 바쁘신 것 같은데요?"

"응?"

"전화 왔잖아요."

건물 입구에 나간 금함이 경쾌한 목소리로 전화를 받았다.

- 어, 금함이. 나야.

- 예, 회장님. 정기총회 하려면 아직 멀었는데, 어쩐 일이십니까?

- 지금 잠깐 나 좀 볼 수 있나?

- 지금 장사 준비... 아! 충분히 됩니다! 무슨 일이십니까?

* * *

'오살'의 뜻을 알게 된 건 국민학교 5학년 때였다.

수업 시간만 되면 퍼질러 자기 좋아하는 봉달이 어느 날, 수업이 끝나갈 무렵에 손을 들고 질문이 있다고 했을 때 선생님은 반갑다 못해 감격하는 눈치였고, 그 질문의 내용이 '오살'이었을 땐 이미 머리를 한 대 쥐어박은 후였다. 아이들은 키킥대고 웃음보를 터뜨렸다. 그럼에도 참된 스승이신 선생님께서는 정성스레 설명해주셨다.

"벨거 아녀. 그거슨 인쟈 잇날에 역적이 있음 역적을 낙신이 조사버리는 벌이여. 이. 구체적으로다가 말할 것 같음 머리며 팔이며 다리까정 아주 싹다 잘라분게, 긍게 머시냐 한마디루 천벌이제 천벌."

그렇다. 오살은 천벌이다. 천벌이라 함은 하늘이 내리는 법. 그래서일까? 엄니에게는 벌을 주관할 자격이 없었던지 할 수 있는 게 없었다. 그저 말로만 *"오살헐 년."*을 입에 달고 살았다. 개성댁을 두고 하는 말이었다.

어린 시절 대부분의 기억은 모호하지만, 아직도 또렷이 각인된 순간순간들이 있다. 거기엔 늘 아부지가 있었다. 농사일을 마치고 마을 아저씨들과 어울리며 술 한 잔 자실 때, 옆에서 빈대떡을 얻어먹곤 했다. 비 오는 날에 솥에 두르던 들기름 냄새, 그때의 노랫가락, 그때의 아련한 담배 냄새, 양은 주전자, 빨간 저고리를 입은 여자들. 그리고 그 여자들이 따라온 봉달의 머리를 쓰다듬을 때마다 속으로 떠올리던 엄니의 *'오살헐 년'*.

하지만 하늘이 벌을 내려줄 때까지 마냥 기다리는 건 바보 같은 짓이란 걸 알았을 때는 이미 늦었다. 어느 초저녁, 문간에 서서 으흠! 으흠! 하던 아부지는 기어코 품에 갓난아이를 안고 안방을 침범해 버렸다. 평소 바락바락 성을 내고 울고불고하던 엄니였는데 그때만큼은 가만히 아이를 보더니 그 길로 광에 들어가서 농약을 마셨다. 마누라 두들겨 팬 날이 장모 오는 날이라고 했던가? 하필 그때 전역하고 돌아온 막내 외삼촌이 그 모습을 보고 위아래고 뭐고 없이 아부지를 냅다 내리꽂으니 그제야 정신 차리고 아부지는 손을 싹싹 빌었다. 잠깐만 맡아 키우자는 얼토당토않은 소리를 하는 바람에 이번엔 다른 외삼촌들까지 쳐들어왔던 기억이 난다. 어쨌거나 강보에 쌓인 그 아이는 사 오 년 정도 집에서 쥐 죽은 듯이 살다가 결국 어디다 줘버렸는데, 듣기론 개성댁의 친정에서 도로 데려갔다고 했다. 그 뒤론 전혀 모른다. 엄니는 물론이고, 아부지도 돌아가실 때까지 그 아이를 찾지 않았다.

"오살..."

봉달은 마음속에 그 단어를 가만히 내뱉었다.

"이보세요. 사람을 불러 세웠으면 말씀을 하세요."

봉달 앞에 선 허우대 멀쩡한 남자가 인상을 찌푸리며 물었다. 중저가 브랜드지만 몸매가 좋아 슈트가 잘 받는 편이다. 그만하면 얼굴도 하얗고 곱상한데다 새로 나온 애플워치를 찬 손끝에는 소가죽으로 만든 서류 가방이 새침하게 들려 있었다. 그는 코웃음을 치며 허리춤에 양손을 얹고, 삐딱한 다리로 봉달과 금함을 번갈아 보았다.

"누구시냐고요."

앞뒤 사정도 알지 못한 채 불려왔으니 금함도 봉달의 얼굴만 빤히 쳐다봤다. 다만, 불려오기 전에 팔뚝에 문신이 잘 보이게 소매를 한껏 걷으라는 당부만 들었을 뿐이었다.

"금함이."

옆에 멀뚱히 선 금함이 어깨로 먼저 대답했다.

"예, 회장님."

"이 새끼가 누군지 알아?"

"모르겠습니다. 누굽니까?"

"서울시청 5급 공무원 김말종이. 나이는 사십 오세, 현 실장 남편."

죽 듣고 있다가 '헌 실장 남편'이란 말에 금함의 표정이 더 어리둥절해졌고, 5급 공무원의 안색도 조금씩 어두워졌다. 그리고 어딘가 짚이는 구석이 있는지 동공이 좌우로 흘렀다.

"어이 김 서방."

"김서바앙? 당신들 뭐야? 누군데 내 뒷조사를 했어? 감히 겁대가리도 없이 시청직원의 개인정보를 유출해? 가만있어 보자, 방금 헌 실장이라고 했지? 아하, 보아하니까 종친회니 뭐니 쓸데없는 데에서 왔나 본데 맞지? 댁들 말이야. 왜 잠자코 집구석에서 살림하는 남의 집 마누라를 들쑤셔서 헛바람 들게 하는 거야?"

"야이, 시발놈아."

갑자기 훅 치고 들어오는 찰진 욕에 움찔하는 말종.

"그래서 니넌 잠자코 집에서 살림하는 니 마누라 냅두고 바람 폈냐? 이 개호로자식아."

역시 훅 치고 들어오는 공격에 어디까지 뒷조사를 한 거지? 싶은 말종이 움찔해서 어떤 반격도 하지 못했다. 옳거니, 이제야 상황 파악이 완료된 금함이 가래침을 무자비하게 뱉으며 건들건들 다가가자 도통 정신을 차리지 못하겠는 말종. 말을 더듬으며 두 사람을 진정시키려 하지만, 늦었다. 이미 봉달의 시동은 걸렸다. 새끼손가락을 방정맞게 흔들며,

"요 앞에 미용실 원장, 삼십 삼세 유미옥이가 니놈 요거냐? 인물은 석 달 열흘 굶은 멧돼지 상인데 가슴 하난 빵빵 하드라. 비위도

좋다, 새끼야. 고향은 충남 예산, 바람 핀 지는 일 년 조금 안 됐고, 들킨 건 두 달 전. 맞지? 니 마누라 들쑤셔서 헛바람 들게 한 김에 아싸리 그년 미용실 보증금 출처를 한 번 밝혀볼까? 아니면 시청 가서 국가공무원법에서는 불륜 남녀를 어떻게 처벌하는지 알려달라고 해볼까? 어쩔까? 이 오살헐놈아. 너 오살이 뭔진 아냐?"

정확히 삼 초 뒤.

"살려주십시오, 선생님."

9

"넌 뭐 먹을래?"

"파스타요." 소리가 대답했다.

"여기 그런 게 어디 있어."

중화요리 식당의 전단지가 봉달의 손에서 나풀거리며 떨어졌다.

"그럼 탕수육이나 시켜주시든가요."

"좋아. 특별히 너는 탕수육 시켜준다. 한창 먹을 때니까. 고등학교 졸업하면 짤 없어."

그러자 아까부터 신경질적으로 키보드를 두드리던 신자가 끝내 발끈했다. 두 주먹으로 소심하게 책상을 콩 치더니, 파티션 너머로 고개를 길게 빼고는

"회장님, 편파적이잖아요! 쟤는 수단금도 안 받고, 거기다 탕수육에 콜라도 시켜주고."

"나눠 먹어."

봉달이 주문 전화로 '소'를 시키려다가 큰맘 먹었다는 듯이 '대'로 갖다 달라는 것까지 들은 뒤에 비로소 표정이 풀리는 신자. 슬금슬금 소파 쪽으로 오더니 시비조로 말을 걸었다.

"너 몇 살이니?"

"고2요."

"어머 나이배기네. 중학생인 줄 알았는데. 근데 아직 어린데 종친회는 어떻게 알고 들어왔어? 아하! 인터넷에서 봤구나?"

"저 아저씨가 오래서 왔는데요."

소리는 스마트폰을 손에서 놓지 않은 채 고갯짓으로 봉달을 가리키며 말했다.

"오면 뭐 먹을 것도 사주고, 재밌는 것도 많을 거래서 심심해서 한 번 온 거에요."

"재밌는 거?"

때마침 봉달이 구식 파브 티브이 앞에서 셋톱 박스를 매만졌다가 몇 번 두들겼다가 하더니 화면이 켜졌다.

"한다! 재밌는 거!"

올라가는 볼륨.

수학여행으로 평양에 가는 그날까지! 지금 만나러 갑니다-!

* * *

방송에 출연한 지 반년이 다 넘어가면서 더 이상 카메라에 불이 들어오는 것을 무서워하지 않게 됐다. 이젠 제법 작가들의 사인보드도 읽을 여유도 생겼고, 사전에 준비되지 않은 질문이 급습해도 떨지 않고 자연스럽게 받아칠 수준이 되었다.

오늘의 주제는 '꼭 만나고 싶은 사람'.

예상대로 다른 게스트들이 부모, 형제, 친구, 연인 등 저마다의 안타깝고 절절한 사연을 풀어놓는 가운데 총각의 차례가 다가왔다. 한껏 으스대는 표정으로

"저는 사실 이미 만났습다."

그러자 게스트들의 놀라운 표정이 카메라에 전체 샷으로 잡히면서, MC가 질문을 던졌다.

"만났다고요??"

"예. 저는 홀몸으로 왔기 때문에 여기 남한에 아무도 없거든요. 긴데 탈북할 걸 알았는지 옛날에 아버지께서 돌아가시기 뎐부터 항상 우리 일가를 꼭 찾으라고 했습다."

"아하, 일가요. 그래서 찾았습니까?"

"찾았습다!"

그러자 술렁이면서 분위기는 순식간에 환해졌다. 작가들이 앞에서 연이어 질문을 적어 흔들어대고, 모두들 부러운 눈으로 총각의 다음 말을 기다렸다.

"바로 우리 헌씨 일가입다. 녹화가 없는 날이면 우리 종친회 사무실에 가서 일을 돕곤 하는데 세상에 어떤 도락도 바꿀 수 없을 만큼 아주 좋습다. 힘든 줄을 모르겠어요."

"종친회요? 아 그렇고 보니 우리 총각씨가 처음 왔을 때, 다들 처음 들어보는 성씨라고 신기해했던 게 기억나네요. 유명인 중에 헌씨

가 있던가요? 혹시 본관이 어떻게 됩니까?"

"진줌다."

"오, 진주 헌씨군요! 시조가 누구죠?"

* * *

[시조가 누구죠?]

문제는 거기부터였다. 마치 비밀에 부쳐야 할 것을 들킬 위험에 처한 공범의 마음으로 학문은 뚫어져라 TV에서 눈을 떼지 못했다. "저녁 차릴까요?" 하는 부인의 말에 제지하듯 손을 들어 막더니, 여전히 TV 속 총각의 다음 말을 기다렸다. 하지만 아무 말도 하지 못했다. 그럴 수밖에.

[아... 본관이요. 기게...]

[가령 김해 김씨는 김수로, 밀양 박씨는 박혁거세 이렇게 유래되거든요. 그러고 보니 시조는 누구인지 아세요?]

[시, 시조는...]

[종친회에서 말 안 해주던가요?]

결론부터 말하자면, 총각이 대답하지 못하고 어물거리는 모습이 편집도 되지 않은 채 그대로 방송에 나와 버렸다. 종친회에 꼭 한 번 물어보는 것이 숙제라며 MC의 짓궂은 멘트로 상황은 마무리됐지만, 방송이 끝나고 이루어진 통화에서 봉달은 차마 볼 수 없어서 그대로 전원 스위치를 눌렀다며 망신도 이런 망신이 없다고 푸념을 쏟아냈다.

한동안 거실 소파에 넋 놓고 있던 학문은 터덜터덜 서재로 향했다.

'도유사'라는 직책을 맡게 된 첫날, 뭐부터 해야 되나 행복한 고민에 우선 회원들의 수단카드를 토대로 대와 세에 관한 기본 틀을 잡아두었던 메모가 책상 위에 그대로 있었다. 특별할 것 없었다. 그냥 A4용지를 여러 장을 스카치테이프로 이어 붙인 것에 불과했다.

방송에서 말문이 막힌 총각을 떠올리자 덩달아 막막해졌다. 젊은 날에 역사학을 공부하고 또 학생들을 가르칠 때도 영원히 풀리지 않는 숙제가 있었다. 그때도 꼭 지금과 같은 심정이었다. 아와 비아의 투쟁, 그 투쟁 끝에 비롯된 국제법규와 보이지 않는 알력, 끝나지 않을 고고학의 먼지바람, 잊을만하면 재정립되는 태초의 역사. 하지만 영원히 풀리지 않는 지긋지긋한 물음이 남아 있었다.

그래서 인간의 기원은 언제 어떤 형태의 무엇인가?

대체 우리 헌씨의 태동은 언제부터 시작되었는가?

시조는 누구인가?

시조의 아들과 손자는 누구이고, 어느 대에 이르러 분파 되었는가?

그리하여 세상에 흩어진 수많은 헌씨들은 지금 어디에서 무엇 하며 살고 있는가?

역사를 알면 알수록 미래가 명확하고 투명하게 개는 것이 아니라

도리어 미지의 수렁으로 빠지는 것 같은 착각마저 불러일으켰다. 그리고 종종 그런 기분은 또렷하게 체감할 수 있었다. 지금처럼.

학문은 속이 얹혔는지 얕은 트림을 뱉어놓고, 다시 종이 위에 펜을 가져갔다. 여타의 가문과 달리 그럴싸한 벼슬이나 공적도 없는 자연인이기 때문에 시조가 알려지지 않았으리라- 여기면서, 대강 이름을 공란으로 한 뒤, 그것을 1세로 설정했다. 그런 뒤, 중간에 공백을 한참 띄우고 제일 밑 부분에는 회원들의 정보를 차례로 적었는데 상당히 집중을 요하는 일이었다. 항렬도 없는 가문이기에 몇 세손인지 그 고유번호를 정하는 기준 또한 없어서 후손을 정리하고 맞추는 일에 복잡함이 대단했기 때문이다.

단 십 분 만에 뚝딱 끝난 작업에 맥이 탁 풀렸다. 부푼 가슴을 안고 착수한 작업 치고 너무 싱거웠다. 얼핏 보면 아이들 장난 같기도 했다.

중간에 공백을 보며 생각에 잠겼다. 그쯤에 살았을 조상들은 누구였을까? 왜 이렇게 추적이 불가능할 정도로 증발해 버렸을까?

안경을 벗어 눈을 비비더니 잠시 후 흐느낌이 새어 나왔다. 문득 스스로가 경멸스러웠다. 과연 자신에게 '도유사'라는 직책을 맡을 자격과 권한이 있는지. 종친회 회원들을 유린하고 기만하는 것은 다름 아닌 학문 자신일지도 모른다는 생각에.

다른 회원들이 학문 자신의 비밀을 알아버리면 어떡하지?

10

<아름다운 입양> 카페에 그동안 쓴 게시 글들을 모두 삭제하기로 했다.

[안녕하세요. 등업 신청합니다.]

[친부모님을 찾은 분 계실까요?]

[휴학했어요. 다음 달에 한국 들어갑니다^^]

[흥신소가 불법이겠죠...]

[콜트 아동복지기관에서 정보를 왜 알려주지 않는 걸까요?]

[종친회라는 곳을 알게 됐어요~]

[생모로부터 연락이 왔습니다... 만나고 싶지 않대요.]

.

.

.

"안 되겠네. 다들 동사무소에 가서 제적등본을 떼 오도록 하게. 온 가족을 샅샅이 조사해서 입보 작업을 해야 그나마 뭐라도 나올 것 같군."

학문은 그렇게 지시했지만, 자식이 입양되면서 성씨가 헌씨라는 것은 물론이고, 친부모와의 관계를 입증할 만한 법적인 서류가 없으니 종친회에 제출할 것도 없었다. 다들 가족사가 왜 없겠냐마는 어쨌거나 부모가 있고 형제가 있는데, 자식에게는 아무도 없었다. 총각은 자식과 마찬가지로 홀몸으로 살아가고 있지만, 엄밀히 따지면 사정이 달랐다. 북한에서 살 때 부모님으로부터 이미 자신의 뿌리에 대해 다 전해 듣고 온 그가 어떻게 근원도 모르는 자신과 같을 수 있을까.

태어날 때부터 지금까지 줄곧 혼자라는 느낌에 익숙한 채로 살아왔으나 지금처럼 절망적인 기분은 처음이었다. 혼자였고, 혼자이며, 혼자일 것이라고 신으로부터 기분 나쁜 예지를 강력하게 받은 기분.

왜 그랬을까? 친자포기각서에 서명하고, 모든 종류의 등본에서 삭제시켜 남남이 되는 것을 감수해가면서까지 자식을 떠나보낼 필요가 있었을까? 죽을 때까지 연락하지 않겠다는 굳은 다짐도 잊은 채, 다시 휴대전화를 열었다. 그리고 어딘가로 문자를 보내기 시작했다.

[콜트 아동복지원 원장님. 만나 뵙고 싶습니다. 괜찮으신 날짜와 시간을 알려주세요.]

* * *

- 너 엄마한테 돈 빌렸다며?

- 돈? 무슨 돈?

- 다 알고 전화했어. 언제까지 그러고 살래?

- 갚는다고 했어. 차용증도 써줬다니까? 못 믿겠으면 물어봐.

- 퍽도 갚겠다. 엄마 돌아가시고 나서? 엄마 무릎 아파서 인공관절 심어야 될지도 모르는데, 아직도... 너 곧 오십이야!

누나란 존재는 참 이상하다. 같은 잔소리여도 부모님과는 질과 결이 확실히 다르다. 그냥 흘려들어도 무방한 부모님의 잔소리와는 달리 누나가 하는 말은 한 마디 한 마디가 비수가 되어서 가슴에 콕콕 박힌다. 옛날부터 그랬다. 전화 안 받으려다가 받았는데, 누굴 탓하랴. 틀린 말 하나 없지.

딱 석 달, 아니 두 달만 기다리라고, 곧 재기에 성공한다고 덧붙이고 싶었지만 쪼끄만게 뭘 알아듣는지 이쪽을 자꾸 힐끔힐끔 쳐다보는 소리 때문에 간신히 주워 삼켰다. 아무리 세상 물정 모르는 어린애라도 입단속해서 나쁠 게 없다.

“왜? 차비 줘?”

봉달이 지갑에서 오천 원을 꺼내 주자 냉큼 받아드는 소리. 하지만 진짜 용건은 따로 있었다.

“저 근데 할 말 있어요.”

“뭔데?”

“이건 비밀인데요.”

“비밀씩이나.”

하고 담뱃갑에서 담배를 하나 꼬나물다가, 미성년자 앞에서 펴도 되나마나 고민하는 눈치다. 하지만 소리노 흡연자인걸? 하고 혼자 혼란스러워하다가 결국 입에서 내려놓는 봉달. 대단한 결심이었다.

"거짓말했어요. 아저씨한테."

"나한테? 무슨 거짓말? 돈하고 연관된 것만 아니면 돼."

"그건 아니고 그냥 개인적인 거."

"말해봐. 뜸들이지 말고."

"저 사실 헌씨 아니에요."

소리가 대형폭탄을 던진 바람에 봉달이 얼음처럼 굳어 버렸다. 그때 우당탕! 하고 사무실 한쪽에서 요란한 소리가 들렸다. 봉달과 소리가 화들짝 놀라 그쪽을 보니, 파티션 안에서 스르르 하고 신자가 모습을 드러냈다.

"깜짝이야! 귀신인 줄 알았잖아요!" 소리가 소리쳤다.

"헌 실장 왜 거기 숨어 있어?"

"숨어 있는 게 아니고요. 제가 있는 줄 모르셨던 거겠죠."

그러다가 중요한 건 그게 아니라는 듯이

"근데 이게 다 무슨 말이에요? 재 무슨 소리 하는 거래요? 헌씨가 아니라뇨?"

"헌소리 얘가 이제 헛소리를 하나 보다. 아이고, 두야."

소리가 말했다.

"죄송해요. 그렇다고 제가 헌씨가 아닌 것도 아니에요."

"어머 얘 좀 봐. 어른들을 놀리니? 말해봐. 헌씨인데 헌씨가 아니라는 건 무슨 얘기인지."

맞은편 소파에 착석하며 신자가 다그쳤다.

"저랑 여동생이요. 원래는 김씨거든요."

봉달과 신자가 얼이 빠진 얼굴로 서로를 쳐다보았다. 봉달이 기가 차서

“김씨? 근데 왜 거짓말 했어? 아니다. 네 명찰에 분명히 헌소리라고 박혀 있었는데? 아, 대체 뭐가 진짜야? 김씨야? 헌씨야?”

“돌아가신 엄마가 헌씨였어요. 어렸을 때 엄마가 저랑 동생의 성을 바꿨어요. 물론 저희도 동의했고요.”

“엄마 성을 따랐다? 왜?”

“아빠가 가장 노릇을 안 했거든요. 자세한 건 가정사라 말하기 싫은데.”

“오케이 거기까지. 그래서 지금 중요한 건 법적인 성이...”

“헌씨라는 거죠.”

봉달과 신자가 동시에 안도의 한숨을 내쉬었다.

“성씨 때문에 놀림 받을까봐 전학도 갔어요. 두 번이나요. 근데 성격이 이상한지 교우관계는 별로 안 좋아요.”

“그건 이미 알고 있었다. 그런데 그걸 왜 이제 말하는 거야?”

“이제 말하는 게 아니라, 미리 말하는 거예요. 교수 할아버지가 무슨 등본인가 그런 거 떼 오라고 하셨잖아요.”

“그랬지.”

“그거 떼 오면 왠지 다 들통 날 것 같아서 미리 말씀드리는 거예요.”

“지레 겁을 먹었구먼. 별 상관도 없는데 말이야.”

두 딸의 성씨를 바꾸고 딱 사 년 뒤에 세상을 떠난 엄마의 이름

은 헌상자. 이름처럼 가진 것도 없어서 죽을 때 유산이랄 것도 없었다. 뺏어먹을 건덕지가 없으니 장례식에도 나타나지 않는 거라고 돌봐주던 먼 친척 어른들이 쑥덕거렸던 말을 소리는 잊지 못한다. 하지만 사실이 아니다. 아빠의 편을 들어서가 아니라 실은 그때 아빠는 쫓기고 있었으니까. 도박 빚에 사기 혐의에. 그래서 장례식장에서 경찰 몇 명도 와 있었다. 성실하게 일하기보다 늘 한탕주의에 물든 사람. 언제고 큰돈 벌어 돌아오겠다는 아빠는 마냥 산타의 존재를 믿던 어린 자매가 생리를 시작하고 제법 아가씨 티를 내는 나이가 되도록 나타나지 않았다. 그렇게 서류에서 김 씨는 사라졌다.

비밀이라면서 결국엔 모든 가정사를 털어놓은 소리 앞에 신자가 처음과 달리 미안한 얼굴로 잠자코 듣고, 봉달은 이걸 어떻게 받아들여야 할지 모르겠는 눈치였다. 자기를 두고 두 어른의 동정과 난감한 분위기를 못 견디겠던지,

"갈래요. 앞으로 오지 말라면 안 올게요."

소리는 그렇게 내뱉고 자리에서 일어나 도망치듯 사무실을 나섰다.

11

그렇게 사무실을 떠나고 소리는 며칠이 지나도 모습을 드러내지 않았다. 고작 어린아이가 제풀에 토라져서 나오지 않는 걸 어쩔 것이냐며 봉달이 큰소리쳤지만, 신자는 달랐다. 의도하지 않았어도 어른들 앞에서 치부를 드러낸 셈이니 마음의 상처가 됐을 것이다, 나오게 된다면 그땐 자기 돈으로 탕수육을 사주겠노라고. 그러거나 말거나. 종친회 세운 지 한 달도 채 안 됐는데 성가시게 잡음이 왜 이리 많은지.

손으로 핸들을 두드려가며 운전하던 봉달이 흘러나오는 트로트를 끈 것은 막 모르는 번호로 전화가 걸려 온 참이었다.

- 여보세요?

- 헌 회장? 나야 나. 헌정치.

불현듯 며칠 전, 자신을 와락 얼싸안던 헌 의원이 떠올랐다. 다급히 갓길에 차를 세우고,

- 예예! 의원님!

- 이허, 형님 아우 하자고 한 약속 벌써 잊었어?

- 예, 형님! 그런데 무슨 일이십니까?

- 갑자기 전화해서 미안한데, 지금 좀 만날 수 있나? 여기 북촌이야.

- 북촌이요? 거긴 왜?

- 응. 주소 찍어줄 테니까 이쪽으로 와.

정치는 수년 전에 지역 행사 차원에서 참석하게 된 자리에서 한 문화원 원장을 알게 됐다고 한다. 그리고 오랜만에 연락했을 땐 그가 전국문중협회의 장으로 있다는 소식을 전해 들은 것이다.

"전국문중협회라고 처음 들어 보시죠?"

머리가 벗겨진 육십 중후반의 남자가 멜빵바지를 살짝 추켜 올리며 물었다.

"말 그대로 전국에 있는 모든 문중을 아우르고 관리하는, 뭐랄까요? 세계기구로 따지면 유엔 같은 거죠."

"유엔이요."

"네. 여러 문중에 대해 각종 지원사업도 펼치고 있죠. 가령, 자금난에 허덕이는 종친회의 경우 족보제작비용을 지원해준다든가, 시조의 묘소 이장을 돕는다거나 하는. 뿐만 아니라 장학재단을 설립할 때도 우리 협회에서 전문 고문을 초빙해 가기도 합니다."

"그럼 대한민국에 있는 종친회란 종친회는 다 여기에 가입해 있겠네요?"

"물론이지." 정치가 끼어들었다.

"그래서 자네 생각이 났지 뭐야. 우리 종친회도 여기 전국문중협회에 가입을 하는 게 어떨까 해서. 번듯하게 인정도 받고 말이야."

'인정'이란 말에 귀가 솔깃해진 봉달은 시간을 벌기 위해 차를 한 모금 마셨다. 사단법인의 장으로 있는 생색은 다 내고 싶어 하는 복덕방 주인 같은 영감님과 약방에 감초마냥 업무시간에 할 일 없이 나와서 땅콩이나 까먹고 있는 구태 정치인. 듣기론 위상에 걸맞게 이 문중협회에서도 이미 자문위원이라는 자리를 꿰차고 있단다. 그로써 감투 하나가 늘어난 셈이다. 봉달의 속내를 알 리 없는 두 사람이 하해와 같은 은혜를 베푸는 자세로 대답을 기다렸다.

"그런데, 아실지 모르겠지만 아직 저희 종친회에는 사람이 많지 않아서요. 신생 종친회고, 또 드문 성씨인데다... 이거 저희가 가입해도 될지 모르겠습니다."

"헌씨 뿐 아니라, 희귀성씨 종친회에서도 올해만 두 군데나 가입하고 갔으니 너무 염려 마세요. 그리고 곧 있을 문중대회에도 참석해서 두루 친목을 다지면 홍보 효과도 있고 좋지 뭘 그래요?"

"문중...대회요?"

문중대회.

1981년부터 개최된 전국단위의 연례행사로 수많은 종친회들의 친목 모임이라 할 수 있었다. 자칫 폐쇄적이고 편향적일 수 있는 종친회의 단점을 보완하고, 사회문화적으로 대통합을 도모하는 데 그 궁극적인 목적이 있다. 또한 뜻이 맞는 종친회끼리는 미니콘서트를 선보이기도 하고, 초중생들을 대상으로 한 백일장, 그리고 수도권 미술대학과 맺은 교류를 통해 원한다면 문중 고유의 로고나 배너를 제작하는 소소한 이벤트도 있었다.

꽤 솔깃했다. 그냥 사무실 하나 차려서 헌씨들끼리 복작거리며 아웅다웅하는 것 보다 훨씬 더 영양가 있는 도약이었다. 무엇보다 '인정'을 받는다지 않은가!

"하겠습니다! 가입!"

* * *

"문중대회요? 그런 것도 있어요?"

"그러니까 헌 실장. 여기 팩스 번호로 우리 사업자등록증이랑 그 외 구비서류들을 작성해서 보내주라고."

사무실로 돌아온 봉달은 신이 나서 종이봉투를 흔들어 보였다. 협회에서 받아온 것들이었는데 안에는 종친회 소개서, 대회 참가신청서 등의 서류가 들어 있었다. 전해 받은 신자가 하나하나 넘겨보다가 멈칫했다. 종친회 소개서는 총 2부였는데, 하나는 국문이고 다른 하나는 영문이었다.

"엥? 영어로도 적어 내라는데요?"

"역시. 그 협회가 미국 뉴욕에도 지부가 있다더라고. 아마 거기랑 긴밀하게 업무를 공유하나 본데 그래서 필요한 걸지도 몰라. 일단 작성해서 보내도록 해."

"영어는 좀... 참! 자식 씨가 영어 할 줄 알잖아요?"

한쪽 구석에서 종친회 홈페이지를 만들고 있던 자식이 파티션 위로 고개를 내밀었다.

"네. 제가 할게요."

"호호 잘 됐다. 그럼 국문은 내가 써서 줄 테니까, 그대로 영문으로 옮겨 주면 되겠다!"

"그래요. 그럼."

봉달이 정수기에 뜨거운 물을 받더니 믹스커피 포장지로 휘휘 저으며 무심하게 물었다.

"자식아. 홈페이지는 잘 되어 가냐?"

"절반 정도는요."

"제작비용이 얼마나 들 것 같아?"

"최대한 아끼라고 하셔서 그렇게 하고 있어요. 무난한 빌더가 있어서 그거 깔아서 만들고 있거든요. 윈도우와 맥 둘 다 호환되고요. 일단 테마 세팅까지는 해두었어요. 세팅 비용은 부가세 포함 11만 원, 도메인료는 일 년에 만 원 정도 든다고 보시면 되고요."

들어도 무슨 소리인지 모르겠지만, 아는 게 없으니 콕 집어내지 못하고 그저

"역시. 미국에서 컴퓨터를 배워온 인재는 달라도 달라."

"이건 전공과 상관없어요."

"그건 그렇고 너 친부모님하고는 연락 됐냐?"

"아직이요..."

어련히 알아서 알려줄까 뭐 하러 물어서 사람 풀이 죽게 하느냐고 신자가 타박하던 와중에 막 총각이 들어왔다. '지금 만나러 갑니다'가 방송되고 나흘 만이었다.

"방송 잘 봤다."

"놀리지 마십쇼."

"놀리는 거 아니야. 애썼어."

"죄송함다."

"죄송하긴. 보잘것없는 종친회 알리겠다고 그 망신이나 당하게 한 내 잘못이다."

전혀 위로가 되지 않았다. 탈북하고 대한민국 국적자로 살게 된 지 삼 년이 넘었지만, 언제나 주눅 들어 있었다. 매사에 누굴 돕기보다 도움을 받아야 하는 처지, 연민의 눈길에 익숙해야 가능했던 일상 속에서 봉달이 부여한 임무는 '나도 할 수 있다'라는 자신감을 심어 주었다. 남한 사람들도 쉽사리 할 수 없는 방송 생활도 일 년 남짓하다 보니 베테랑이 된 총각은 그것이 유일하게 이 종친회 사람들 앞에서 자기가 내세울 수 있는 자랑이라고 여겼다. 다들 기대하는 만큼 성과를 이뤄 내리라, 종친회 규모를 확장하려는 회장 봉달에게 칭찬을 듣고야 말리라 했지만. 호기롭게 나가 적장의 목을 베어 오겠다 큰소리 쳐놓고 꽁무니만 뺀 패장의 기분이 이랬을까?

봉달은 의기소침해 있는 총각의 어깨를 두드리며 말했다.

"아참, 회식할 때는 자식이가 없었지? 나중에 모두 모여서 한 번 회식해야겠어."

"……"

"그러고 보니 둘이 스물여덟 살 동갑 아냐? 친구네 친구."

"나이가 같다고 어째 친구가 됨까? 뜻이 맞아야 친구디요."

먼저 도발한 건 총각이었다. 그리고 그 뒤로 사회주의 국가에서 온 사람들은 그렇게 원래 공격적이고 퉁명스럽냐는 자식의 반격이 있었고, 또 이래서 미제 승냥이 미제 승냥이 하는구나며 같은 헌씨만 아니었다면 마주 볼 일도 없을 '간나 새끼'라고 손가락을 흔든 게 몸싸움으로 이어진 결정적인 계기였다. 사실 싸움 상대도 안 됐다. 총각에 비해 자식의 몸집이 컸고 힘도 좋았으니까. 그런데도 바득바득 덤비는 걸 두고 봉달이 총각더러 입만 살아서 그렇게 댓거리 하다간 나중엔 입까지 얻어터지게 생겼다며 간신히 뜯어말렸다. 확실히 총각에게는 악바리 같은 구석이 있었다.

"솔직히 말해서 북한에서 온 간첩인지, 진짜 헌씨인지 누가 알아요? 안 그래요?"

"가, 간첩?? 기래 의심이 많아서 어칼래? 나중에 생부모가 찾아와도 믿음이나 가겠간?"

결국 서로에게 독이 되는 말을 내뱉고 만 것이다.

사무실은 그야말로 쑥대밭이 되었고, 일일이 기억할 수 없지만, 그날 처음으로 늘 고고한 선비 같던 학문으로부터 불호령을 듣던 날이기도 했다.

12

사람은 무조건 배우고 봐야 한다고, 어릴 적에 부모님으로부터 귀에 딱지가 앉도록 듣던 말을 먼 훗날 도서관에서 떠올리게 될 줄은 몰랐다. 결국엔 적성대로 미대에 진학했지만, 처음부터 미술이 좋았던 것은 아니다. 인문계 여고에 다니던 중, 야간자율학습을 항상 빼먹던 몇몇 친구들이 부러워서 시작하게 됐다. 예체능은 정규수업이 파하면 보내줬으니까. 그대로 잘 풀렸으면 좋았으련만, 인제 와서 에어컨 바람에 실려 오는 책 냄새를 맡으니 마음이 싱숭생숭했다.

공부와는 담을 쌓고 살던 신자가 시립도서관을 찾은 건 학문의 말 때문이었다. 총각과 자식이 크게 다퉈 경찰서까지 가게 생기자 봉달이 학문을 호출했고, 학문이 그들을 호되게 꾸짖으면서 이렇게 말한 것이다.

"신성한 종친회에서 이게 무슨 짓들이야? 네 놈들이 상놈들이냐?!"

'상놈들'이란 말에 봉달과 신자가 뜨끔한 나머지 눈빛을 주고받았다. 안 그래도 돌아가신 친할아버지와 친할머니가 이웃집에서 발견된 옛 호구단자에 노비 칸에 기재되어 있는 것을 발견했던 역사가 있어 민감해진 것이다.

도서관에 향토자료 코너에서 이런저런 도서를 빌려 의기양양하게 데스크 앞에 올려 두었다.

"카드 찍어 주세요."

"여기요."

"이음카드 없으신가요?"

"그게 뭔가요?"

2002년, 한창 짝사랑 중이던 오빠는 공무원 시험을 준비 중이었고, 그와 데이트하고 싶어서 월드컵도 포기해가면서까지 일부러 만든 도서 대출카드가 생활 흠집투성이에 바란 채로 퇴짜를 맞았다. 먼 시간을 돌아 제 주인이 그 오빠에게 이혼 통보를 받을 줄 미처 몰랐을 카드는 그렇게 휴지통으로 운명을 마감했다.

"여기 새로 발급된 이음카드입니다. 전국 어느 도서관에서든 대출이 가능하니까 앞으로 이 카드를 이용하시면 될 거예요."

뒤로 길게 줄지어진 사람들의 따가운 눈총을 피해 옆 별관에 마련된 곳으로 도망치듯 향했다. 책상 위에 가득 쌓인 다섯 권의 두꺼운 책자들.

「조선 후기 양반사회」

「오백 년 신분제의 동요」

「족보, 그 뿌리를 파헤치는 여정」

「백정에서 왕족까지」

.

.

책에 적혀있는 바에 따르면 족보에는 적자와 적녀를 먼저 기록하고, 뒤에 서자녀를 올릴 때는 반드시 서자, 서녀라고 뚜렷하게 못을 박아놓는다고 했다. 하지만 더 억울한 일은 그들을 낳은 생모, 즉 첩은 언제부턴가 족보에조차 오르지 못한다니 이 세상에는 낳음과 죽음이 기록되지 못한 여자들이 수없이 많다는 사실이었다.

그러다가 어느 한 구절에 시선이 머물렀다.

'조선시대에는 여성은 공적인 문서에 이름을 기재하지 않았다. 단, 노비층은 예외였다.'

오히려 공식적으로 이름을 올리지 않는 것이 나았다는 건가? 숨어있는 게 미덕이라고? 그러고 보니, 사극에서도 의원을 불러 진맥할 땐 발을 치고 멀찌감치서 긴 줄로 맥을 짚었던 장면이 떠올랐다.

'양반 여자는 성씨 뒤에 씨(氏)를 붙이고, 중인 여성은 성(姓)을 붙이고, 평민 여성은 조이(召史)라 하여 각 신분을 구분하였다. 만일 이름을 그대로 사용했다면 그것은 노비였을 가능성이 크다.'

노비는 거리낌 없이 이름 그대로 사용했다?

친할아버지의 '망추'와 친할머니의 '자개비'라는 본명(?) 뿐 아니라 그 옆에 또 다른 이름들, '개년이', '말례', '순보' 등이 몇 자 적혀있었던 것이 떠올랐다.

그뿐 아니다. 봉달의 말에 따르면, 어머니가 계시는 전라도 본가에서 공명첩이라는 문서가 발견됐다고 했다. 거기다 오래도록 존재하지 않던 종친회, 그 많은 고문서를 뒤져봐도 헌씨에 대한 흔적을 찾아볼 수 없었다던 교수이자 학자인 학문의 푸념까지.(그의 말에 따르면 조선 후기에는 3년마다 호적을 갱신하여 하나는 고을에, 하나는 감영과 한성부에 올렸다고 하는데 거기서조차 헌씨는 찾아볼 수 없었다고 한다.)

"네 놈들이 상놈들이냐?!"

어쩌면 학문이 제대로 본 것일지도 모른다. 천하고 상스러운 상놈.

* * *

- 저 상것! 저런 건 아주 기냥 두렁에 던져불고 돌루다 때려죽여두 션찮어. 오살헐년.

'지은 죄'가 있어서 맘 편하자고 얼마 전에 인터넷 결합상품을 설치해 주었더니, 높은 채널에서 방영해주는 철 지난 막장 드라마 보는 재미에 빠진 엄니가 말했다. 유부남인 거 뻔히 알면서 치마 속에 바람만 든 년이 지 욕심 채우자고 엄한 가정을 깨부숴으니 천벌 받을 일만 남았다는 것이다. 그러면서 서울서 딸이 비싼 강아지 사줬다고 자랑하는 개울가집 할머니에게 *"성님네는 텔레비전이 몇 번까지 나오요? 먼 곡절인가 나넌 기냥 한도끝도 나와부네?"*하며 속을 긁고 와서 십 년 묵은 체증이 다 내려간다는 소리까지 덧붙였다. 엄니가 웃자 덩달아 봉달의 마음도 좋았다.

- 흐흐. 인자 스코어 일대일이네?

- 그놈 할망구 아주 지기 시릉게 이번엔 제주도 사넌 아들 자랑할려는거

안 듣구 와부렀어. 일부러 미우라구.

- 잘했어. 엄니 밥은?

- 먹었제.

- 뭐에다?

- 깻잎 찐거랑 해다가. 아참! 열무 사다논단걸 잊어붓네.

- 더운데 나가지 말어. 아닌 게 아니고. 누나한테 며칠 전에 전화가 왔더라고.

- 또 지랄허제? 나가 말할라구 말한 것은 아니구 에스케피탈인가 먼가 너가 이거 텔레비전 달아줬다니께 꼬치꼬치 캐묻드라고. 아주 지애비 닮아서 으심은 많아가지구. 그나저나 너 전화 받구 심난시러웠겄다?

- 심난할 게 뭐 있어. 그냥 한 귀로 듣고 흘렸지 뭐.

한 달 전에는 몇 번을 말아먹어도 여즉 정신을 못 차리느냐고, 이혼당하고 처자식한테도 버려져야 정신을 차리겠느냐고, 나가 뒤지라던 엄니가 언제 그랬냐는 듯이 아들 역성을 들고 나섰다. 참 이상하게도 엄니는 당신 말씀으로 세상 둘도 없는 불효자로 만들다가도 막상 불효자가 죽는 소릴 하면 언제 그랬냐는 듯이 태도가 돌변하기 일쑤다. 봉달은 전화 너머로 깔깔대며 장날에 있었던 이야기를 풀어놓는 엄니의 목소리에 귀를 묻으며 자문했다. 과연 자신은 효자일까? 불효자일까?

그러다가 용기를 내서 "엄니, 미안혀. 무릎은 어뗘?"

그러나 전화는 끊긴 다음이었다.

3장 시조

역사 속에서 인물이 사라지는 경우는 두 가지다
존재를 지워야 하거나
혹은 정체를 감춰야 하거나

스콧 월터

13

종친회 산하 족보편찬위원회를 꾸린 지 어느덧 이주가 흘렀다.

숭조상문(崇祖尙門)의 정신으로 착수한 첫 번째는 '나'를 중심으로 대와 손을 정립하는 일인데 그 진도가 여전히 제자리걸음이었다. 그다음은 두 번째, 파를 알아내는 것이다. 하지만 파를 알아내기 위해서는 무엇보다 시조에 대한 정확한 정보와 그 후사에 대한 체계적인 흐름을 반드시 이해해야 했다. 그렇지 않고서는 종친회의 존재가 의미가 없다는 것이 학문이 줄곧 주장해온 바였다.

봉달과 학문이 머리를 맞대고 앉았다.

"저번에 교수님께서 만가보를 뒤져도 찾기 어렵다고 하셨는데, 그게 뭡니까?"

"만가보. 말 그대로 만 개 집안의 족보이지. 즉, 그만큼 수많은 가문을 한데 통틀어 모은 책자라는 얘기야. 실제로는 이백 칠십여 개의 가문이 실려 있다네."

"그게 가능합니까? 결국 전 국민을 다 때려 넣는 건데. 아무리 조선시대여도 그 인구가 얼마나 많습니까?"

"음음. 다 때려 넣으면 불가능하지. 그래서 되도록 장손 위주로 기입이 되네. 또는 출세한 후손이 있다면 장손이 아니어도 종종 실리곤 하고."

"그런데 거기에도 헌씨는 없다는 거죠?"

"음. 내가 한국학자료원을 다 들춰보았지만 찾을 수 없었어. 그 얘기는 다시 말해서..."

"양반이 아니었단 거겠죠."

언제 들어왔는지 신자가 중간에 끼어들었다. 그러면서 도서관에서 빌려온 책 다섯 권을 죽 테이블 위에 올려두고, 봉달 옆에 앉았다. 이로써 간부 삼인방이 모였다.

"새삼 놀랍지도 않아요, 이젠. 백날 천날 우리끼리 이러고 있어봤자..."

"음..."

학문이 근심 어린 얼굴로 짙은 신음을 뱉었다. 한참 동안 고민에 빠진 듯 팔짱을 끼고 눈을 감은 사이, 봉달이 슬쩍 눈치를 보며 입을 열었다.

"이런 말이 어떻게 들릴지 모르겠지만, 로또 하기엔 좀 애매해서 말이죠. 사실 어젯밤에 제가 신기한 꿈을 꾸었거든요."

"저 성당 다녀요. 미신 안 믿어요!" 신자가 날카롭게 받아쳤다.

"헌 실장, 왜 그래 오늘따라?"

"솔직히 짜증도 나고 답답하니까 그러죠. 방송에 나가서 괜히 망신만 당하고. 댓글들 보셨어요? 어찌나 눈치들은 빠른지 다들 노비종친회래요. 이렇게 힘을 모아도 모자랄 판국에 치고 박고 싸우고,

소리 걔는 가서 오지도 않고, 도서관에서 뒤져 보니까... 암만해도 상놈 집안인 건 확실한 것 같아요. 그런데 그런 집안에서 시조가 뭐고 족보가 다 뭔지... 그거 찾아봤자 무슨 의미가 있는지."

그리고 집에만 가면 남편이 이번엔 돈도 못 벌어오는 기생충 취급을 한다면서 개인적인 불평도 쏟아냈다. 이대로 우리 종친회 괜찮은 건지. 세 사람 모두 묻고 싶었지만, 모두 대답할 수 없는 난제였다.

밖에는 부슬부슬 비가 내렸다.

* * *

"또 자냐?!"

앗!

날아든 볼펜에 맞아 반사적으로 벌떡 일어나자 곳곳에서 키득거리며 웃었다. 때마침 쉬는 시간을 알리는 종이 울리고 교실을 떠나면서 교사가 소리를 향해 혀끝을 내찼다.

눈을 비비고 돌아보니 금세 교실 안은 왁자지껄한 아비규환이 되어 버렸다. 옆에서는 SNS에 올릴 댄스 동영상을 스마트폰으로 촬영하고, 다른 한쪽에서는 아이라인을 그리고, 그것도 아니면 다 엎드려 자거나 수다 삼매경이다. 전형적인 여고의 쉬는 시간 풍경.

창밖을 보니 비가 내리고 있었다. 일기예보에 비가 온다는 말은 없었던 것 같은데.

[언니 나 우산 없어.]

때마침 동생 나리에게서 메시지가 왔다. 수업이 끝나고 집에 도착하면 오후 다섯 시 반. 동생을 데리러 인근 중학교에 가면 이미 늦은 시간이다. 데리러 못 가서 미안하다고, 오늘만 비 맞고 오면 안 되겠냐고 좋게 말하면 오히려 역효과가 난다는 걸 누구보다 잘 안다. 일부러 매몰차게 [그냥 비 맞고 와. 별로 안 오네.] 라고 보냈다.

언제부터였을까? 네 살 터울의 동생 나리에게 다정하기보다 엄하게 굴기 시작한 것이. 아마 엄마가 돌아가시고 난 다음부터일 것이다. 엄마는 상습적으로 도박을 하고 집을 비우는 아빠를 비난하지 않았다. 자식들 정서에 악영향을 끼칠까봐서가 아니라 그냥 체념하고 사는 것 같았다. 그게 팔자려니 하고. 아주 어려서부터 엄마는 가정환경이 좋지 않았던 모양이었다. 그래도 마트에서 일하다가 만난 지게차 기사인 아빠와 결혼했을 땐 그럭저럭 행복했다고 했다. 신혼 땐 누구나 그렇지 않나? 무심하게 반문하면, 아빠가 도박하는 것만 빼면 다 좋다고 했다. 그것 하나가 모든 걸 망치는데도 엄마는 그냥 감싸줬다. 그렇게 술에 물 탄 듯, 물에 술 탄 듯 살던 엄마가 돌연 변한 것은 난소암 말기 판정을 받았을 때였다. 산부인과에 따라간 소리. 엄마가 진료실에 들어간 동안 밖에서 대기했는데 의사 선생님의 목소리가 어찌나 쩌렁쩌렁한지 다 들렸다.

"지금으로선 희망이 없어요. 냉정하게 들리겠지만 사실입니다. 호스피스 병동에 빈자리 알아봐 드릴까요? 지금으로선 그게 최선입니다."

엄마에게 내려진 사형선고였다. 그리고 엄마가 집행을 당하기 전에 마지막으로 한 일은 바로 소리와 나리의 성씨를 바꾼 일이었다.

"성씨는 진심으로 책임진 사람의 걸 따라야 해."

그렇게 뜬금없이 김소리, 김나리가 헌소리, 헌나리가 되었다. 단연 학교에서는 이를 두고 말들이 많았다. 눈치 없이 만나는 선생님들마다 *"소리야 왜 성을 바꿨니?"*하고 애들 다 보는 데서 묻는가 하면, 어느 정도 자기 부모에게 뭘 주워들은 아이들은 *"너희 부모님 이혼했지?"*라고 놀리듯 묻기도 했다. 그 후로 전학을 두 번이나 다녔다.

엄마가 돌아가시고 동생과 단둘이 남게 됐을 때, 한 번은 아빠가 집에 돌아왔다. 원양어선을 탔다고도 하고, 지방에서 운수업을 한다고도 하고 뭐라 뭐라 횡설수설했는데 끝에 가서는 *"엄마가 돈 좀 남긴 거 있냐?"*였다. 생존본능 탓이었을까? 그토록 미웠던 아빠였는데, 어린 나이에 기댈 수 있는 사람이라곤 아빠밖에 없다는 생각에 통장을 단번에 넘겨주었다. 아빠는 그날 태어나서 처음으로 레스토랑에 가서 비싼 고기를 사주었다. 지금 생각해보면 그마저도 엄마 돈이었으며, 세 식구가 먹어도 십오만 원도 안 됐을 텐데 그게 그렇게 행복하고 눈물 나게 기뻤다. 물론 그렇게 큰돈을 벌어오겠다는 아빠는 지금까지도 돌아오지 않았다. 가끔 잊을 만하면 고모가 전화해서 왜 너희 마음대로 성씨를 바꿨느냐고 아빠가 불쌍하지도 않냐고 쏘아붙일 뿐이나. 하나도 안 불쌍한데.

투두둑...

투둑...

중앙현관에서 우산을 펴며 조금 전 문학 시간을 떠올렸다.

아주 잠깐 잠들었지만, 참 이상한 꿈이었다고.

14

상기된 얼굴로 물 양동이를 들고 오는 자식을 보며 총각이 조롱했다. 억하심정이 가시지 않은 것이다.

“덩치만 컸지, 기깟 거 드는데 빌빌거리네? 소학교 이학년들도 그보단 잘 들갔다.”

퉁! 소리를 내며 물이 찰랑 넘칠 정도로 양동이를 내려놓은 자식이 그대로 질 순 없는지 받아쳤다.

“그러는 넌? 북한에 있을 때 웅변대회 일등 했다면서 방송에서 시조가 누구인지도 찍소리도 못하냐? 종친회 망신시킨 주제에.”

발끈한 총각이 주먹을 움켜쥐었지만, 여기서 또 사고를 치면 그땐 둘 다 종친회 퇴출이라는 봉달의 엄포가 떠올랐다.

“내가 한국에 들어온 건 완전한 한국인으로서 살기 위해서 들어온 거야. 너도 마찬가지겠지? 탈북하고 왔을 땐 북한이 아니라 남한 사람으로 살기 위해 온 거 아냐? 그러니까 시비 걸지 말라고.”

“뭐? 시비?”

“얼마나 반미사상에 세뇌당했는지 모르겠지만, 그런 정신으로 있을 거면 다시 북한으로 돌아가지 그래? 불쌍해서 못 봐주겠으니까.”

"야이 개새끼야! 넌 북한에 살았으면 미제 승냥이로 토대가 나빠서 나보다 한참 밑바닥 인생이었어! 이거 왜 이래!"

"그렇게 토대가 좋았다면서 왜 탈북을 했어? 거기서 쭉 살다 죽지. 거기서도 밑바닥이었으니까 이리로 넘어온 거 다 알거든?"

그때, 음음! 하고 학문이 기척을 내며 들어왔다. 그가 가진 '도유사'라는 직책은 종친회에서 가장 중요한 족보편찬의 수장이다. 제일 연장자인데다가 제일 많이 배웠고, 봉달조차 자문을 구할 정도니까 그가 실세라고 봐도 무방했다. 상놈들이라며 호되게 꾸짖던 영감이 자칫하면 회초리를 들 수도 있겠다는 생각에 두 사람 모두 하던 일을 멈추고 재빨리 흩어져 버렸다.

창가 쪽에 마련된 책상 앞에 앉으며 학문이 말했다.

"옛날 양반사회에서 보학은 교양으로 통했지. 가문의 내력과 인물에 대해 줄줄이 읊어댈 만큼 통달해 있는 사람은 거기에 걸맞은 교양인 취급을 받았고. 그런데 자네들은 뭔가? 보학을 알기는 커녕 가뜩이나 업신여김을 당하는 헌씨 가문의 후손들로서 하는 짓거리까지 천박하고 상스럽다니! 교양이라곤 눈 씻고도 찾아볼 수가 없으니 한심하군 한심해! 분명히 말해두겠는데, 두 사람 앞으로 지켜보겠네."

그리고 서류 가방에서 만년필 케이스와 수첩, 노트북을 각각 꺼내어 보기 좋게 배치를 해두었다.

윙-

적절한 타이밍에 전화가 울렸다.

- 헌학문입니다.

- 안녕하세요. 여기 국립중앙도서관 고문헌과입니다.

- 어디시라고요?

- 국립중앙도서관입니다.

- 음. 말씀하십시오.

- 얼마 전에 유선상으로 요청하신 자료를 찾아보았는데요.

학문은 며칠 전, 경남 진주 관아에서 보관하고 있던 조선 후기의 호적대장을 찾아볼 수 있겠느냐고 문의를 했던 것을 떠올렸다. 어제 신자로부터 모든 것을 전해 들었기 때문이다. 조부모님이 실은 노비였다는 사실 말이다.(이로써 서른두 명에서 서른세 명이 되어 버렸다는 봉달의 푸념이 뒤따랐지만)

거기서 떠올랐다. 진주 헌씨의 시조가 어떤 신분이고 실제로 진주에서 어떻게 살아간 인물인지 알 길이 없으나, 어쨌거나 그 후손들이 진주에서 터를 잡고 살았다면 적어도 당시에 관아에서 보관하고 있던 호적대장이 남아있을 것이다. 거기엔 이름과 나이와 직역 등 기본정보가 담겨 있으니 그것만 알아낸다면 베일에 싸인 시조를 알아내는 것은 시간문제! 신자는 찾아봤자 줄줄이 노비 조상들만 나올 걸 뭐 하러 찾느냐 툴툴댔지만.

- 음! 그래서 찾았습니까?

- 말씀하신 고문서를 발견했습니다만 양이 워낙 방대해서 우편으로 송부하는 긴 한계가 있고, 시간이 되신다면 직접 방문하여 보실 것을 권장합니다.

서둘러 펜과 종이를 가져온 학문은 전화 너머의 말소리에 귀를 기울이며 연신 무언가를 적기 시작했다. 전화를 끊고, 자식과 총각을 돌아보며 학문이 밝은 얼굴로 물었다.

“회장님은 언제쯤 들어온다고 했나?”

“아까 아침에 병원에 가셨는데요?”

총각이 말하자 자식이 이어서 대답했다.

“네. 어머님께서 입원하셨다고 전화를 받아서. 아마 내일까지 못 오실 거라고 했어요.”

* * *

지하 주차장에 차를 대고 서둘러 올라온 봉달. 엘리베이터에서 내리면서 병실마다 입원한 환자 이름을 확인하느라 조급했다. 그러다가 맨 끝에 가서야 마른 한숨을 내쉬고 안으로 들어섰다.

“봉자 갼 뭐더러 쪼잘쪼잘 전화질혀서 바쁜 사람 오게 한댜.”

“엄니땜에 놀래 죽겄어.”

“죽긴 왜 죽냐. 아나 먹어라. 비타 오백 여가 잔뜩 있은게.”

한입에 드링크제를 털어 넣은 봉달이 보조 침대에 쭈그리고 앉더니 작은 목소리로 다그쳤다.

“뭐더러 슬레이트를 치운다고 올라갔대? 그거 1급 발암물질이여. 아무나 치우는 게 아니라고. 전문가가 따로 있어요.”

“그럼 워쩌냐? 태풍 오면 날라가게 생겼는디.”

한마디 더 하려다가 결국 늙은 어머니로 하여금 직접 치우게 한 죄책감에 화제를 돌렸다.

"그래서? 의사는 뭐래? 다리는 괜찮대? 무릎도 안 좋은 노인네 괜찮을 리가 없지."

"모레 퇴원하란다."

"그럼 다행이고."

"그나저나 종친횐가 머신가는 잘 굴러가야 쓰겄는디."

"잘 돼."

"사람들도 얼매나 모였구?"

"꽤."

"니가 애쓴다."

엄니는 별 볼 일 없는 가문 일으키겠다고 종친회를 세우는 걸 죽은 아부지가 봤어야 한단 소리를 여러 번 반복했다. 정작 당신께선 면서기였던 외할아버지의 그늘 밑에서 금이야 옥이야 자라다가 속아서 시집왔건만 요즘 세상에 누가 양반 상놈 따지냐고, 다 지나간 일이라며 전혀 개의치 않아 했다. 가장 작은 사이즈를 입었을 텐데도 환자복의 품이 남아돌았다. 비쩍 마르고 자그마한 체구의 엄니를 보자 문득 그 인생이 참 억울했겠다 싶은 서글픈 생각이 뇌리를 스쳤다.

"아부지가 미운게 나도 미웠겄다. 엄니?"

"아니이. 닙기넌. 니넌 외탁을 했은세. 봉사 고것이 시 애비 쏙 빼닮았제."

깔깔깔. 모자의 대화를 언제부터 듣고 있었는지 옆 침상에 아주머니 두 분이 덩달아 박수를 치며 웃었다. 적절한 타이밍에 깎은 사과 몇 개가 오갔다.

“사람이 몸이 아파서 병원 신세를 지면 이런저런 옛날 일만 떠올린다는디 가만 생각해본게 나넌 살믄서 일절 후회되는 게 없시야. 딱 하나 빼구.”

“뭔데?”

“니 아부지가 잇날에 데려온 얼라 말이여. 니살인가 그때까정 살다가 갸 정읍사넌 외갓집서 데려갔자녀.”

“그랬었나. 기억이 가물가물하네.”

“니두 어렸씅게. 국민액교 들어가기 전인게.”

“그래서?”

“니 아부지가 난중에 죽기 전에 그 소릴 하드라구.”

“하이고 노인네, 끝까지 엄니 속 뒤집어 놓고 가셨구만.”

“아니이. 실은 가가 아부지 핏줄이 아니었단다.”

* * *

“진주 관청 자리에 부속시설 잔류가 남아 있었는데, 거기 호적소에 있던 자료 중 일부에요. 아직 분류가 제대로 되어 있지 않아서 아마 찾는데 시간이 걸릴 것 같아요.”

“음. 이거 참 고맙습니다.”

"그래도 다행인게 진주 쪽이면 호적대장이 비교적 많이 보존이 된 편이거든요."

"애쓰셨습니다. 제가 천천히 좀 봐도 되겠습니까?"

"얼마든지요."

사서가 자리를 뜨자 학문은 본격적으로 가방에서 돋보기안경을 꺼내 썼다.

국역을 짊어질 호구를 파악하기 위해 만들어진 호적대장. 득보다 실이 뚜렷한 이유로 호적에 등록되기를 꺼려하는 사람들이 많았을 것이다. 그렇기에 산더미같이 쌓인 호적대장에 그 당시 진주 사람의 백 퍼센트가 실렸으리라고는 여기진 않는다. 하지만 이중에 헌씨를 찾을 수만 있다면 시조를 찾아내는데 큰 단서가 될 것이다.

* * *

비밀은 임종 삼십 분 전에 밝혀졌다.

먼저, 젊은 날에 개성댁에게 흑심을 품었던 사실은 죽어 지옥에 가서라도 꼭 벌을 받을 테니 이제 미움을 내려달라는 부탁이 있었다. 그리고 털어놓기를 외지인이었던 개성댁이 마을로 흘러들어온 지 석 달 만에 술집에서 그녀를 알게 됐는데, 여느 작부처럼 여겼던 그녀가 실은 갓 태어난 자식을 먹여 살리기 위해 그 일을 한다는 사실이었다. 남편에 대해 꼬치꼬치 물어도 좀처럼 털어놓는 법이 없었다. 들리는 말에 의하면, 세 살 연하의 남편이 베트남으로 파병된 국군이었다는 사실과 그마저도 법적인 부부가 아닌 사실혼 관계였으며, 일 년이 넘도록 생사를 알지 못해 하는 수 없이 입에 풀칠이라도 하기 위해 술집에 의탁하게 됐다는 것. 처음엔 수작을 부리려고 접근했던 아부지는 그 사연을 알게 되자 딱하게 여겨 자주 술을 팔아줬다는 변명 아닌 변명을 늘어놓았다. 그리고 술집 일을 하게 된 지 얼마 안 되어 남자 쪽 집에서는 그 아이를 전장터에 나가 돌아오지 않는 아들도 없는 마당에 손주를 키울 마음이 없었던지 개성댁을 찾아와 덩그러니 떨구고 갔다. 그 당시 여자 혼자 아이를 키우기란 녹록지 않은 세상이었다. 하물며 술집이라니. 그 뒤 개성댁은 연탄을 피우고 죽었다. 아이와 함께 죽으려고 했던 모양인지 나중에 술집 주인이 방문을 열어젖혔을 땐 매캐한 연기 속에서 아이가 얼굴이 벌게져서 왕왕 울었다고. 거기까지 들은 엄니가 따져 물었다. 그래서 얼라를 데려온 게 고작 그 죽은 개성댁이 불쌍해서 데려온 거냐고 그걸 말이라고 하느냐고 하자 그대로 눈을 감으셨다.

그 아이가 아부지의 핏줄인지 아닌지는 알 길이 없지만, 적어도 아부지가 죽는 그 순간까지 거짓말을 할 위인은 절대 아니라고 봉달이 못을 박았다. 아부지와 개성댁이 만난 날보다 그 아이의 나이가 훨씬 많았던 것은 자명한 사실이니까.

그러자 엄니는

"야가 야가 날 뭘루보구. 다 늙어서 새장가 들었다고 질투를 허냐 뭘 허냐. 이미 지난걸 뭐슬 따지겄냐마는 말귀도 못 알아먹는 그 어린것헌티 눈 흘겼던 것이 마냥 미안하단거제 인자 와본게. 가가 뭔

죄가 있다구. 그땐 참말루 니 아부지 핏줄인 줄 알았쏭게."

그리고 덧붙였다.

"난중에 본게로, 느 아부지 죽고 부주한 사람덜 누군고 하고 보니께 그 얼라가 다녀갔드라. 출세해뿌렀는지 돈도 젤루 두둑허게 허고 갔시야."

봉달은 그 아이를 떠올리려고 애를 썼지만, 도무지 기억이 나지 않았다. 봉달조차 어렸으니까. 다만 아부지가 집에 데려온 지 삼 년 조금 넘었을 무렵에 그 아이의 외가에서 외할머니와 외삼촌이 와 데려간 사실만 또렷이 기억했다. 강보에 싸여 왔던 아이는 아장아장 걸어서 그렇게 떠났다. 눈칫밥을 먹어서 쳐다도 보기 싫을 법한데, 가면서 드문드문 뒤를 돌아봤다고. 엄니는 말했다.

"좋게 좋게 생각합시다, 엄니. 아부지가 암만 파락호였어두 딸 낳구 팔 년 동안 태기 없던 엄니 두고 바람 핀 적은 없잖소. 친할머니가 그렇게 후처를 들이자구 옆구릴 찔러두 방방 뛰던 냥반이었담서? 그 시절에 그러기 힘들제. 아부지가 대단한거여."

"고건 고러치. 느가부지가 신소리할 인사가니마는... 모루제. 개성댁 고것이 허벌나게 고왔는지 알 게 무시냐."

깔깔깔.

일부러 말꼬리를 물고 늘어진 척 했지만, 봉달은 느낄 수 있었다. 더 이상 개성댁은 '오살헐년'이 아니라는 것을.

15

토요일 저녁.

상석에는 회장 봉달이, 그리고 소파 양옆에는 전 멤버가 나란히 모여 앉았다. 이렇듯 모두를 호출한 건 다름 아닌 학문이었다.

"죄송합니다, 교수님. 어제는 집에 일이 생겨서 잠깐 사무실을 비웠거든요."

"얘기 들었네. 어머님 환후는 어떠신가?"

"괜찮습니다. 저 그런데 가셨던 일은 어떻게...?"

"음..."

학문은 중앙 테이블 위에 어떤 복사본 한 장을 올려 두었다. 회전하는 선풍기 바람에 나풀거리자 재떨이로 모퉁이를 고정했다. 어쩐지 없어 보이는 풍경. 내용은 한자로 쓰여 있어서 다들 눈만 동그랗게 뜰 뿐, 그 외엔 어떤 감정도 흐르지 않는 얼굴들이었다.

"여기에 준호구가 한 장 있네."

"준호구가 뭐에요?" 신자가 물었다.

"호구단자를 모두 모아서 만든 게 중초고 그걸 다 규합하여 하나의 책자로 만든게 대장이지. 준호구는 등본 같은 거야. 관청에서 발급해주는 것."

"설마 우리 헌씨껌까"

총각이 놀라 물었다.

"헌씨는 아니고 진주 강씨 아무개의 것이네."

김빠지는 분위기.

"진주 강씨요? 왜 남의 집안 것을…"

"결론부터 말하자면, 다 뒤져봤지만 어디에도 헌씨는 없었어. 물론, 일부러 국역을 피하려고 등록을 회피했거나 오랜 세월 속에서 분실됐을 수도 있으니 크게 실망할 것 없네. 대신 진주 강씨의 준호구를 가져온 이유가 따로 있지. 자 하나씩 보세."

동치 3년 갑자년 5월 9일 하동군

유학 강갑회 나이 11 계축년생, 본관 진주

부… 강XX

조… 강XX

증조… 강XX

외조…

.

.

.

"먼저 동치 3년, 즉 1864년이지. 경남 하동에 사는 강갑회라는 열 한 살 된 사내아이와 그 아버지, 할아버지, 증조할아버지와 외할아버지까지 있어. 앞에 유학이라 함은 기재 양식 중의 하나로 직역을 말하네. 그러니까 신분 말이야. 강갑회라는 사내아이는 과거를 준비하는 학생이었다는 뜻이지."

"남의 집안 걸 뭐 하러 들여다봅니까?"

인내의 한계에 다다랐는지 금함이 투덜대듯 물었다.

"자, 이번엔 이 강갑회의 부인에 대해 기록된 부분을 볼까? 열 한 살이긴 해도 조혼 풍습이 있었듯이 어린 각시가 있었어."

아랑곳하지 않고 학문이 그 밑 부분을 줄쳐가며 읊었다.

처 헌씨 신해년생, 본관 진주

부 재표

조 직환

증조 주황

외조...

.

.

.

"부인의 성이 헌씨야."

와!!!

여기저기서 각기 다른 감탄사가 터져 나왔다. 마치 예기치 못한 곳에서 유물을 발굴한 현장 노동자들처럼 다들 한껏 상기된 얼굴이었다. 사무실은 처음 김빠진 분위기와 달리 열기로 가득 찼다.

비 종은 년 19

행 군수

주협무개인

“그뿐 아니야. 여기 보면 여자노비도 있었어. 열아홉 살의 종은이란 아이지. 그리고 이 준호구가 관청에서 발급하는 서류라고 했듯이 그 밑엔 주협무개인이라는 인장과 당시 군수의 착관도 찍혀 있네.”

학문의 설명이 곁들여지자 한낱 인사동 헌책방에 굴러다닐만한 삼천 원짜리 종이쪼가리가 국보에 버금가는 가치로 다가왔다.

“저 그런데요.”

그때 신자가 어딘가를 손가락으로 짚었다.

“여기 강씨네 보면 이름 앞에 한자어 두 개가 붙는데, 이건 뭐죠?”

“그건 학생이란 뜻이네. 우리가 아는 중학생 고등학생 그런 뜻이 아니고, 글을 깨친 유생을 가리키는 말이야. 서원이나 성균관이나 그런 곳에서 공부하는 유생 알지? 사극에서 봤을 테니까.”

“그런데 이상하네요. 갑회라는 어린 남자 아이도 유학인데, 어째서 그 집 어른들은 여지껏 학생이에요?”

“음. 조선시대에는 양반들이 열이면 열 모두 벼슬에 나아간 건 아니었어. 때론 벼슬 한 자리 하지 못 하고 죽는 양반들도 참 많았지. 그들이 죽고 나면 신주에 ‘학생부군신위’라고 썼어. 설령 평생 벼슬을 하지 못 했어도 일생을 과거시험을 위한 글공부와 자기 연마에 힘을 썼다 하여 학생이라고 칭한 거야."

"그런데 그게... 어째서 '학생'이라는 표기가 헌 할머니 쪽 사람들한테는 없죠?"

"그렇다고 해서 신분을 의심할 순 없네. 다들 신분제가 언제 철폐되었는지는 알고 있겠지?"

다들 고개를 끄덕였지만, 누구도 말을 하지 않았다.

"바로 1894년 갑오개혁 때지. 바꿔 말하면 그전엔 신분제가 있었다는 얘기야. 자 이 문서가 기록된 때가 언제라고? 1864년이네. 무려 30년 전이란 말일세. 그땐 당연히 엄격한 신분제가 여전히 강건하게 군림하고 있던 시대였지."

"기럼 고 이조시대 때는 양반과 천민이 결혼하는 건 불가능했겠습다?" 총각이 물었다.

"당연하지. 그리고 말을 고치게. 이조시대라는 말은 잘못됐어."

"북에선 그리 배웠습다."

"일본이 우리 장구한 역사를 평가절하하기 위해 낮춰 부르는 표현이야. 지금부터라도 삼가도록 하게. 어쨌든 이 문서의 주인인 강씨 집안은 명백한 양반이었어. 물론 벼슬은 하지 않았다지만 말이야. 과연 그런 집안에서 정실부인으로 노비여자를 들였을까? 생각들 해보게."

"그럼...? 설마...?"

"헌 할머니의 신분 역시 양반. 즉! 헌씨 집안은 양반이었다는 거지!"

와아!!!

학문의 말이 끝나자마자 함성이 터져 나왔다. 손이 부서져라 박수갈채가 이어지고, A4용지들이 폭죽처럼 휘날리며, 한쪽에선 총각과 자식이 부둥켜 얼싸안고, 신자는 벌써 얼굴이 눈물범벅이 되어버려 두 손을 모으더니 주기도문을 외웠다.

우리도 양반이다!!!

* * *

“자자, 오늘 금함이네 참치집에서 정기총회가 있을 겁니다.”

“전 오늘 일부러 한 끼도 안 먹었어요.”

신자가 설레는 얼굴로 대답했다.

“교수님, 우리 호적대장 그건 어떻게 하기로 했습니까?”

“문제없네.”

강씨 집안 준호구에 적힌 대로 헌 할머니의 부계 조상을 추적하는 작업에 착수했다. 도유사인 학문이 조수로 총각을 지목했는데, 남한에 비해 한자 병용 교육 수준이 높은 북한에서 성장했다는 점을 크게 쳐준 것이다. 교수에게 선택받았다는 점에서 총각의 어깨가 간만에 으쓱해졌다. 이번엔 맡아야 할 양이 방대했다. 진주 외에 경상도 전 지역의 호적대장 자료가 남아있는지, 또 열람 가능 여부에 대해 알아보는 것으로 본격적인 시조 찾기에 돌입한 것이다.

“재표, 직환, 주황... 헌 할머니의 조상님들 이름이 어째 하나같이 노비 같진 않습다. 기분 탓인지 멋져 보입다."

"자네도 그렇게 느꼈나?"

"예."

"이분들의 줄기만 찾아 거슬러 올라간다면 우리 헌씨의 시조를 찾아내는 건 시간문제일 걸세. 진주 쪽은 어떻게 되어 가나?"

총각이 노트를 뒤적이더니 얼른 대답했다.

"진주 시립 박물관에 호적대장 몇 부가 보관되어 있다고 함다. 따로 열람할 수 있는 건 없고, 그냥 와서 보라는데 귀찮게스리..."

"음. 그럼 가서 봐야지 어쩌겠나. 운전은 할 줄 아나?"

"모룹다."

"이봐. 자식이!"

"예."

얼굴도 내비치지 않고 제 자리에서 자식이 대답했다.

"자네 운전할 줄 아나?"

"할 줄은 아는데, 길치라서 아마 헤맬지도 몰라요."

하고 불미스러운 지시가 내려올까 봐 미연에 방지했다. 덩달아 안도하는 총각.

"그럼 KTX를 타고 가면 되겠구먼. 두 사람이 함께 말이야."

'미제 똥구녕을 핥아대는 놈'과 '김씨 3대에 세뇌된 한심한 탈북자'의 시선이 동시에 부딪혔다.

"교수님 말씀대로 둘이 다녀와. 싸우지 말고. 다 같은 핏줄인데 편가를 거면 뭐 하러 종친회를 와? 안 그래?"

봉달이 쐐기를 박듯 덧붙였다.

"기, 기래도."

"다녀와서 성과가 있으면, 특별히 보상이 있을 테니까 섭섭해하지 말고. 응?"

"어떤 보상이요?"

보상? 봉달이 뭐라고 둘러댈지 눈동자를 굴리는 와중에 아주 적절하게도 전화가 울렸다. 금함이었다.

- 회장님. 세팅 모두 완료되었습니다. 오늘 오후 일곱 시 맞죠?

- 그래. 신경 써서 준비해야 해. 중요한 손님들 갈 거니까.

- 말이라굽쇼.

* * *

언제 제작했는지 이미 예약 룸 안에는 <진주헌씨중앙종친회 제1회 정기총회> 라고 쓰인 커다란 현수막이 내걸려 있었다.

1. 성원보고

2. 개회선언

3. 국민의례

4. 회장 인사말

5. 경과보고

6. 안건 상정

7. 폐회 선언

신자와 총각, 자식이 들뜬 얼굴을 감추지 못하고 사진 찍기에 여념이 없을 때 금함이 막 룸 안으로 들어왔다. 마치 영화제에서 초대되어 참석하는 신사를 연상케 하는 모습에 다들 평소의 껄렁껄렁한 차림을 예상했던지 입을 다물지 못했다.

"이야 금함이! 이렇게 보니까 못 알아보겠는데?!"

껄껄. 봉달이 너스레를 떨자 날이 날이니만큼 금함 역시 쑥스러운 듯 머리를 긁적였다.

"과찬입니다. 보십시오, 회장님. 오늘 전 테이블 최고급 코스로 나갈 겁니다."

푸드 스타일리스트가 따로 있는 것 같은 착각을 불러일으키는 메뉴 세팅이었다. 특제소스를 곁들인 메로구이와 작은 크기의 랍스터찜, 이번에 개발한 신 메뉴라는 참치전복스프 등이 기본 베이스였고, 메인은 따로 있었다.

"대 뱃살, 턱살, 그리고 하얗게 세 줄 있는 건 배꼽 살입니다. 그 옆에 구이 위에 올려져 있는 건 송로버섯입니다. 이거 가짜 아닙니다. 강남에 미슐랭 식당에서 쓰는 것과 동일 품종입니다. 어렵게 공수했다고요."

"그래그래. 수고했어. 어지간한 양반들이라 입이 고급일 텐데 체면 좀 세우겠군."

"감히 자신하건대, 아마 우리 참치를 드셔보시곤 딴 데 못 갈 겁니다. 심혈을 기울였다 이겁니다."

"수고했어. 금함이! 자네 덕 잊지 않겠네."

늘 그랬듯이 어깨 인사를 하는 금함.

그의 말대로 심혈을 기울여 준비한 하얀 테이블보와 그 주변에 빙 둘러 앉아있는 멤버들을 보자 감회가 새로웠다. 교수님, 총각, 자식, 신자, 그리고...

"넌 누구냐?"

신자 옆에 웬 아이가 앉아 있었다. 초등학교 저학년쯤 되었을까? 콘옥수수를 먹겠다고 수저를 들다가 신자에게 머리를 한 대 맞고 울상을 짓는 아이. 신자가 등을 손으로 밀며 말했다.

"얼른 인사 드려. 호호호. 제 아들이에요, 회장님."

집에 애 혼자 두기 뭐해서 데려왔다면서 무한 리필이니 애가 먹어봤자 얼마나 먹겠냐고 배시시 웃는데, 지금 그게 문제가 아니었다.

010-9114-XXXX

벌써 네 번째다. 소리 얘는 왜 연락이 안 되는 거야.

연결이 되지 않아 소리샘으로 연결하오니...

식당 입구에는 국회의원 헌정치의 이름이 새겨진 커다란 화환과 그의 백 덕분인지 모 기업이다 협회다 하는 곳에서 온 것까지 총 세 개의 화환이 위용을 자랑하며 진열되었다. 룸 안은 식사 자리가 무르익었는지 유리잔 부딪는 소리와 함께 얼큰한 환담들이 떠들썩하게 오갔다.

"에, 다섯 번째로 경과보고가 있겠습니다. 이는 도유사로 계시는 헌학문 교수님께서 발표하도록 하겠습니다."

학문이 일어서서 헛기침을 했다. 손에 땀이 쥐어지는지 연신 바지춤을 쓸던 그는 수첩을 뒤적였다. 그 모습을 흐뭇하게 바라보는 정치의 옆얼굴을 봉달은 놓치지 않았다. 원래 멤버는 삼십 명쯤 되는데, 오늘은 자리가 자리이니만큼 '간부급'만 모았다는 말에 정치가 깜빡 속아 주니 얼마나 다행인지 모른다. 자칫 이 허술함을 알아차릴 수도 있었지만, 족보 편찬을 발 벗고 나서는 학문이 전직 국립 대학 교수였다는 사실은 종친회의 권위를 세워주기에 충분했다. 역시 감투엔 감투로.

"우리 옛 조상들께서는 그렇게 문서에 사조, 즉 부친과 조부와 증조부와 외조부를 기록함으로써 호구 조사는 물론이고, 간략한 가계까지 파악할 수 있으니 그것의 사료적 가치가 대단하다 할 수 있겠습니다. 현재까지 헌씨 조상으로는 헌 할머님과 그 증조부까지 파악되었습니다. 그 위로는 향후 조사에 착수할 예정이니 장담컨대 머지않아 우리 진주 헌씨 가문을 창업하신 시조님을 알아낼 수 있을 것 같습니다. 이로써 보고를 마칩니다."

공식 식순이 끝나자 벌게진 얼굴로 정치가 젓가락을 두드리며 뜻모를 노래를 흥얼대기 시작했다. 옆에서 누가 장단을 맞춰주면, 더 신이 나서 이상한 기합 소리 같은 것을 내며 흥을 돋우자 조금씩 표정이 일그러지는 옆자리의 신자. 그럼 그렇지, 그렇게 젠체해도 결국 피는 못 속인다니까. 우리가 노비면? 당신도 노비야. 봉달은 웃음을 애써 참으며 한 잔 술을 입에 털어 내었다.

봉달이 결정적으로 듣고 싶었던 '은밀한 이야기'는 자리가 파할 무렵, 화장실에서 이루어졌다. 볼일을 보는데 언제 왔는지 스윽하고 나타난 정치가 생색이라도 내듯 어깨를 툭 치며 말했다.

"대기업에서 중간 간부까지 있다가 지금은 급식업체를 차린 사람이 있어. 듣기론 그 지역 웬만한 학교들은 꽉 쥐고 있어서 돈을 많이 버나 봐. 얼마 전에는 아너스 클럽에도 가입할 정도라니까 이게 아주 많지."

그러면서 손으로 돈 모양을 만들어 보였다.

"헌씨 중에 그렇게 귀한 분이 계셨다고요? 어떻게 알게 되셨습니까?"

"어느 날 이메일이 한 통 왔더라고. 자기도 헌씨인데 종친회에 가입하고 싶다고. 사실 내가 주변에 소문을 좀 냈거든."

"어이구 감사합니다."

"그 사람이 4대 독자인가 그렇대네? 그래서인지 뿌리에 대한 갈증이 아주 대단해 보였어. 그동안 앞만 보고 살다가 이제 사업도 안정권에 들어왔겠다, 부모님도 돌아가셨겠다, 새가슴이 되어 버렸는지 요즘 사는 게 외롭다더군. 껄껄."

"연세가 어떻게 되시는데요?"

"연세랄 것 있나? 자네하고 비슷한 또래일걸? 자세한 나이는 나중에 만나면 물어봐."

바지를 추스르며 이어서 말했다.

"처음엔 종친회가 있다는 말을 안 믿었어. 뭐 하기야 나도 처음엔 안 믿었잖아. 나중에 내가 사업자등록증도 보여주고, 자네 얘기도 하고 하니까 그제야 조금씩 믿는 눈치더라고. 껄껄. 기억해둬. 현양품 사장이야. 자네 종친회 운영하는데 고문으로서 큰 힘이 되어 줄 분이니까, 깍듯이 모시라고."

"현양품 사장님."

봉달이 명함을 건네받으며 작게 중얼거렸다.

16

며칠 후, 월요일.

대출이자 상환 알림이 연달아 스마트폰을 울리는 바람에 잠에서 깬 봉달. 소매로 입가를 슥 훑더니 한숨을 내쉬었다. 어느덧 종친회를 설립한 지도 한 달이 지났다. 거래처에는 대금 결제 기한으로 삼개월을 벌어놨는데, 어느 세월에 멤버들을 모집해서 돈을 채운담. 갈고리 봉으로 견갑골을 지압하며 신자에게 물었다.

"총각이랑 자식이는 잘 도착했으려나?"

"아마도요. 오전 9시 차로 출발했으니까 지금쯤 내렸겠죠."

"거마비도 챙겨주지 그랬어?"

"그럼요. 십만 원 지급했어요."

"십만 원!"

그러다 화들짝 놀라기엔 모양새가 빠진다고 생각했는지 봉달이 애써 표정을 추슬렀다.

"잘했어. 헌 실장."

"아 참, 아까 전국문중협회에서 공문 날라 왔어요."

"공문??"

"네. 추석 전에 전국문중대회를 한다는데요? 우리도 참석하라고 이메일이 왔더라고요. 어떡할까요?"

"뭘 어떡해? 우리도 당연히 참가해야지! 헌씨의 위상을 널리 알리는 절호의 기회인데."

"그러기엔..."

신자가 손가락을 헤아리며 말했다.

"여섯 명 뿐이잖아요. 다른 데에선 모르긴 몰라도 많이 오지 않을까요?"

"흠... 쪽수로 밀린다?"

"안 밀리겠어요, 그럼?"

"아, 저번처럼 아들 데려오면 되겠네. 승철이랬나? 살도 토실토실한 게 먹성만큼이나 체력도 어른 못지않게 좋을 것 같은데. 우리 헌씨 가문으로 말할 것 같으면 외손도 챙기는 종친회예요."

한 번만 더 말하면 열 번째라고, 그날 무한 리필로 애 혼자 네 번 리필에 캔 음료수 다섯 개나 해치운 걸 대체 언제까지 우려먹을 거냐고 응수하고 싶었지만, 그러기엔 계산서에 찍힌 액수가 너무 어마어마했다. 불현듯 소아비만일지도 모른다는 의사의 진단이 떠올랐지만, 복잡한 건 나중에 생각하기로 하고,

"그럼 참가신청서 써서 제출할게요."

봉달은 다시 책상 위에 두 다리를 떡 하니 올리며 혼잣말로 중얼거렸다.

"시조를 빨리 찾아야 하는데... 시조를..."

* * *

- 네, 누나. 방금 막 도착했어요.

- 박물관까지 가는 법은 알아?

- 그럼요. 택시 탔어요.

- 혹시 무슨 일 생기면 전화하고. 어휴 하난 북한에서 오고, 다른 하난 미국에서 오고. 영 물가에 내놓은 애들 같아서 마음이 놓여야 말이지.

- 걱정 마세요. 올라갈 때 전화할게요.

헌 실장의 전화를 끊자마자, 총각이 자식의 뒤통수에 대고 벌컥 화를 냈다.

"간나 새끼. 돈두 썩었다."

혼자 덩그러니 뒷좌석에 앉아있는 총각을 백미러로 힐끔 쳐다보는 기사.

"교통비로 준 거잖아?"

"염치가 있어야지. 그렇다고 홀라당 다 쓰잔거가?"

"길도 몰라서 삼십 분 째 헤맨 주제에 대책도 없이 큰소리치기는."

버터 발음의 교포와 억센 이북 사투리를 쓰는 두 손님의 교전을 택시 기사가 의심스러운 눈초리로 힐끔거리는지도 모른 채 두 사람이 내린 곳은 진주 시청 후문이었다. 기와 문양의 커다란 문을 열고 들어가면 옛 조선시대에 관아 터임을 알려주는 주춧돌 뒤로 박물관 입구 방향을 알리는 이정표가 자리했다.

평일 오전이라 비교적 한가한 박물관 1층 로비. 데스크에 사전에 전화 통화한 내용을 반복하며 도움을 요청하자 직원이 잠시 사라지더니 이윽고 키가 훤칠한 또 다른 남자를 대동하고 나타났다. 남자가 손을 건네며 말했다. 그에게 좋은 향수 냄새가 풍겼다.

"먼 길 오시느라 고생하셨습니다. 저는 정한섭 큐레이터입니다."

자식과 총각이 어쩔 줄 몰라 굽신거리더니 동시에 맞잡는 손. 얼떨결에 세 사람의 의기투합으로 비칠 수 있는 첫인사였다.

"헌 교수님 제자 분들이시죠?"

자식과 총각이 뭐라 대답도 하기 전에 큐레이터는 예정된 장소로 두 사람을 안내하며 이어서 말했다.

"2008년도에 제 지도교수님이셨거든요. 졸업하고 한국학연구원에서도 인연이 있고. 교단을 떠나시고 한동안 못 뵌 것 같은데, 잘 계시죠? 교수님?"

"일 없슴다. 별일이야 있갔나요."

총각의 말투를 들은 큐레이터가 살짝 갸웃하는 표정을 짓는 것을 자식은 놓치지 않았다. 제자가 아닌 것을 이미 알아차린 것 같았지만 끝까지 매너를 잃지 않은 큐레이터가 안내한 곳은 전시관이 아닌 별관에 자리한 공실이었다. 지하에 있어서 그런지 서늘함과 함께 오래된 종이 냄새가 배어났다. 어쩌면 곰팡이 냄새일지도 모른다. 임시 서고라고 설명한 큐레이터가 흰 장갑을 낀 채로 꺼내온 건 한눈에 보아도 낡고 허름한 거질의 두꺼운 책자들이었다. 밑에는 별도의 표식인지 '진주2137'이라는 번호표가 붙어 있었다.

"정확히 23건 37점입니다. 이게 각 읍마다 마구 뒤섞여 있다는 점에서 원하시는 자료를 찾기에 조금 불편함은 있을 거예요. 그리고 사실 이건 이렇게 저희가 따로 공개를 하지 않습니다. 다만, 현 교수님께서 노환으로 제자 분들을 대신 보내신다기에 관장님께 허락을 겨우 맡았거든요. 그러니까 정말 조심스럽게 다루셔야 해요. 물론 제가 옆을 지키고 있을 거긴 하지만요."

"너무 많아요. 이걸 언제 다 보지... 서울로 빌려 가면 좋을 것 같은데. 안 되겠죠?"

자식이 물었다.

"아쉽게도요. 다만, 구입은 할 수 있습니다. 대신 낱장이 아니라 일괄 구입만 가능하고요."

"모두 구입해야 한다고요? 가격은요?"

"대략 백삼십 만원은 될 겁니다."

학문의 설명에 따르면, 조선 후기에 양반가에 시집을 간 현 할머니의 부친은 재표, 조부는 직환, 증조부는 주황이라고 했다. 그러므로 뒤지는 자료 더미에서 그 세 사람 중 한 사람의 이름만 찾아내도 내려온 보람이 있는 것. 한자를 모르는 자식을 대신해서 큐레이터가 총각과 함께 자료를 찾기로 했다.

"현 교수님한테 배울 때 어떠셨어요? 여전히 학점 짜게 주시죠? 과제는 무지 많이 내시고."

큐레이터의 질문에 총각과 사식이 서로 번갈아 보았다. 사전에 어떤 내용도 합의된 바 없어서 당황스러움이 묻어나는 눈빛이었다.

"아... 그런 편이죠." 자식이 대충 얼버무렸다.

"그런데 아까부터 느낀 건데, 실례가 되지 않는다면 뭐 하나 물어봐도 될까요?"

"뭡까?"

"두 분 형제신가요?"

아까보다 더 뜨악한 얼굴로 마주 보는 두 사람.

"절대 아니에요."

"개소리 마십쇼."

큐레이터가 너털웃음을 터뜨리며 말했다.

"아하, 두 분 성이 똑같아서요. 헌씨라는 성은 교수님 빼고는 태어나서 처음 보거든요."

"희귀 성씨라서 그래요."

그리고 자식은 또 질문이 올 것을 예견했는지 미리 차단하려는 의도로 덧붙였다.

"전 미국에서 자랐고요. 이 친구는 탈북자예요."

"아하 어쩐지."

자신에게 물어보지도 않고 탈북자라는 사실을 밝힌 것에 화가 난 총각이 받아쳤다.

"정 선생도 조국해방전쟁 때 미제승냥이들이 한 일을 자알 알고 계시갔지요?"

그러면서 자라면서 학교에서 배운 대로 미국이 얼마나 우리의 고국강토에 증오스러운 존재들인가에 대해 부가 설명이 뒤따랐다. 뜻

밖에 전개된 대화의 흐름이 당혹스러운지 큐레이터가 미처 잊은 일이 있다며 슬쩍 자리에서 일어나 나갔다. 완전히 나간 것을 확인한 자식이 낮은 목소리로 비아냥댔다.

"처음 보는 사람 앞에서 별소리 다 하네. 그렇게 입이 근질거렸냐?"

"넌 처음 보는 사람 앞에서 허락두 없이 내 력사를 까네?"

"말을 말자. 여기까지 와서 싸우고 싶지 않으니까."

"싸우려는거 아니구... 참, 이딴거 뒤지고 있으니까니 나도 할아바지 생각이 많이 나서 얘기 꺼내고 싶었다. 내래 우리 할아바지 손에서 컸거든. 오마니 아바진 일이 바쁘니까."

"좋겠네."

"뭐이가?"

"할아버지가 있어서."

"넌 없나?"

"없어. 아니다. 있겠지. 그러니까 내가 태어난 거고."

"긴데?"

"누군지 몰라. 부모를 모르는데 어떻게 알겠어."

둘 사이에 정적이 흘렀다. 암만 생각해도 이게 아닌데 싶었는지 총각이 반박하듯 말했다.

"기래도 넌 양부모님이라도 있지 않네?"

"그렇긴 한데..."

"난 아무도 없다. 이 세상천지에 나 하나뿐이야. 아바지, 오마니,

할아바지두 모두 죽구 업서. 게다가 형제두 없다. 외동이야. 넌 기래도 밉든 곱든 낳아주신 오마니가 살아있지 않네?"

"……"

"찾아 가라우."

"보기 싫대."

"누가? 오마니가?"

"응. 자격이 없다나? 핑계지."

"울 아바진 생전에 항상 미안하다고 했서. 자격도 없는 게 아비노릇을 하고 있으니 우리가 고생이 많다구. 할아바지가 옛날에 국군포로였거든. 남조선군으로 북한에 끌려왔단 말이야. 것 때문에 우린 토대가 좋지 않아. 기칸데 잘 생각해보라우. 그게 어째 아바지 탓이간? 할아바지 탓도 아니야. 세상엔 인력으루두 안되는 게 있는 법 아니갔어? 사람 탓을 하문 쓰겠나 이 말이야."

그렇게 네 시간이 흘렀다.

"그런데 말이야. 나 찾은 것 같은데?"

자식의 말에 총각과 큐레이터가 동시에 시선을 던졌다. 특히 총각은 도끼눈을 치켜떴다. 한자도 모르는 네가 어떻게 찾아냈는가, 또 찾아냈는데 왜 이제야 말하는가 추궁하듯이.

"맞지? 제, 환. 여기 쓰여 있는 한자랑 똑같이 생겼지?"

그러자 김빠지는 목소리로 총각이

"야, 하나만 알고 둘은 모르니? 여 성을 봐라. 성. 이게 어째 헌씨냐? 차씨지!"

"성..."

"그래 성. 이름이야 비슷하갔지. 다시 찾으라."

몇 분쯤 흘렀을까? 이번엔 큐레이터가 이상하다는 듯이 말했다.

"그런데 말입니다. 참 이상하네요."

"뭐가 말임까?"

"여기 보세요. 얄궂게도 재표, 직환, 주황... 나이도 지역도 똑같은 사람들이 죽 나와 있어요. 그런데 성이 차씨네요. 공교롭게도."

"인구가 얼마나 많은데 겹칠 수도 있디요. 어디 봅시다."

자료를 건네받은 총각이 안경 끝을 살짝 올리더니 찬찬히 눈으로 훑었다.

"이름만 같디, 난 날은 다를겁다. 야, 함 불러 보라우."

그러자 자식이 서울 사무실에서 복사해온 헌 할머니의 시댁 준호구를 꺼냈다.

"헌 할머니의 아빠 옆에 교수님이 무진년 생이라고 한글로 써놨는데?"

"음... 그리고 또?"

"할아버지는 기유년 생."

"그리고?"

"증조할아버지는 기축년 생."

그러자 총각의 손에서 스르르 문서가 빠져 나갔다. 잠시 뒤에 문제의 문서를 두고 세 사람이 모두 머리를 모았는데 어쩐 영문인지 아무 말도 할 수 없었다.

* * *

연결이 되지 않아 소리샘으로 연결하오니...

신경질적으로 종료 버튼을 누르는 봉달.

이 헌봉달이가 좀 살아보겠다는데, 종친회를 세워서 좀 기사회생해보겠다는데, 모양새를 좀 갖추나 했더니 어린놈의 계집애가 꽤나 거슬리게 하네. 신자 말로는 본인이 헌씨가 아니라는 것보다 숨기고 싶었던 가정사를 밝힌 것에 대해 모멸감을 느껴 일부러 연락을 받지 않는 것이라고 하는데, 누가 억지로 시킨 것도 아니고 제 입으로 스스로 털어놓고 엇나가는지 모르겠단 말씀. 짧은 보폭으로 복도를 왔다 갔다 하던 봉달은 결심한 듯 메시지를 보내기 시작했다. 몇 번 쓰고 지우기를 반복하더니, 결국 전송을 눌렀다.

다음 주 토요일이 운동회다.

전국 문중들 다 나오는데,

승리를 쟁취하려면 너의 팔팔한 혈기가 필요하다.

꼭 와라.

난 분명히 말했다.

"헌 회장!!!"

그때였다. 복도 끝 엘리베이터에 학문이 부리나케 뛰어오고 있었다.

"웬일이세요? 오늘 사모님이랑 결혼기념일이라고, 못 나오신다더니?"

"지금 그게 중요한 게 아니네! 큰일 났어!"

"대체 이 코딱지만 한 사무실에서 뭔 놈의 큰일이 허구한 날 납니까? 들어가서 앉아서 말씀하세요."

"애들한테서 연락받았나? 진주에서!"

"아뇨, 아직..."

"우리 헌씨 가문 자체가 절딴나게 생겼어!"

신자가 찬물을 떠왔지만, 마실 새도 없이 학문이 다급하게 말했다. 어찌나 급히 달려왔는지 주름진 목에는 켜켜이 땀이 맺혔다.

"애들이 내가 말한 자료를 찾다가 엄청난 사실을 알아냈네!"

"엄청난 사실이요? 그게 뭐길래요?"

"헌 할머니의 조상들 말이야. 부친부터 조부며 증조부며 고조부까지! 죄다 성이 헌씨가 아니었어!"

약간의 침묵 후에 봉달이 너털웃음을 터뜨리며 말했다.

"에이 참. 헌씨가 아니면요? 헌 할머니가 남의 조상을 데려왔단 겁니까 그럼? 에이 말도 안 되는 소리를. 그리고 교수님께서도 그러셨잖아요. 헌 할머니의 시댁이 번듯한 양반이었다고. 아, 그런 집에서 며느리 성씨도 모르고 데려왔겠어요?"

"그러니까 큰일이라지 않나? 우리가... 그러니까 헌 할머니가 말이야. 차씨 집안의 족보를 훔쳤다 이걸세! 남의 조상을 훔쳤다고!"

17

헌씨가 차씨의 조상을 훔쳤다?

왜? 그럼 헌 할머니를 양반가로 시집보내기 위해서 친정에서 족보를 위조했다는 이야기가 되나? 정말 죽고 못 사는 대단한 사랑이라면 충분히 가능할지도 모른다. 물론 어디까지나 현대의 시각에서 국한되는 가설일 뿐이지만 말이다. 그런 이유가 아니라면 어째서 헌 할머니의 부계 조상들이 모두 차씨로 탈바꿈되어서 기록이 남아있을까? 우연의 일치라고 하기엔 조상 삼대의 이름과 생몰년뿐만 아니라 심지어 거주지까지 모두 일치했다고 했다. 현대에서도 믿어지지 않는 일이 비교적 인구가 적었던 조선시대, 그것도 좁아터진 시골 마을에서 일어났다는 얘기다. 그건 엄청난 확률의 문제, 아니 아예 불가능하다. 기록하던 사람의 실수라기엔 너무 정확하다. 모든 게 딱 들어맞는 이상 반박의 여지가 없었다. 헌씨가 차씨의 족보를 훔친 것이 거의 기정사실화되고 만 것이다.

봉달은 초조한 마음에 무릎을 쓸었다. 대체 헌씨는 언제 어디서 어떻게 생겨난 성씨란 말인가? 무슨 이유로 족보를 위조했으며, 어떤 신분으로 어떻게 살았길래 후손들로 하여금 성가신 미스터리 추적에 나서게 한단 말인가? 정말 노비였단 말인가? 일말의 희망이 이렇게 날아가는 건가?

아니지. 중요한 건 그게 아니잖아, 하고 봉달은 고개를 절레절레 흔들며 스스로 다독였다. 양반이면 어떻고, 노비면 어떤가? 갑자기 생겨난 성씨면 또 어떤가? 중요한 건 그게 아니다. 중요한 건 이미 종친회를 세웠고, 어쨌거나 헌씨 성을 가진 사람들이 가입을 했고, 봉달은 이 모임의 수장이 되었다는 점이다. 그걸로 충분하다. '목적'은 반은 달성한 셈이니까. 가문의 내력이라든지 유래에 대한 고민은 회원들에게 떠넘기도록 하자. 골치 아프니까.

"안 들려? 밥 차려놨다고!"

주방에서 아내가 죽일 듯이 도끼눈을 하고 봉달을 불렀다. 회사 문을 닫은 후로 아내의 얼굴은 저 표정값이 디폴트되어 바뀔 줄을 모른다.

"귀 안 먹었어."

"밥상 앞에서 넋 놓고 뭐 해? 다 식겠네."

"뭣 좀 구상하느라 그랬어."

"하지 마."

"뭐? 하지마?"

"그래. 아무것도 하지마. 제발. 가만히 있어."

"가만히 있으면? 뭐가 나오냐? 기다려. 헌봉달이 이제 재기할 날이 머지않았으니까."

"재기하면 뭐 해? 또 곤두박질이고, 또 일어서고, 또 곤두박질이고.”

“이번엔 달라.”

봉달이 조미김을 손으로 집어 입에 구겨 넣으며 말했다.

“또 무슨 꿍꿍이야?”

“어허. 가장한테 꿍꿍이라니. 아참!”

시래기 된장국을 한술 뜨다 말고,

“조만간 문중대회에 나갈 거니까, 당신도 그때 도시락이 됐든 뭐가 됐든 좀 싸와.”

“어딜 나간다고?”

아내의 표정은 마치 미국 FDA 승인을 받은 당뇨 치료 장비를 수입해 와서 한국총판으로 거듭날 거라는 몇 년 전 봉달의 말을 들었을 때와 같은 표정을 지었다. 그 장비만 있으면 대학병원이며 군소병원들이 줄을 설 것이고, 벼락부자가 될 거라는 사기꾼의 말을 당신은 믿냐고 그때도 지금 같은 표정을 지었다. 그때마다 봉달이 주섬주섬 변명을 늘어놓았지만, 지금은 다르다. 확실한 성공의 열쇠를 쥐고 있는 데다 기존과 다르게 이번엔 자본이 ‘사람’이었으니까. 어깨를 펴고 들어나 봤냐는 듯이 말했다.

“전국문중대회. 거기에 우리 종친회도 참가하기로 했어. 체육대회 형식으로 열릴 거래. 우리 멤버들이 여섯 명 되니까... 여분으로 한 십 인분 싸면 되겠네. 당신 남편 이래봬도 회장이야, 회장. 면 좀 세워주라. 이참에 서로 인사도 하고 좋잖아. 야, 민정아.”

맞은편에 앉은 딸 민정이 대꾸도 않고 스마트폰 삼매경이다.

“너도 와, 알았지? 너도 임마, 헌씨잖아. 그리고 거기에 연예인도 올 거야.”

연예인이란 말에 살짝 흥미가 당기는 눈치였는데, 차단하듯 아내가 가로 막았다.

“이보세요. 십인 분 도시락을 나보고 다 싸라고? 그냥 김밥천국에서 포장해서 가져가. 뭐 잘난 집구석도 아니면서 호들갑은.”

그러자 봉달이 탁! 젓가락을 내려놓더니,

“너 진짜 말 다했냐?”

“다 했다 왜?! 그리고 애 앞에서 너너 하지 말라고 했지? 쯧쯧... 이래서 못 속여. 양반가문이라며? 어떤 양반이 마누라한테 그렇게 너너 하는데? 티 좀 내지 마!”

“티? 무슨 티?!”

“노비 티!”

* * *

윙--

윙---

“언니, 전화 왔어!”

간장계란밥을 먹다 말고 동생 나리가 소리쳤다. 욕실에서 젖은 머리를 수건으로 휘감고 나온 소리. 스마트폰 액정 화면에는 ‘헌신자 아줌마’라고 표시되었다. 잠시 고민하다가 종료 버튼을 눌렀다.

"왜 안 받아? 누군데?"

"몰라도 돼."

동생이 더 말 붙이기 전에 쌩하니 방으로 들어가 버리는 소리.

열 평 남짓의 이 작은 집은 엄마가 유일하게 남기고 간 자매의 보금자리였다. 하교 후 돌아왔을 때, 발 딛는 곳마다 어지럽혀 놓았느냐고 혼을 냈더니 잔뜩 풀이 죽은 동생 나리를 위해서 해 줄 수 있는 건 딱 간장계란밥까지였다. 그 이상을 해내기엔 소리도 너무 어렸고 철이 없었으니까.

책상 앞에 앉아 그동안 온 메시지를 몇 번이고 다시 확인했다.

다음 주 토요일이 운동회다.

전국 문중들 다 나오는데,

승리를 쟁취하려면 너의 팔팔한 혈기가 필요하다.

꼭 와라.

난 분명히 말했다.

- 헌봉달 아저씨 -

책상 위에 놓인 작은 탁상 거울에 소리의 무미건조한 얼굴이 비쳤다. 자세히 보면 멍한 눈에 살짝 처진 입 꼬리. 그래, 솔직해지자. 소리는 스스로에게 말했다. 창피하다고.

내 처지를 알게 된 종친회 어른들의 반응은 불 보듯 뻔하다. 부모님 안 계시고 혼자 어린 여동생과 사느라 힘들었겠다며, 기특하다며 용돈 몇 푼 쥐어 주겠지. 연민 어린 눈길로 머리 쓰다듬어주다가도 소리가 없을 땐 자기네들끼리 쑥덕거리겠지. 저도 모르게 봉달에게 가정사를 밝히고 돌아왔을 때, 얼마나 후회가 휘몰아쳤는지 모른다. 어쩜 좋냐는 듯이 두 손을 모으며 울상을 한 신자의 얼굴이 아른거렸다. 어째서 그런 표정을 짓는 건데? 왜 그렇게 이야기가 술술 나왔을까? 묻지도 않은 것까지 왜 내 입으로 다 밝히고 말았을까? 왠지 돌아가신 엄마와의 약속을 멋대로 파기한 것 같은 죄책감마저 들었다. 자존심이 센 엄마였는데. 생전에 누구에게도 힘든 내색을 않던 엄마였는데, 정작 소리는 동정을 구걸하고 있었다니. 잠깐 미쳤었나 봐.

'그런데 엄마...'

소리는 다시 메시지를 확인했다. 무슨 어른이 이래? 피식 웃음이 났다.

몇 시간 후에 잠자리에 들었을 때, 문득 궁금해졌다. 오늘도 또 그 이상한 꿈을 꾸려나?

* * *

"승철아. 아빠한테 지난주 토요일에 참치 먹었다는 얘기 안 했지?"

"응. 아직."

"잘했어. 앞으로도 절대 하지 마. 알았지?"

"왜?"

"그냥앙. 아빠는 힘들게 밖에서 일하면서 제대로 못 챙겨 먹는데,

우리끼리만 맛있는 거 먹었다고 하면 좀 미안하잖아. 아빠가 알면 얼마나 서운하겠어."

"아하, 알았어. 말 안 할게. 히히."

마트에서 장을 보고 돌아가는 길.

얼마 전, 구 신문에 낱말 맞추기에 응모하여 받은 상품권 10만 원은 생필품과 승철이의 간식을 사는 것으로 금방 동이 났다. 제법 소년티가 나는 초등학교 2학년이 된 아들 승철이는 저도 남자라고 엄마의 손에서 기어이 한 봉지를 뺏어 들었다. 처음엔 낑낑 드는 것이 안쓰럽고 기특해서 시키지 않았는데, 맘카페 언니들이 하는 말을 듣고 마음을 바꿨다. 아들을 아빠처럼 안 키우려면 반대로만 가르치면 된다고. 그러고 보니 평소에 남편은 연애 때를 빼고는 한 번도 무거운 짐을 대신 들어준 적이 없었다. 아주 잘 생각해보면 신혼 때는 더러 있었지만, 애 낳고 시간 지나서 몸이 퍼진 후로는 일절 없었다. 모르지, 그 여시 같은 년 앞에선 백마 탄 왕자처럼 굴지. 어쨌거나, 아들을 너무 오냐오냐 키우는 것도 요즘 시대엔 독이라길래 승철이가 도와주겠다고 나서면 이젠 사양하지 않고 받아 들이는게 익숙한 신자였다. 제 아빠 닮아봤자 나중에 처자식한테 미움이나 더 받지. 이런 걸 두고 조기교육이라고 한다지.

"엄마 근데 있잖아."

"응."

"아빠가 그러는데, 엄마네 성은 옛날에 종이었대."

순간 철렁하는 기분이 들었다. 문득 걸음을 멈추고,

"아빠가 그랬어? 종이라고?"

엄마의 싸늘하게 굳어버린 표정을 읽었는지 승철이가 조금 기어들어 가는 소리로 대답했다.

"으응."

"아니야. 그거 아빠가 모르면서 괜히 일부러 그러는 거야."

"왜?"

"뭐가 왜야?"

"아빠가 뭐 하러 일부러 그렇게 말해?"

"그건..."

"아빠가 그러는데, 우리 김씨는 옛날 옛날에 김수로 대왕님의 후손이래."

우리 김씨.

승철이는 분명 그렇게 말했다. 세 식구 중에서 자신과 아빠, 둘만 묶어서 '우리 김씨'라고. 문득 아들마저 낯설게 느껴졌다. 열 달 배 아파 낳은 아들이, 이 세상에서 엄마가 제일 좋다는 아들이, 신자와는 다른 전혀 다른 낯선 세계에 있는 것처럼 느껴졌다. 홀로 링 위에서 이대 일로 선 기분을 떨칠 수 없었다. 그럼 나는? 나는 뭔데?

"근데 헌씨는 노비들이래. 사극에서 보면 마당 쓸고, 가마 끌고 하는 그런 사람들... 그리고 친가는 친할 친자 써서 친가고, 외가는 바깥 외자 써서 외가래. 그러니까 외가보다 친가랑 더 친해야 한대."

"틀렸어! 아빠가 잘못 알고 있는 거야! 승철이 너 참, 참치집에 갔을 때 아저씨들 봤지? 머리 하얀 어떤 할아버지 말이야. 그 할아버지 대학교에서 누나 형아 가르치는 엄청 똑똑한 분이셔, 유명하고. 그리고 참치집 사장님 봤지? 너한테 용돈도 주셨잖아, 오만 원."

왠지 엄마의 말에 따라야겠다는 생각이 들었는지 승철이 바로 고개를 끄덕였다.

"그 아저씨는 엄청 부자여서 거기 말고도 가게가 여기저기 많아. 회장님도 옛날엔 어떤 회사 사장님이셨고, 그리고 맞다! 자식이 형아 알지? 막 영어하던. 그 형아는 미국에서 살다 왔어. 그리고... 그리고..."

승철이 어린 나이에도 스스로 실언을 했다는 걸 깨달았는지 어쩔 줄 몰라 당황하고 있는 그때,

"안녕하세요?"

그때 돌연 누군가 길을 막고 섰다. 신자와는 비교도 안 되는 삼십 초반의 탱탱함을 자랑하는 여자가 선글라스를 벗더니 도발하듯 가슴을 한껏 내밀고 말했다.

"저랑 잠깐 얘기 좀 하실까요?"

상간녀 유미옥이었다.

* * *

"형제들이 모두 돌림자를 사용하고 있어. 처도 내로라하는 집안 따님이고, 관직도 보면 육조에서 두루 일하신 분이시지. 게다가 돌아가신 뒤에는 병조판서에 증직되었다는데 이것만 보면 양반, 그것

도 뼈대 굵은 양반이 확실해. 다만…"

학문이 안경을 들어 올리며 말했다.

"이 사람들이 차씨라는게 문제란 말씀이야. 어떻게 이런 일이 생길 수 있지? 어떻게 남의 조상을… 대체 무슨 생각으로 족보를 훔친 건지…"

벌써 두 시간째다. 학문은 사무실로 출근하자마자 여전히 헌 할머니의 조상들이 헌씨에서 갑자기 차씨로 바뀐 채 기록된 까닭에 대해 고심을 거듭했지만 결국 결론은 하나였다.

"남의 집 이야긴 줄 알았건만, 이게 우리 문중의 일이었다니… 헌 회장, 자네는 어떻게 생각하나? 헌 회장? 무슨 생각을 그렇게 하나?"

봉달은 햇볕 잘 드는 쪽으로 탁상용 거울을 놓고, 그 앞에서 고개를 치켜들고 코털을 핀셋으로 뽑으며 건성으로 대답했다. 하마터면, 아뇨 내 인생이 어쩌다 이렇게 됐는지 생각하고 있었는데요, 라고 말할 뻔했다.

"글쎄요. 무슨 사정이 있지 않았을까요?"

"사정?"

"예… 뭐 사정없는 사람이 어딨겠어요…"

학문은 좀처럼 풀리지 않는 난제 앞에서 머리를 쥐어뜯으며 고심만 거듭했다.

그렇게 할 일 없이 시간을 죽이고 있을 때, 쿵쿵거리는 소리가 점진적으로 가까워지더니 벌컥 하고 사무실 문이 열리며 신자가 들어왔다. 그리고 봉달도 제치고 학문에게 다짜고짜 따지고 들었다.

"그래서 알아냈어요?! 우리가 어째서 노비 가문인지?!"

벌게진 얼굴은 결코 마른장마에 더운 습도 때문만은 아닐 것이다. 냅다 정수기로 달려가더니 물을 두 잔, 아니 세 잔을 연달아 마시는 신자. 턱으로 뚝뚝 떨어지는 물기를 대충 손등으로 쓱 닦더니 따지듯 물었다.

"알아냈냐고요? 억울해서 이대론 안 되겠어요."

"무슨 일 있어? 앉아서 천천히 얘기해 봐."

"열 받아 죽겠는데 어떻게 천천히 얘기해요? 교수님 말씀해 보세요. 뭐라도 알아내셨는지. 진짜 우리 노비 집안 맞아요? 정말 족보 훔친 거 맞냐고요?"

간신히 진정시킨 뒤 곡절을 들어보니 가관이었다.

승철이와 장을 보고 집으로 향하던 중, 상간녀인 유미옥을 만났다는 부분에서 이미 봉달의 탄식이 흘러나왔다. 이 모든 이야기를 처음 듣는 학문이 아연실색하고 되물었다.

"상간녀라니?! 그럼 자네 바깥양반이 바람이라도 핀다는 건가?"

"바람만 피게요?? 이 인간이 출장을 간 줄 알았는데, 알고 보니 그년... 아니 그 여자네 집에서 이박 삼일 동안 먹고 자고 했대요! 난 그런 줄도 모르고 우리끼리만 참치 먹는다고 내심 미안했는데!"

이박 삼일 동안 함께 머무는 동안 상간녀는 이혼을 종용했다고 한다. 하지만 남편은 아내가 순순히 떨어져 나가주지도 않을뿐더러 지금 이혼을 하게 된다면 다달이 양육비를 줘야 하기 때문에 '손해'

라는 것이다. 위자료 주는 것도 아까운데다 더구나 시골에 있는 부모님은 아직도 밉든 곱든 며느리 편이라서 그리 순탄치만은 않을 거라고. 애를 옆에 세워두고 지껄여댄 그 길고 긴 개소리의 끝에는

"아들. 아빠가 키워야죠. 같은 김씨인데."

"뭐야? 이 시발놈이!"

저도 모르게 봉달이 벌떡 일어났다가 학문의 눈치를 보고 입을 틀어막고는 다시 조심스레 앉았다.

"죄송합니다. 교수님. 제가 흥분해서 그만... 그래서 애는? 애가 옆에서 다 듣고 있었을 거 아냐?"

"그래서요. 애 두 귀를 막았어야 했는데..."

"근데?"

"저도 모르게 그년 뺨을 갈겨 버렸어요."

"잘했어! 맞아도 싸!"

"그랬더니 글쎄 저를 폭행죄로 고소하네 마네 해서 지금 경찰서에서 오는 중이라고요. 근데 제가 억울해서 살겠어요? 정말 죽고 싶어요. 그 인간은 저를 사람 취급도 안 해요. 무시하고, 또 무시하고... 요즘은 종친회 다닌다니까 무시할 게 더 늘었는지 애한테 할 소리 못 할 소리 가리지도 않고요."

학문은 가만히 고개를 떨어뜨리고 말았는데, 검버섯이 군데군데 핀 두 주먹이 파르르 떨리고 있었다.

"족보에 그 인간 이름 올라가죠?"

"올라가지. 사위인데."

"지워주세요."

"안 되네. 아무리 화가 나도 지켜야 할 건 지켜야지. 감정에 따라 족보를 수정할 순 없네. 헌 실장."

"왜요? 왜 수정 못하는데요? 교수님도 남자여서 그래요?"

봉달이 말리고 나섰지만, 신자의 브레이크는 이미 고장이 났다. 여자는 부계사회에 군소리 말고 따라야 한다는 통념에 근거해 만들어진 족보문화는 실망스러웠다. 한평생 부모에게 효도하고 아플 때 곁을 지킨 건 신자인데, 재산은 아들에게, 족보엔 남편 이름이?

"우리 승철이 태어날 때요. 시집 식구들이요, 저한테 소고기 한 근, 보약 한 첩 사다 주는 인간 아무도 없었어요. 우리 친정엄마가 저 먹으라고 사온 거 김말종 그 인간이 꾸역꾸역 다 처먹었지! 열 달 배 아파 제가 낳았어요. 제가 젖 먹여 기르고요. 입히고 씻기고 재우고... 저 혼자 키웠어요. 그 인간 애비 노릇, 남편 노릇 제대로 한 적도 없다고요. 자기 말로는 돈 벌어다 준다는데, 아니 그럼 결혼 안하고 혼자 살면 일 안 하려고 했었나 보죠? 웃겨 정말. 게다가 외가 필요 없다느니 종놈의 집안이라느니. 애한테 그런 소리를..."

그러자 학문이 벌떡 일어났다.

"뭐, 뭐? 조, 종놈의 집안? 자식 앞에서 어미를 괄시하는 그 김, 김..."

"김말종이에요."

"인간 말종! 이름값이 놀고 있구먼!"

분기탱천한 학문은 침을 튀어가며 부르짖었다. 그리고 이제 21세기 사회라면서 더 이상 남성 위주의 이데올로기에 얽매일 이유가 없고 구시대적 착오에서 탈피하여 헌씨만의 혁신적인 족보문화를 만드는 것이야말로 양반으로 가는 지름길이라고 말했다.

"헌 회장, 보시게."

돌연 대단한 결의에 찬 듯 학문이 목소리를 낮췄지만, 흥분은 가시지 않았다.

"예, 교수님. 말씀하십시오."

"옛날에는 족보에 딸은 이름이 못 올라갔네. 왜냐하면 어차피 남의 식구 될 사람이라고 여겼거든. 하여 계집 여자 한 글자만 써놓고, 그 밑으론 사위의 이름만 떡하니 올렸어. 사위 이름에다가 본관까지 자세히 올렸다고. 이렇게 부당한 노릇이 또 어디 있단 말인가?"

"부당합니다!"

아들딸 구별 말고 낳는 대로 사랑으로 잘 기르자- 그것이 삼대독자로 태어난 봉달이 아내에게 한 약속이었다. 엄니가 시집살이시키는 건 못 막아도 딸 낳은 설움은 느끼지 않게 해 주마- 그것이 지금까지 봉달이 아내에게 유일하게 지켜온 약속이었다. 그런데 훗날 딸 민정이가 족보에 오르지 못한다? 민정이 대신 남의 집 아들 이름이 올라간다? 그렇게 생각하자 피가 거꾸로 솟았다.

"안 될 말이죠! 딸은 뭐 자식 아니랍니까?"

"내 말이 바로 그걸세. 우리 헌씨 족보에는 사위 이름 대신에 딸도 아들과 마찬가지로 정식으로 기재될 걸세. 외손도 1대에 한해선 오르게 할 거야. 누구도 날 막지 못해! 도유사인 내 권한으로 반드시 그렇게 만들 거니까."

18

봉달이 옆구리를 찌르며 작게 말했다.

“이체했어. 그걸로 벌금 내도록 해.”

“회장님…”

법은 법이다. 상간녀를 뺨을 때린 일은 폭행죄가 적용되었다. 상해까지 안 간 게 어디냐며 봉달이 위로하듯 웃었지만, 가볍게 넘길 일도 아니었다. 봉달은 뻔히 사정 아는데 사양하지 말고 받으라며 쐐기를 박았다.

“죄송해요. 회장님. 종친회에 돈도 없을 텐데 제가 오히려 짐만 되고…”

“짐은 무슨 짐. 백만 원 밖에 안 한다며. 그거 내 돈 아니야. 우리 멤버들이 십시일반 모은 돈이야.”

“……”

“당하고 살지 마. 우리 헌씨 여자들은 당당하게 살아야 해.”

그리고 작게 속삭였다.

“나중엔 티 안 나게 때려. CCTV 없는데서.”

일부러 웃으라고 하는 소리다.

"그리고 미안해. 월급도 안 주고 부려 먹어서."

"그거야 저도 무보수인거 알고 자처해서 한..."

"라고 할 줄 알았지? 자처해서 했으니까 앞으로 사명감을 갖고 더 열심히 일하라고."

일부러 너스레를 떨더니 사무실을 나서는 봉달. 그 뒷모습을 보며 괜히 짠한 마음이 들었다. 친정엄마 병수발 들 동안 코빼기도 나타나지 않는 싸가지 없는 남동생 대신 저렇게 듬직하고 위로가 되는 친정 오빠 있었으면 얼마나 좋았을까. 문득 종친회 사무실에서 만난 날이 떠올랐다. 구부정한 거북목에 사기꾼 같아 구질구질해 보였던 봉달이 지금은 더할 나위 없이 의지가 되는 버팀목으로 다가올 줄이야.

그래, 힘내자. 당하고 살지 말자.

* * *

사무실은 교구들로 가득했다. 벽에는 관공서의 장들과 찍은 듯한 시상식 사진들이 걸려 있었고, 이따금 복지원 아이들과 찍은 단체사진도 곳곳에서 눈길을 사로잡았다.

십오 분 쯤 기다렸을까? 시간을 죽이기 위해 자식이 스마트폰을 꺼내려 할 때, 막 문이 열렸다.

"오래 기다리셨죠?"

목 끝까지 단정하게 단추를 채운 셔츠원피스 차림을 한 오십 대 후반으로 보이는 여자였다. 콜트복지원 원장이자 콜트교회 담임목

사이기도 한 그녀는 커다란 상자를 테이블 위에 올려놓고 맞은편에 앉았다. 어디서 맡았는지 기억도 가물가물하지만, 양호실 크레졸 냄새 비슷한 것이 풍겼다. 왠지 향수를 자극하는 냄새라고 자식은 생각했다.

"이거 자식 씨 낳아주신 어머니께서 이십칠 년 전에 두고 간 물건이에요."

자식이 상자를 물끄러미 보았다.

"그날 이야기가 듣고 싶으시다고요?"

"네."

"겨울이었어요. 아주 추운. 아직도 기억나는 건 그 엄동설한에 양말도 없이 슬리퍼만 신고, 오들오들 떨고 서 있었다는 사실이에요. 베이비 박스에는 아기가, 그러니까 자식 씨가 담요를 덮은 채 잠들어 있었고요."

"제 어머니가 절 두고 갔군요."

"네. 아는 척을 하려고 말을 붙이자 화들짝 놀라선 갑자기 왔던 길로 도망치듯 뛰었어요. 그게 전부였어요. 불러도 돌아보지 않더군요."

'불러도 돌아보지 않았다.'

언젠가 그런 이야기를 들은 적이 있다. 자칭 과학자라는 야만적인 인간들이 어미 원숭이의 모성을 확인하기 위해 새끼를 흐르는 강물에 흘려보내는 실험. 서센 물살에 새끼 원숭이는 빠른 속도로 떠내려갔고, 그런 새끼를 붙잡기 위해 어미 원숭이는 강섶을 따라 뛰어가며 비명을 질렀다고 했다. 결국 새끼는 찾지 못했고, 어미 원숭이는 그대로 죽었다. 나중에 해부를 하자 어미 원숭이의 애가 새까맣게 타서 김이 모락모락 났다는 이야기다. 생때같은 자식을 떠나보내야 하는 어미의 가슴이 그와 같았단다.

자식은 아직도 그 이야기를 잊지 못했다. 과연 날 버린, 아니 어쩌면 날 잃어버려야 했던 생부모도 그와 같았을까? 그렇게 생각하면, 원망은 어느 정도 누그러졌다.

하지만

- 저희 사장님께서 만남을 거부하셨습니다. 본인에겐 자격이 없다면서. 다만, 한국에서 머무는 동안 숙식은 해결해주겠다고 하셨습니다. 뿐만 아니라 도울 일이 있으면 얼마든지 돕겠다고도 하셨고요.

정.숙.자.

입양 당시 목에 걸어둔 목걸이에 새겨진 이름과 생년월일로 수소문한 결과 생모는 충무로에서 꽤 유명한 디자인회사의 오너로 있었다. 그녀의 성공은 언제 이루어진 걸까? 성공 후에 버린 아들 생각은 나지 않았을까? 원망과 그리움 끝에 전화를 걸었을 때, 비서는 그렇게 대답했다. 생모가 만남을 거부하고 있다고.

뭐라 뭐라 쌍욕을 퍼붓고 전화를 끊었었다. 그 길로 다시 미국으로 돌아갈까 생각도 들었다. 영원히 찾지 말까 싶었다. 하지만 종친회 사람들을 만나면서 미련만 커질 뿐이었다. 첫사랑과 결혼하여 반백 년 해로하며 삼남 이녀를 낳고 산다는 교수님, 지지고 볶고 살지만 언제나 밥은 굶기지 않는다는 봉달 회장님의 아내분과 사춘기에 접어들어 틱틱대지만 좋아하는 바밤바는 곧잘 사온다는 딸, 일생의 유일한 낙은 아들 승철이밖에 없다는 아들바보 신자 누나, 거기다 깡패 짓을 하는 동안 감옥도 들락거리는 막심한 불효를 저질렀음에도 언제나 믿고 기다려줬다는 금함이 삼촌의 아버지까지. 그들에겐 자식에게 없는 게 있었다. 바로 가족이다.

결정적으로 며칠 전, 진주에 내려갔을 때 총각이 했던 말이 가슴에 남았다.

"울 아바진 생전에 항상 미안하다고 했서. 자격도 없는 게 아비노릇을 하고 있으니 우리가 고생이 많다구. 할아바지가 옛날에 국군 포로였거든. 남조선군으로 북한에 끌려왔단 말이야. 것 때문에 우린 토대가 좋지 않아. 기칸데 잘 생각해보라우. 그게 어째 아바지 탓이간? 할아바지 탓도 아니야. 세상엔 인력으루두 안되는 게 있는 법 아니갔어? 사람 탓을 하문 쓰겠나 이 말이야."

순간, 비서의 말이 포개어져 떠올랐다.

- 저희 사장님께서 만남을 거부하셨습니다. 본인에겐 자격이 없다면서.

생모는 무슨 죄책감을 안고 있길래 당신 평생에 가시같이 쿡쿡 찌르는 자식을 애써 외면하려는 것일까? 그녀가 갖지 못한 자격이란 건 대체 뭘까?

복지원을 나오는 자식의 발걸음이 무거웠다. 박스를 옆 좌석에 놓고 출발하려다 말고 어딘가로 전화를 걸었다. 그렇지 않으면 당장 심장이 터져 미쳐 버릴 것 같았다.

- 네. OO디자인입니다.

- 저 헌자식입니다.

- 네... 어쩐 일로...?

- 사장님께 묻고 싶은 게 있는데 좀 전해 주실래요?

- 물론이죠. 말씀하십시오.

- 왜 내 이름을 자식으로 지었는지 알고 싶어요.

- ......

- 베이비카드에 보니까 제가 성이 헌씨더군요. 그래서 헌자식. 이름 웃기죠? 저도 웃겨요. 솔직히 듣는 사람마다 한 번씩 피식해요. 왜 이름을 그렇게 지었을까요? 나 같은 건 헌자식이라서? 막 대해도 되고 전혀 소중하지 않은 그런 헌 존재라서? 버려도 되고, 그렇게 잊혀도 상관없는 그런 존재? 거지 같은 놈인가요, 제가? 꼭 좀 물어봐 주세요. 자식 버린 주제에 뭐라고 변명하나 들어나 보게. 며칠 뒤에 다시 전화 드리겠습니다.

* * *

솨아아-

밖에는 장대비가 무서운 기세로 내리꽂고 있었다. 덜컹덜컹 강풍에 창문이 흔들리기도 했지만, 그 무엇도 봉달의 꿀 같은 낮잠을 깨울 순 없었다.

출근한 학문이 갑작스레 전에 한 연구동을 쓴 교수와 오랜만에 연락이 닿는 바람에 외출을 하고, 헌 실장이 아이 치과 때문에 자리를 비운 사이 봉달은 소파에 길게 누워 단잠에 빠진 것이다.

시끌벅적한 저잣거리를 지나자 금세 한적한 길이 나온다.

바람도 적당히 불고 날씨도 맑은 날이다.

딸랑… 딸랑… 어디선가 장례 행렬인지 방울 소리가 들린다.

돌아보면, 허리가 구부정한 노인이 맨발로 수레를 끌고 지나간다. 하얀 머리가 산발이 되어 흘러내리고 고생으로 폭삭 늙은 얼굴엔 근심이 서려 있다. 본래는 풀을 먹여 하얗고 반듯했을 민복이었을 거란 생각이 들지만, 지금은 땀과 흙먼지에 절어 꾀죄죄하다.

그런데, 어라…?

얼굴이 익숙한 노인이다. 그 작고 왜소한 체구로 안간힘을 내지만 수레바퀴가 구르는 속도는 상당히 더디다. 뭘 그렇게 이고 가는지 수레에는 네 개의 커다란 궤짝과 여덟 켤레의 짚신이 매달려 있다.

어디로 가는 걸까. 길은 여러 갈래 펼쳐져 있는데 그중 두 시 방향으로 향한다. 저번에도 그랬다. 그러니까 이 꿈은 벌써 몇 번이나 마주한 내용이란 뜻이다.

어느 골목으로 꺾어 들어가기 전, 노인은 문득 봉달을 돌아본다. 저번 꿈에서도 그랬다. 눈이 마주친 봉달이 이번에도 어떤 표정을 지어야 할지 난감해하는 동안 노인은 희미한 미소를 짓다가 다시 슬픈 표정으로 바뀌기도 한다. 도통 저러는 이유를 모르겠지만, 한 가지 확실한 것은 노인의 눈빛이 마치 '난 널 잘 안다'하는 것 같다.

다시 제 갈 길을 향해 가는 그 뒷모습에 한이 서려있다.

왠시 따라가야 될 것 같지만 좀처럼 몸이 말을 듣지 않는다.

4장 대동

나의 집이란
장소가 아니라, 사람들이다

로이스 맥마스터 부졸드

19

Country roads, take me home~

To the place I belong~

대절한 버스가 멀리 병풍처럼 펼쳐진 산세를 옆으로 끼고 돌자 한눈에 보아도 수심이 깊은 계곡이 굽이굽이 흐르며 펼쳐졌다.

와-!! 하는 감탄과 함께 흥으로 넘쳐나는 버스 안.

게임을 하다가 벌칙에 걸린 금함이 등을 내어주자, 모두 신이 나서 인디안밥을 두들겼다. 하하호호 재미로 시작한 게임인데 예상보다 아프자 얼굴이 벌게진 채로 모두를 노려보는 금함. 차마 멤버들에겐 화를 못 내고 따라온 부하 마츠모토에게 눈을 부라렸다. 교수님은 갑자기 연세에 걸맞지 않게 다소 보는 이로 하여금 부끄러움을 자아내게 만드는 나름 신세대 패션인데, 뉴욕 양키즈 모자에 유공자 조끼 그리고 청바지 차림이었다. 거기다가 과일 좀 먹어보라며 흔들리는 버스 안에서 과도를 들고 돌아다니는 신자와 신자의 스마트폰으로 게임 삼매경인 신자의 아들 승철, 맨 앞에서 마이크를 들고 멋들어지게 노래 한 곡 뽑는 봉달, 그 옆에선 아부하듯 탬버린을 흔드는 총각과 자식까지. 이 모든 광경을 지켜보면서 괜히 따라왔다 싶은 소리가 차창 커튼으로 절망적인 얼굴을 덮었다.

얼마쯤 달렸을까? 이윽고 서행하던 버스가 주차 공간으로 진입하면서 보이는 외부 전경에 실감이 나는지 설렘이 요동쳤다. 에버랜드나 레고랜드도 아니고 캠핑장이 뭐냐고 소리가 연신 투덜댔지만, 누구도 받아주는 이는 없다.

차례로 차에서 내렸다. 역시 맑고 상쾌한 공기가 온몸을 함빡 적셨다. 입구에는 화려한 만국기가 늦여름 바람에 펴덕였다. 주변을 둘러보던 참에 눈부신 햇살에 선글라스를 낀 남자가 다가와 말을 걸었다. 목에는 스태프 명찰을 달고 있었다.

"어디서 오셨습니까?"

"진주헌씨종친회에서 왔습니다. 모두 일곱..."

하다가 마츠모토와 승철이를 보더니

"아홉 명이고요."

종친회치고 상당히 소규모라 신기했던 모양인지 남자는 선글라스 너머 맨눈으로 힐끔거렸다. 그리고 들고 있던 바구니를 뒤적여 명찰 뭉텅이를 건네면서

"이거 하나씩 목에 차시고, G구역으로 가십시오."

봉달을 필두로 병아리 새끼들처럼 일렬로 따라나선 멤버들은 구경하느라 여념이 없었다. 전국적 규모의 축제다 보니 여기저기서 몰려온 장사꾼들이 진을 치고 있었다. 꽃, 아이스크림, 솜사탕, 장난감 등등 주말에 볼 수 있는 가족공원처럼. 한쪽에서는 뉘 집 아이들인

지 삼삼오오 모여서 비눗방울이 나오는 버블건을 쏘아대며 뛰놀고 있었다.

입구를 지나 캠핑장 내부로 들어가자 알파벳으로 나눈 구역마다 이미 자리 잡고 있는 문중들이 보였다. 전국 최대 규모의 캠핑장답게 여러 가문의 천막이 쳐져 있었다. 전주 이씨, 김해 김씨, 밀양 박씨, 경주 이씨, 안동 권씨... 적게는 수십 명에서 많게는 백 명 단위까지 전국에서 몰려온 가문도 있었다. 어쩐지 주눅이 들어 그들 사이를 지나가는데,

"저기 있어요!"

일제히 신자가 가리킨 쪽을 봤다. **<경축. 헌씨 종친회 명랑운동회 / 협찬 : 금함 참치>**라 크게 쓰인 플래카드가 내걸려 있었다. 숱한 가문들 틈에서 플래카드가 눈물 나게 반가웠다. 금함 참치에서 부하이자 메인 주방장인 마츠모토가 때아닌 참치 해체 쇼를 위해 차례로 짐을 풀고, 각종 음료수 또한 박스째로 쌓여 있었다. 나름 투철한 경로우대 정신인지 교수님은 짱짱한 캠핑 의자를 따로 준비함으로써 특별대우를 했다. 만족감을 감출 수 없는지 학문의 입꼬리가 씰룩였다.

"아니 이걸 언제 다 준비했나, 금함이?"

금함이 깜짝 이벤트를 하고 싶었다며 어깨를 으쓱했다. 천막 옆에는 일정 때문에 참석하지 못한 정치가 보낸 화환이 막 도착한 참이있다. **<헌씨중앙송진회 발전을 위하여 / 국회의원 헌정치>** 천군만마를 얻은 듯 든든함마저 들었다. 비록 머리 쪽수로는 밀리지만, 우리도

당당하게 초대된 가문이다.

"모두 집중해 주십시오."

지지직 하고 얼마간의 마이크 잡음 끝에 사각 귀퉁이에 설치된 스피커에서 문중협회장의 목소리가 이어졌다.

"에- 이번 문중대회에 참가해주신 많은 종친회 여러분 감사합니다. 지금부터 제43회 전국문중대회 개회식이 있겠습니다."

차례로 어디 협회장이다, 어디 기관장이다, 지역 군수까지 나와 축하 연사를 나누었다. 그런 뒤에는 화려한 불 쇼와 전통무용, 어린이 합창단 등 축하 무대가 이어졌다. 정식 대회에 앞서 문중협회 주최 백일장에 수상한 작품들이 죽 전시되어 있길래 구경 중인데,

"아빠!"

반사적으로 돌아본 곳에는 딸 민정이와 아내가 서 있었다. 반가움도 반가움이었지만, 제일 먼저 아내 손에 들린 짐 보따리에 시선이 갔다. 아무래도 종친회를 설립하고 첫 행사다 보니 빠지기 뭐했는지 왔다는데, 말과 달리 옆에는 먹거리를 바리바리 싸들고 있었다.

"당신! 연락도 없이 웬일이야?"

냅다 달려가서 건네받으며, 음흉하게 웃자 아내가 작게 비아냥댔다.

"사장에서 회장 되어서 참 좋겠네."

"기분 좋은 날이야. 웃어. 자 여러분! 이쪽은 우리 와이프. 앤 내 딸."

아내와 민정이가 차례로 인사를 하자 멤버들도 모두 일어나 반갑

게 맞이했다. 학문이 대표로 악수를 청했다.

"반갑습니다. 나 헌 학문이오. 부군께서 대표로 나서서 종친회도 세우고, 참. 이게 다 두터운 내조 덕분 아닌가 생각합니다."

"아휴 별말씀을요."

아까부터 말을 걸 타이밍만 기다리던 신자가 입에 물고 있던 걸 꿀꺽 삼키더니, 치고 들어왔다.

"어머 안녕하세요. 사모님."

"안녕하세요. 그... 사무실 일 보신다는 실장님 맞죠?"

"네에. 호호호. 이제야 뵙고, 너무 반가워요."

"제가 너무 늦게 얼굴을 비췄죠."

"아휴 아니에요. 호호호."

참 신기한 것은 주부들끼리는 쉽게 친해진다는 사실이다. 함께 먹거리를 정돈하며 이런저런 수다를 떠는 사이 민정과 소리는 멀찍이서 서로의 전투력을 가늠하는 세렝게티의 야수들처럼 눈치만 보고 있었다. 어쩌면 이처럼 사춘기 십 대 소녀들이 서로 이유 모를 날을 세우는 건 나중에 더없이 가까워지기까지 필요한 전 단계일지도 모른다. 얼마 후, 아이돌 얘기를 주고받으며 콘서트 티켓 예매로 금세 화제가 옮아갔기 때문이다.

"예매 못했어. 빛의 속도로 들어갔는데 사이트가 완전 트래픽 초과되고 난리 났더라고."

"언니 진 했어요. 앱으로 들어갔더니 바로 되던데요? 동생이랑 저랑요."

"진짜 좋겠다. 꼭 영상 찍어와."

"제가 영통하면 되죠."

"그래주면 좋고. 아 맞다. 여기 오면 연예인도 있을 거랬는데?"

"연예인이요? 전 못 들었는데."

소리가 갸우뚱하자, 그때 마침 봉달이 봉지라면 몇 개를 주물럭거리며 이쪽으로 다가왔다.

"둘이 벌써 친해졌냐? 민정이 네가 한 살 언니 맞지?"

"응. 아빠 근데, 연예인 있다며?"

"무슨 연예인?"

"아빠가 분명히 그랬잖아. 오늘 오면 연예인도 볼 거라고. 거짓말이었어, 설마?"

"아아. 있지. 연예인."

봉달이 사방을 두리번거리더니 마침 저쪽에서 생수 번들을 낑낑대고 들고 오는 총각을 불러 세웠다.

"총각아! 이리 와 봐."

불길함을 감지한 민정이 설마 하는 마음으로 주시했다. 혹시 모르니 이 즐거운 분위기에 산통 깨는 반응은 보이지 말자 하는 표정을 지어보지만.

"여기 있잖아. 연예인. 지금 만나러 갑니다에 고정 출연."

* * *

아, 좋습니다. 이러면서 금함이 연신 셔터를 눌렀다.

"회장님 살짝 한 걸음 더 앞으로, 좋습니다. 교수님 한 손은 바지 주머니에 넣으시고 비스듬하게. 예 좋습니다. 헌 실장님 웃어요, 웃어. 자 찍습니다, 하나 둘 셋!"

찰칵!

더할 나위 없이 정다운 분위기 속에서 학문이 신줏단지처럼 효도 라디오를 꺼내 들었다. 이윽고 거기서 저음질의 트로트 뽕짝 메들리가 흘러나왔다. 예전에 오가며 들른 청계천 잡화점에서 구입한 것은 중국산이라 그런지 금방 망가졌는데, 손녀가 인터넷으로 주문해준 국산 휴대용 라디오는 그럭저럭 쓸 만했다. 물론 1,000곡의 노래가 담긴 내장 칩이 중국산이란 건 변함없지만.

"어라? 이게 누구십니까?"

낯선 그림자가 앞으로 길게 이울어졌음에도 노래 삼매경에 빠진 학문이 미처 알지 못하자, 아예 남자가 앞으로 다가와 얼굴을 들이밀었다.

"맞죠? 헌 교수님? 헌학문 교수님?!"

"누구...?"

"아, 맞군요! 접니다. 97년도에 한국대학교에서 교수님 수업 듣던 김민중. 아, 그러니까... 빛나리 민중이요."

남자가 에라 모르겠다, 하고 야구 모자를 벗어 보이자 그제야 알아보겠다는 듯이 학문의 얼굴이 환하게 피었다. 손을 덥석 잡고

"그래! 이제 알아보겠군! 아니 어떻게 머리는?"

"그냥 싹 다 밀어버렸죠."

"잘했어. 어쭙잖게 남길 바엔. 허허 이렇게 반가울 데가 있나. 그런데 여긴 웬일인가?"

"저 안동 김씨 아닙니까? 아버지께서 종친회에 부회장으로 계셔서 같이 따라 왔거든요."

"아하, 안동 김씨였군!"

"교수님은요?"

"응? 난 진주 헌씨."

"아, 진주 헌씨."

마치 모르는 글자를 따라 읽듯이 또박또박 되뇌는 제자의 얼굴에 물음표가 떠올랐다. 묻고 싶은 게 많은 표정이었지만, 적절치 않은 질문이라고 여겼던지 제자는 얼른 자리를 벗어났다. 그리고 안동 김씨 구역으로 돌아간 제자와 모여든 사람들. 이따금 이쪽을 힐끔거리며 수군거리는 게 분명했다.

얼마 지나지 않아 스피커에서는 다시 협회장의 목소리가 이어졌다.

"자, 다음은 기다리고 기다리던 체육대회가 있겠습니다! 코너 순서를 숙지하시고 각 종친회에서는 경기에 임할 선수를 대기시키면 감사하겠습니다."

체육대회 순서는 오밀조밀했다. 남자씨름, 여자피구, 이인삼각달리기, 300m 이어달리기, 줄다리기 등.

"교수님은 연세가 있으셔서 참가하기 좀 그런데. 대신 민정이가 투입해서 하는 수밖에 없겠어. 소리야, 네 동생도 좀 데려오지 그랬냐."

봉달이 아직 중학생인 동생 나리 얘기를 꺼내자, 굳이 그렇게까지 해야 되겠냐는 표정으로 소리가 반문했다.

"어쨌든. 첫 번째 순서는 남자씨름이야. 누가 나갈래?"

"저 말고 또 누가 있습니까?"

금함이 웃통을 벗으며 슥 일어났다.

"너무 무리하시진 마시구요, 금함 삼촌. 그러다 슬개골 나가요." 총각이 말했다.

"걱정 마라."

상대 선수는 밀양 박씨 사람이었다. 그가 모래판 위로 올라오자 언제 준비해왔는지 박씨 측 종친회에서 구호에 맞는 응원가를 부르기 시작했다.

"걸어라! 넘겨라! 무너뜨려라! 밀양 박씨 파이팅!"

체격으로 치자면 금함이 훨씬 우람하고 강건했는데, 응원의 기운을 받아서인지 박씨가 그 야윈 몸으로 킹콩처럼 일부러 가슴을 치는 퍼포먼스를 부렸다. 그러자 박씨 종친회 쪽에서도 호응하듯 둥둥둥둥! 하고 북을 올리며 기합을 넣자 기세가 하늘을 찌를 듯했다. 상대적으로 다급해진 현씨 종친회. 봉달이 앞에 나서서 뭐라도 하려던 찰나에 경기는 시작됐다.

삑!!!

크게 심호흡을 하고 샅바를 꽉 잡는데, 사실상 이미 의욕은 빠졌다고 봐야 맞다. 젖 먹던 힘까지 다해 몰아붙였지만, 이미 기세가 오를 대로 오른 말라깽이의 힘은 금함과 맞먹었다.

사실 상대가 호리호리한 체격이라 몇 번 들었다 놨다 재미 좀 보다가 자빠트릴 요량이었는데 다 틀렸다. 넘어질 듯 말 듯 얄밉게 버티던 말라깽이가 갑자기 안다리를 걸며 자기 몸을 회전하더니 그대로 반 바퀴 더 회전해 버린 것이다.

푹!

하고 어이없게 넘어진 금함. 이래서 씨름은 힘이 아니라 기술이라고 했던가. 동시에 삑! 하고 호루라기 소리와 함께 심판이 경기 종료를 알렸다. 시작한 지 3분 만에 박씨의 승리로 끝난 것이다. 박씨는 어디서 본 건 있는지 마치 이만기를 넘어뜨린 강호동처럼 과장되게 포효를 질러댔다. 양쪽 종친회에서 희비가 갈렸다.

“와아!!!”

박씨 종친회 쪽에서도 여기까지는 미처 예측하지 못한 결과였는지 거센 환호를 지르고 난리도 아니었다. 누가 보면 최종 승리를 거머쥔 사람들처럼. 대회 첫 경기인 만큼 관심과 사기가 그만큼 드높았다.

“박씨가 헌씨를 이겼다!!”

그러자 황망하게 엎드려 있던 금함이 모래 한 줌을 쥐고 벌떡 일어나더니 그쪽을 향해 뿌리며 고함을 질렀다.

“어이! 작작들 좀 하쇼!”

박씨 종친회 측에서 알겠다며 두 손을 합장하고 흔드는 시늉을 했지만, 입가엔 같잖다는 미소가 흘렀다.

초상집 분위기가 된 헌씨 구역으로 돌아온 금함. 다들 비통에 젖은 나머지 차마 위로를 건넬 분위기도 아니었다.

"개새끼들. 이겼으면 이긴 거지. 와 약은 올리고 난림까."

그나마 총각이 금함의 역성을 들고 나섰다.

"잘했어. 금함이. 질 수도 있지 뭘 그래." 봉달도 어깨를 두드리며 말했다.

"진 것 때문이 아니라, 저 자식들 하는 꼬라지가 괘씸해서 그렇죠."

"괜찮아. 다 그런 거지. 다들 의기소침해하지 말자고! 아직 경기 많이 남았어!"

봉달이 박수를 치며 주위를 환기했다. 경기에서 가장 중요한 건 사기 진작이다. 풀 죽어 있어 봤자 얻는 건 아무것도 없다.

"이거 끝나고 다음은 여자피구인데, 누구누구 나갈 거지?"

민정과 소리가 나란히 손을 들었다. 아직 어른들의 치열함이 가슴 깊이 와 닿지 않는지 설렘 반 재미 반 뒤섞인 얼굴들이었다. 그리고 한 박자 뒤에 비장한 얼굴로 신자가 손을 들었다.

"헌 실장도 나가려고?"

"저 여중, 여고 때 전부 피구 퀸이었어요."

상대 팀은 김해 김씨. 총 다섯 명이 나왔다. 헌씨는 머릿수를 맞추기 위해 봉달의 처와 자식도 참가했지만, 자식의 경우 남자이기 때문에 공격이 아닌 수비만 하기로 사전 협의를 받아냈다.

남자 경기 때랑은 또 딴판인 분위기가 흘렀다. 섬세한 심리전이 양 팀 선수들의 눈가에 일렁였다. 앞서 얼추 진행된 경기들을 통해 경쟁심리가 붙어서인지 초반 분위기부터 팽팽하게 흘렀다. 한 번 패한 전력이 있던 터라 멤버들은, 아니 특히나 신자는 어느 때보다 비장했다.

처음 날아온 공은 가뿐하게 캐치!

그러나 호기롭게 시작한 이 피구경기가 십오 분 뒤에 몸싸움으로 번질 줄은 아무도 몰랐을 것이다. 바로 김해 김씨의 대장급으로 보이는 여자가 유달리 신자에게만 집중 공격을 퍼부었기 때문이었다. 둘은 또래로 보였고, 체격도 비슷했고 멤버 중에서 연장자라는 공통점이 있었다. 그래서 유달리 경계심이 두 사람 사이에 흘렀는데, 먹고 살기 위해 이리 뛰고 저리 뛴 생활 근육이 발휘할 수 있는 실력에도 한계란 것이 있다.

퍽!

공을 피하다가 결국 철푸덕 넘어진 신자. 의욕이 과했는지 넘어지는 모습이 상당히 추했다. 그런 신자의 등을 맞고 튕겨 나간 공은 다시 김씨 대장녀의 차지가 되었고, 미처 일어날 새도 없는 신자를 향해 냅다 꽂아 버린 것이다. 바닥을 스치고 얼굴을 강타한 공. 하지만,

"땅볼!!"

이미 몸싸움의 기미는 시작됐다. 일부러 얼굴 쪽으로 공을 던진 거라며 항의하는 신자와 헌씨 멤버들. 아들 승철이가 연신 목이 쉬

어라 꽥꽥 응원하고 있는데 그 앞에서 넘어진 것도 수치스러운데, 연달아 공을 맞으니 체면이 말이 아니었다. 목까지 벌게진 신자가 고래고래 소리 질렀다.

“왜 얼굴에 공을 던져요?!! 일부러 그런 거 아니에요?!”

“그쪽이 못 피한 거죠!”

우여곡절 끝에 심판의 중재로 경기는 다시 재개됐다. 하지만 이제 단체 경기가 아니라 대장녀와 신자 이렇게 단일 구도가 되자 양쪽 팀원 모두 난처한 기색이 역력했다. 간신히 공을 차지한 신자가 이를 갈았다.

‘김해 김씨. 흥. 우리나라 인구 절반이 김해 김씨다. 혹시 알아? 니네들 족보도 사실은 위조된 걸지?’

“빨리 던져요!”

공격권을 쥔 신자를 주시하며 발을 동동 구르며 피할 때만 노리던 대장녀가 조급해졌는지 소리쳤다.

“아빠가 그러는데, 우리 김씨는 옛날 옛날에 김수로 대왕님의 후손이래.”

“친가는 친할 친자 써서 친가고, 외가는 바깥 외자 써서 외가래. 그러니까 외가보다 친가랑 더 친해야 한 대.”

“골 때리네. 니네 집구석에 무슨 종친회가 있어? 아아, 노비 종친회? 개뿔 없는 것들이...”

대장녀의 얼굴 위로 남편 말종의 얼굴이 아른거렸다. 애가 보는 앞에서 면박을 주던 모습, 빌어도 모자랄 판에 도리어 상간녀의 역성을 드느라 목에 핏대를 세우던 모습, 신자를 그리고 신자의 집안을 툭하면 무시하기 일쑤였던 모습.

온 힘을 다해 불꽃 슛을 날렸다.

휙---

퍽!!

삐이이익!!!

화들짝 놀란 심판이 휘슬을 불었다.

"야! 너 죽고 싶어? 일부러 던졌지?"

"너어? 얻다 대고 너야! 너 몇 년 생이야?"

"나 77이다! 너 몇 살인데?!"

경기장은 아수라장이 되어 버렸다. 머리채 잡고 싸우는 살벌한 기세에 옆에서 누가 뜯어말려도 소용이 없었다. 엎치락뒤치락하다 신발이 벗겨지자 신자의 양말은 반쯤 돌아가 있었고, 얼마나 격정적이었는지 배에 힘주는 것을 잊은 모양이었다. 살벌한 분위기만큼 뱃살도 준엄하게 출렁였다. 결국 하는 수 없이 문중협회장과 안내원들까지 합세한 뒤에야 떨어진 두 사람. 어쨌거나 행사는 진행해야 했다. 적당히 그 정도에서 주의를 준 다음 각자 자리로 돌아갔다. 봉달이 버럭 화를 냈다.

"헌 실장, 여기까지 와서 왜 그러는 거야, 대체?!"

"왜 그러다뇨? 저년이 먼저 얼굴 쳤으니까 그렇죠. 보셔서 아실 거 아니에요, 회장님도?"

"알겠어. 알겠어. 근데 그래도 그렇지. 오늘 축제잖아. 좀 참았어야지."

"언제까지 참습니까?" 신자가 막 대답하려던 참에 금함이 끼어들었다.

"금함이 자넨 또 왜 그래."

"보셨잖습니까? 회장님도. 지금 다들 우리 헌씨 종친회만 개무시하고 있잖습니까? 그거 안 느껴지세요?"

냉랭한 기운이 흘렀다. 학문도 이번만큼은 나서지 않았다.

주위를 둘러보았다. 이쪽만 빼고 다른 종친회에서는 얼키설키 인연들을 맺었는지 서로 아는 체하며 친목을 다졌다. 술과 먹거리를 나누기도 하고, 아이들끼리는 쉽게 어울렸으며, 자식 있는 사람들은 그 자리에서 즉석 소개팅을 권하는 등 화기애애했다. 하지만 헌씨에게만은 예외였다. 아무도 눈길도 주지 않았고, 스포츠매너를 보여주는 것조차 과분하다고 여겼는지 경기에 임하면 무시를 보거나 마무리 인사조차 없이 돌아서 버렸다.

"다들 잠깐만 여기서 기다려."

봉달은 한 손엔 맥주병, 다른 한 손엔 종이컵을 들고 천막을 나섰다. 불안한 눈길로 그의 뒷모습을 좇는 멤버들. 봉달은 다른 문중마다 들르며 인사를 드릴 계획이었다. 그래, 신참이 숙이고 들어가야지.

"안녕하십니까? 진주 헌씨 종친회장 헌봉달입니다. 잘 부탁드립니다."

같은 말을 수도 없이 반복하며 술 한 잔 따랐지만, 다들 심드렁한 표정만 지을 뿐이었다.

“진주 헌씨? 처음 들어 보는데, 희귀 성인가 봐요?”

어느 문중의 남자가 물었다. 다른 사람들과 달리 의외로 상대 해주겠다는 태도를 보이자 봉달이 이때다 하고 실실 웃으며 다가갔다. 그 정도 질문쯤이야 그동안 받은 수모에 비하면 상당히 신사적이라고 여긴 봉달이 장황하게 설명을 늘어놓았다.

“네. 아직 신생 종친회입니다. 대한민국에 몇 없거든요. 다르게 말하자면 그만큼 특별한 가문이기도 하죠. 헤헤.”

“특별한 가문이다...? 우리가 알 만한 위인은 없나요? 예를 들어주면 좀 이해가 빠를 것 같은데.”

“위인이요?”

있을 리가 있나. 지금 시조도 못 찾고 있는 마당인데다 헌씨가 차씨 조상을 훔쳐 오는 해괴한 일까지 겪었는데 위인이라니.

“큰 자리에 오른 분은 없어도...”

“다른 곳을 좀 보세요. 대표적으로 다 위인이 있어요. 진주 강씨는 강감찬이 있죠. 민씨는 뭐 말 안 드려도 아시겠죠? 왕후를 많이 배출한 가문이잖아요? 명성황후라든지. 청주 한씨는 명문가 중의 명문가죠. 안동 김씨는 조선 후기에 세도 부린 걸로 유명하고요. 경주 이씨는 삼성가 사람들하고도 연줄이 닿아 있대요, 자기들 말로는. 뭐 믿거나 말거나지만. 어쨌거나 그렇게 성과 본을 대면 딱 위인들이 나오면 좋죠. 희귀 성씨건 흔한 성씨건.”

잔을 단숨에 비운 남자는 거꾸로 봉달의 잔을 채워주며 이어서 말했다.

“헌씨는 아무도 없잖아요. 파는 있어요?”

“있수다. 여기 슬개골파.”

그때 언제 나타났는지 금함이 험상궂은 인상으로 뒤에 떡 버티고 서 있었다. 봉달이 제지하듯 가슴을 툭툭 밀며 경고의 눈빛을 보내자 금함이 간신히 기세를 눌렀다.

“일행인가 보죠...?”

‘아랫것’의 소심한 봉기를 교양있게 엄단하려는 ‘상전’처럼 남자가 최대한 목소리를 깔고 말했다.

“충고 하나 하죠. 여긴 또 어떻게 뚫고 들어오셨는지 모르겠지만, 앞으론 자리를 봐 가며 오세요. 여기에 있는 가문들, 모두 몇백 년 아니 많게는 몇천 년 이 땅에서 유서 깊은 가문들입니다. 아무나 와서 비빌 곳이 못 된다고요. 아시겠죠?”

아.무.나.

그 말에 금함이 발끈했지만, 봉달이 간신히 등을 떠밀었다. 그리고 짤막하게 네, 하고 로봇처럼 굳은 채 돌아서다가 몇 걸음 채 못 가 다시 몸을 돌렸다. 도로 성큼성큼 가서

“댁들은 뭐 백 퍼센트 양반인 줄 아슈?”

“뭐라고요?”

“어이, 조선에 진짜 양반은 십 퍼센트도 안 됐답니다. 근데 지금 보쇼. 개나 소나 지네가 양반이래. 그중에 절반 이상이 족보 위조했을 테고, 나머지는 어쩌다 방계에 방계로 이어졌을 테고, 그마저도

천민 평민 할 거 없이 피가 섞였을 텐데. 이제 와서 양반? 순수혈통? 나도 충고 하나 하겠는데, 그런 개소리 할 시간에 아나 떡이나 잡쉬."

그리고 송편 몇 개를 입에 와구 와구 욱여넣고 획 돌아서 오는데 그 뒤에다 대고 남자가 뭐라 뭐라 퍼붓는 모습이 펼쳐졌다. 집 나간 어미 새를 기다리는 양 불길하게 봉달을 주시하는 멤버들에게 봉달이 선언하듯 말했다.

"다들 잘 들어. 지금 남은 경기는 세 개야. 이인삼각달리기, 300m 이어달리기, 줄다리기. 무조건 이겨야 해. 우리 헌씨의 명예가 걸린 일이야. 죽을힘을 다해서 무조건 이겨서 돌아가는 거야. 알았지?!"

* * *

오후 타임에 시작될 경기를 앞두고 점심 식사 시간이 됐다. 한쪽에서는 뭣도 모르고 따라온 신자의 아들 승철이가 와- 신난다- 하며 튜브를 들고 먼저 계곡물에 풍덩 하고 빠졌다.

"깊은 덴 절대 들어가면 안 돼!"

역시 스트레스 해소에는 먹는 게 최고다. 먹고 힘내서 무시하는 것들에게 앙갚음 해주자. 신자와 봉달 처는 각각 라면을 끓이고, 고기를 굽는 등 음식을 준비하느라 여념이 없었다. 그러다 몇 번 사용했을 뿐인데, 버너가 갑자기 작동을 하지 않았다. 불이 제대로 안 붙는 것이었다. 어쩌지, 괜히 주변을 두리번거리는데 소리가 신자 쪽으로 냉큼 달려왔다.

"저 라이터 있어요."

그러면서 불을 한 손으로 바람을 막으며 능숙하게 불을 붙였다.

"땡큐. 소리. 금방 라면 끓여줄게."

하고 라면 봉지를 막 뜯는데, 가만 생각해보니 뭔가 이상한데? 하는 눈으로 소리가 간 쪽을 보지만 이미 사라지고 난 다음이었다. 그리고 언제 그랬냐는 듯이 다시 여기저기서 음식을 주문하는 통에 도로 바빴다.

어느덧 해가 공중의 한가운데 걸리자 온도는 32도를 넘어섰다. 쨍쨍 내리쬐는 뙤약볕에 모두 파김치가 되었다. 당이 떨어진 학문은 앙상한 다리를 후들거리며 간이의자에 털썩 앉더니 초콜릿 바를 입에 넣고 우물거리고, 금함은 날 잡았는지 연달아 마신 빈 맥주 캔이 어느새 산더미처럼 쌓여 있었다.

"근데 민정이는 어디 갔어?"

"아까 화장실 간다고 갔어요." 봉달 처가 대답했다.

"이제 곧 이인삼각 달리기해야 하는데 왜 안 오는 거야."

"아까 오는 길에 버스에서 음료수를 너무 많이 마셔서 탈났나 봐요."

"그놈의 음료수. 얼마 전에 치과 가서 돈 잡아먹어놓고. 으휴."

한쪽에서 총각과 자식이 티격태격하며 발을 묶는 동안 다급해졌나. 봉날에겐 짝이 없는 것이다. 그러다 경기 시간이 다가오자 하는 수 없이

"야, 헌소리. 너 아저씨랑 이인삼각 하자."

"싫은데요."

"나도 싫어. 그렇다고 이대로 질 순 없잖아? 쪽팔리게?"

"그렇긴 한데..."

"그러니까 경기 뛰자고. 이번에 이기면 맛있는 거 사줄 테니까."

"알았어요."

"여튼 어린 게 벌써부터 보상이나 바라고."

진주 헌씨를 무시했던 모든 문중들의 코를 보기 좋게 눌러 주리라. 봉달은 결심하면서 단단히 발을 묶었다. 헌씨가 포함된 B조는 모두 다섯 가문이 참가했다. 그중엔 봉달에게 방금 전에 모멸감을 준 그 남자도 있었다. 게임은 먼저 봉달과 소리가 목표지점을 통과해서 돌아온다. 그런 뒤에 다음 차례를 기다리는 총각과 자식이 바통을 이어받는 방식.

"빨리 간다고 이기는 거 아니야. 빨리 갈 생각하지 마. 이 게임은 무조건 협동이야 협동. 알았지? 총각이랑 자식이 알아들었냐?"

"네."

그러고 얼핏 소리를 보는데, 처음 만났을 때의 얼룩덜룩했던 머리색이 어느새 검정색으로 염색되어 있었다. 일부러 모른 체 하는 봉달. 그때, 호루라기 소리가 길게 산세를 울렸다.

삑--!!!

하나 둘! 하나 둘!

초반부터 합이 안 맞아 뒤엉켜 넘어진 팀이 발생했다. 남은 건 네 팀. 여기저기서 키득대는 소리가 들렸지만, 집중이 흐트러져서는 안 된다.

하나 둘! 하나 둘!

목표물을 코앞에 두고 두 번째 팀이 넘어졌다. 남은 건 세 팀. 소리는 제법 봉달의 보폭을 잘 따라왔다. 거친 숨소리마저 일정한 간격을 두고 있어 기합 소리처럼 들렸다.

하나 둘! 하나 둘!

드디어 목표지점을 턴하는 두 사람. 저만치서 총각과 자식이 간절한 눈으로 두 사람을 응원하고 있었다. 그리고 중간쯤 왔을 때, 이번엔 바로 옆에서 넘어지는 팀이 발생했는데 하필 소리 쪽으로 넘어지는 바람에 휘청하는 일이 발생했다. 하지만 얼른 봉달이 일으켜 세우자 여기저기서 환호가 들려왔다. 이제 단 두 팀이 남았다. 지금까지 상황으로만 간다면 1등 또는 2등이다. 이 경기를 관람하는 다른 문중들도 헌씨가 치고 올라오는 것을 예상하지 못했던지 북을 두드리며 응원하는 등 열기가 대단했지만, 또 한편으로는 그런 반전을 불쾌하게 받아들인 나머지 야유를 쏟아내는 축도 있었다. 하지만 멤버들 그 누구도 신경 쓰지 않았다. 드디어 바통 터치! 총각과 자식이 제대로 방법을 숙지했는지 예상보다 순탄한 속도로 나아갔다.

하나 둘! 하나 둘!

그 사이 봉달은 쓰러지듯 주저앉아 쇠 비린내가 나는 숨을 토하고 있었다. 헉헉대며 남은 팀이 뛰는 모습을 지켜봤다. 제법 덩치가 큰 자식과 왜소하고 비쩍 마른 총각이 서로 어깨동무를 하고 발 맞춰 뛰는 모습을 보자 봉달의 마음이 이상했다. 국적도 나고 자란 고향과 교육환경도 판이하게 다른 저 둘이 헌씨라는 이유 하나만으로 힘을 합쳐 낑낑대는 모습에서 어떤 서글픔이 느껴졌다.

하나 둘! 하나 둘!

확실히 성인 남자들이어서 그런지 보폭이 크고 일정했다. 그리고 이변 없이 하얀 결승선 테이프를 통과했다. 1등만큼 값진 2등이었다.

"와아!!!"

일제히 함성이 터졌다. 금함이 어퍼컷을 날리며 승리의 세리머니를 하고, 총각과 자식도 서로 얼싸안으며 방방 뛰었다. 천막으로 돌아온 네 사람. 멤버 모두가 둥글게 모여 한데 손을 뻗어 모았다. 개선장군들은 승리에 취해 쉽사리 흥분이 가시지 않았다. 이 기세를 몰아서 봉달이 파이팅을 외치며 말했다.

"자, 지금까지 잘해왔어! 이 정도면 우리가 선빵 날린 거야! 다음 300m 이어달리기에서도 승리를 거머쥐자고! 어려울 것 없어. 지금까지 해왔던 대로만 하면 돼, 알았지? 자, 구호 시작!"

"할 수 있다! 할 수 있다! 진주 헌씨 파이팅!"

하지만 끝까지 손발이 맞을 리 없는 멤버들이기에 누군 손을 위로 올리고, 누군 아래로 내렸지만, 전혀 개의치 않는 그들이었다.

300m 이어달리기는 총 세 명의 선수가 각각 100m씩 나눠 달리는 형식이었다. 문중이 많은 관계로 각 조 우승팀끼리 맞붙는 방식으로 진행하기로 했는데, A조 우승팀은 단연 헌씨였다. 첫 주자는

자식, 그 다음이 금함 마지막 주자는 총각이 뛰기로 했다.

아까보다 운동화 끈을 더 단단하게 동여맨 총각이 제자리 뛰기부터 발목 돌리기까지 준비운동에 한창인 와중에 갑자기 와!!! 하는 우레 소리가 곳곳에서 터져 나왔다. 이미 C조 경기가 시작된 것이다. 그중에서 선두를 달리는 건 함양 오씨였다. 다들 키도 크고 다리도 쭉쭉 뻗은 데다 마치 말 근육처럼 쩍쩍 갈라진 허벅지.

잠시 뒤에 결승전이 시작됐다. A조의 진주 헌씨, B조의 제주 고씨, C조의 함양 오씨가 각각 레일에 맞춰 섰다. 아직 뛰기도 전인데, 첫 주자인 자식의 얼굴에서 비지땀이 뚝뚝 흘렀다. 준비-에 엉덩이를 들고 얼마 후 총소리가 울려 퍼졌다.

탕!!!!

처음부터 무릎에 너무 힘을 줜 탓일까? 속도가 더디어지자 하나 둘 자식을 치고 나갔다. 아직 초반이긴 하지만 꼴찌가 되어 버린 형국. 몇 번 앞지를 기회는 있었지만, 두 번째 주자인 금함에게 바통을 터치할 때까지도 여전히 꼴찌였다. 금함은 육중한 체격임에도 불구하고 의외로 속도를 냈다. 바로 앞 사람을 잡아당기듯 제치자 헌씨 멤버들에게서 환호가 터져 나왔다. 단연 1등은 함양 오씨였다. 하지만 총각에게 바통을 건네줄 즈음엔 다시 꼴찌가 되어버렸다. 남은 건 한 바퀴. 금함이 숨을 헐떡이며 쓰러짐과 동시에 총각이 낚아채듯 빠른 속도로 바통을 들고 뛰었다. 그런데 그때! 제주 고씨가 바통을 손에서 놓치면서 역전! 2등으로 달리는 총각에게 이제 목표는 1등 함양 오씨밖에 보이지 않았다. 하지만 월등히 매서운 속도로 앞서고 있는 함양 오씨. 숱한 환호와 야유가 들려오는 가운데 슬쩍 곁눈질을 하자 봉달이 외쳤다.

"총각아!!! 달려!!! 탈북 할 때처럼 달려! 앞뒤 재지 말고 무조건 앞만 보고 달리란 말이야!"

거짓말처럼 앞이 캄캄해졌다. 앞만 보고 달리던 자만이 느낄 수 있는 암흑과 미친 듯이 줄달음치던 맥박, 그리고 갈망이 되살아났다.

"자유를 맛보라. 남조선에 가서 니 하고 싶다든 공부도 하고 뜻한 바를 이뤄보라. 가서 니 일가친척이 다 살고 있으니까니 꼭 찾으라. 여긴 가망이 없다. 뒤돌아보지 말고, 나중에 통일이 되거든 그때 내 무덤 찾아오라."

할아버지는 개간나로 불렸다. 조국해방전쟁(6.25) 당시의 남조선 포로를 북에선 그리 불렀다. 탄광에서 태어난 아버지 역시 그 굴레를 벗어날 수 없었다. 오랜 탄광 일로 피를 토하며 돌아가시던 밤, 아버지는 간곡히 말했다. 도망치라고.

달려야 한다! 자유를 위해! 행복이 기다리고 있는 곳으로! 내 일가가 있는 곳으로!

저기 악을 쓰며 소리치는 헌씨 사람들이 결승선 근처까지 나와 고래고래 소리를 지르고 있었다. 숨이 턱밑까지 차올랐다.

* * *

목에 금메달을 건 자식, 금함, 그리고 총각. 세 사람이 단상 위에 올라서 기념사진을 찍고 내려올 땐 어느덧 오후 네 시였다.

체육대회의 마지막 경기이자, 단체 줄다리기만 남아 있었다. 예선을 거쳐서 올라간 팀은 총 네 팀. 하지만 다른 한 팀에서 부상자가 속출한 관계로 사실상 세 팀만 남게 되었고, 헌씨도 그중 하나였다. 이제 경기에서 손을 뗀 많은 문중들이 이 (막장)드라마틱한 광경을 흥미롭게 관망하고 있었다. 진주 헌씨, 파평 윤씨, 그리고 전주 이씨.

"자, 오늘 대회의 마지막 경기입니다. 지금까지 애써주신 여러분들. 이번 단체전을 통해 문중 간의 협력과 선의의 경쟁을 여실히 느끼는 계기가 되기를 바랍니다. 세 팀은 차례로 나와 주십시오."

이 마지막 경기의 피날레를 장식할 계획을 세우고 왔던지 파평 윤씨 일가들이 앞으로 등장하자 여기저기서 오- 하는 소리가 터져 나왔다. 윤씨를 빛낸 인물들의 얼굴이 새겨진 커다란 피켓을 들고나온 것이다. 문정왕후를 비롯한 여러 왕후들의 초상이 먼저 이어졌고, 그다음 윤봉길 의사, 윤동주 시인, 오스카의 여인 윤여정, 거기다 결정적으로 대통령 윤석열까지. 하지만 더 놀라운 것은 그다음부터였다. 여유 만만한 웃음을 흘리며 두 번째 참가단체인 전주 이씨 일가들이 등장하자 아까와는 다른 장엄한 환호가 뱃고동 소리처럼 길게 울려 퍼졌다. 마치 영화 <라이온킹>에서 심바가 태어났을 때, 떼를 지어 달려온 모든 야생의 동물들이 우러러 본 것 같은 풍경이 연출됐다. 그것은 장관이었다.

"와! 대단해!!"

"이건 찍어야 해!"

저마다 스마트폰으로 촬영에 여념이 없었고, 서로 가까이서 보겠다고 밀고 밀리는 일도 발생했다. 마치 하루 모든 일과를 해낸 건 결국 이 장엄한 풍경을 보기 위해 모여든 사람들처럼.

"회장님... 쟤네 퍼포먼스 제대로 하는데요?"

금함이 얼이 빠진 얼굴로 말했다.

그도 그럴 것이 지금부터 모든 장면이 슬로우 모션이었다. 맨 앞에는 종친회장으로 보이는 학문 연배의 노인이 열두 구슬이 은은하게 찰랑거리는 면류관을 쓰고, 어디서 가져왔는지 곤복을 차려입었다. TV에서 조선시대 임금의 행차나 가례 등을 재연할 때 흔히 볼 수 있는 그런 차림이었다. 그 뒤로는 다른 회원들이 이열 종대로 검은 오사모를 쓰고 단령차림으로 뒤를 따랐다. 다들 위신을 세우려는 듯이 혁대도 짱짱하게 허리에 차고 빼기듯 걸어오는 모습에서 차원이 다른 위압감을 느꼈다. 전주 이씨 천막에는 다른 회원들이 갓에 도포차림으로 폼 잡고 앉아 있으니, 금함의 말대로 퍼포먼스가 엄청났다.

큰일 났다!

그렇게 무방비 상태로 반쯤 넋이 나가 있을 때, 다음 헌씨의 입장을 알리는 소리가 들렸다.

"나, 나가자고. 기죽지 마..."

그러면서 실은 누구보다 가장 위축된 봉달이 선두에 서서 제작해 온 깃발을 휘둘렀다. 일부러 과하게 흔들어댔다. 깃발에는 이렇다

할 가문의 문양도 시조도 내세울 만한 위인도 없이 그냥 한자로 죽 써놓은 '진주헌씨중앙종친회'였다. 몹시 초라했다. 다들 스마트폰을 하나둘 거두는 모습들이 흰자로도 여실히 보였다. 점멸하듯 잠잠해지는 환호 소리, 마치 동물원에 동물을 신기하듯이 바라보는 눈빛도 이따금 있었다. 그중엔 더러 동정심에 자리를 지키는 사람도 있었을 것이다. 성큼성큼 씩씩하게 걸어보지만 이미 사지에 힘이 빠진 건 부인할 수 없는 사실. 다만, 자식이가 어떻게든 기를 살려보고자 손 짚고 옆 돌기를 해보지만, 그마저도 어설퍼서 조롱이 쏟아졌다. 천막 쪽에 봉달의 처는 보이지 않았다. 차마 볼 수 없는지 민정이와 함께 사라진 듯. 마른침을 꿀꺽 삼켰다. 태어나서 이렇게 수치스러워 쥐구멍에라도 숨고 싶은 적이 있었던가. 절로 어깨가 움츠러들었다.

"자, 제일 먼저 파평 윤씨와 진주 헌씨의 줄다리기 시합이 있겠습니다. 여기서 이긴 팀이 결승에 진출하여 전주 이씨와 최종 승리를 다투게 됩니다. 자 각자 자리로 이동해주시죠."

파평 윤씨와 진주 헌씨의 대결. 각각 여섯 명씩이었는데, 초반부터 기선을 제압하고자 양쪽 모두 줄을 팽팽하게 잡아 승부를 예측할 수 없었다.

"그냥 누워 버려요!!! 일자로 누워 버리라고요!"

신자가 독기 서린 목소리로 외쳤다. 그렇다. 줄 돈 없다, 배 째라, 나 갖다 팔아라- 식으로 나오면 된다. 하지만 그건 호흡상 초반부터 나와선 안 된다.

"아니야! 처음엔 끌려가지만 마! 무조건 자기 위치 지켜내야 해.

알았지 다들?"

"준비! 시작!"

탕!

시작을 알리는 총소리가 울리기 0.002초 전에 이미 파평 윤씨 쪽에서 냅다 끌어당겼다. 끊어질 듯 팽팽하게 당겨지는 밧줄.

영차! 영차!

파평 윤씨 쪽은 일정하게 기합을 넣으며 당기고 있지만, 그렇게 하면 도리어 진다. 헌씨들은 이미 사전에 약속한 바와 같이 무작정 악을 질러댔다. 사냥감이 되지 않으려 앞만 보고 질주하는 다급한 들짐승처럼. 그러자 그 불규칙하고 두서없는 괴성에 기가 눌렸는지 조금씩 줄이 당겨지기 시작했다.

그때, 모랫바닥에 한쪽 발이 미끄러진 자식. 미국에서 나고 자란 탓에 줄다리기 시합이 생소했던 것이다. 누가 일으켜줄 상황도 아니었거니와 냅다 다시 일어났지만 조금씩 끌려가고 있는 형편. 하지만 하늘이 도운 걸까? 상대편 쪽에서도 중간쯤 위치한 여자 한 사람이 넘어지고 말았다. 게임은 다시 원점으로 돌아왔다.

"누워!! 누워!!!"

이때다 싶은 봉달이 앞에서 외쳤다.

그러자 십 일자로 다리를 딱 버티고 일제히 하늘을 보고 눕는 헌씨들. 어느 정도 시합이 진행된 즈음에 같은 방향으로 동시에 몸을 뉘자, 흡사 그 모습이 망망대해에 표류하는 한 척의 배가 천신만고 끝에 올리는 데 성공한 닻처럼 연출됐다. 두 다리는 모랫바닥과 살벌한 마찰전을 벌이고 있었다. 그때부터는 기합 소리를 내기보다 배와 허벅지에 힘을 잔뜩 주고 이를 악물고 버텼는데 그것이 에너지가 빠져나가는 것을 방지하는 효과를 가져왔다.

밧줄을 움켜쥔 손에서는 뜨거운 열기가 발생했다. 어느덧 묘한 결속감마저 들었다.

아악!!!

악!!!

양 팀의 소리가 뒤섞여 막 시합은 절정을 향해 달리고 있었다. 당겨라! 당겨! 얼굴이 벌게지다 못해 까맣게 익은 봉달이 소리쳤다.

삐이익-!!!

호루라기 소리가 울렸음에도 여전히 줄을 놓을 줄 모르는 양 팀. 하지만 확실한 것은 아까보다 줄을 당기는 것이 비교적 수월하다는 사실이었다. 그다음부턴 헌씨쪽으로 줄줄이 끌려왔다.

"이겼다!!!"

서로 끌어안고 방방 뛰자, 먼지가 풀풀 날렸다. 분하다는 듯 쌩하니 그대로 퇴장하는 파평 윤씨들. 그중 한 사람이 그래도 끝까지 예의는 갖춰야겠다고 생각했는지 홀로 다가와서 악수를 건넸다.

"대단하십니다. 헌씨들."

"윤씨도 뭐 아주 힘이 장사시던데요."

그렇게 겉치레 인사를 하고 퇴장하려는 그때, 봉달의 눈에 입구에서 들어오는 차량 한 대가 보였다. 미끄러지듯 들어와 한쪽 구석에 선 벤츠. 운전석에서 남자가 내렸다. 모르는 얼굴이었다. 그러자 이어서 뒷좌석의 문을 열자 이윽고 광이 나는 구두코가 먼저 보였다. 드디어 상체가 불쑥 보였다. 빳빳하게 주름 잡힌 양복차림에 그는 바로...

아...!

봉달이 잽싸게 그리로 달려갔다.

20

문중대회가 끝나고, 주말을 지나 월요일이 되었다.

사무실에서는 총각이 지나는 자리마다 파스 냄새가 풀풀 풍겼다. 삭신이 쑤신지 연신 신자도 앉은 자세에서 스트레칭을 하고, 신이 난 소리는 막 배달 온 탕수육과 짜장면 그릇을 꺼내 세팅했다.

“어쨌거나 그래도 2등이라도 한 게 어딥니까?”

봉달이 트로피를 진열하며 말했다. ‘제43회 전국문중대회’라 생겨진 은상 트로피가 창가를 통해 들어온 햇빛을 받아 광채를 발하자 모두 황홀한 눈을 떼지 못했다.

“다들 수고했네. 누구보다 헌 회장 참 고생 많았어.”

간만에 학문이 추켜세우자 어깨를 으쓱해 보이는 봉달.

“음. 그나저나 각성들 해야 하네, 다들. 이번에 봐서 알겠지만 다들 우리 헌씨를 얕보고 하찮게 대한 거 느꼈겠지? 그게 다 우리가 번듯한 시조가 없고 족보가 없어서 그런 거라고. 헌 회장, 이번에 문중협회에 부탁 해보았나?”

“부탁이요?”

뭐였더라, 하는 듯 눈을 게슴츠레하게 뜨던 봉달이 대수롭지 않은 듯 웃으며 박수를 쳤다.

"그럼요. 그럼요." 하지만 여전히 학문이 뭘 말하는지 모르는 눈치였다.

"역시 차씨 대동보에도 없다고 하지?"

"예... 뭐..."

"음. 그럴 줄 알았네. 나도 참 헌씨 성이 갑자기 차씨로 둔갑하는 바람에 여간 당황스러운게 아니었네. 참. 귀신이 곡할 노릇이지. 족보를 위조했음에도 그 시절에 들키지 않은 건 무슨 이유에서인지. 관리가 소홀했을 리는 없을 텐데..."

천신만고 끝에 학문이 찾아낸 준호구에 등장한 헌 할머니와 할머니의 부계 조상들. 그리고 얼마 후, 총각과 자식이 진주로 내려가 조사했을 땐, 헌 할머니의 부계 조상들이 모두 차씨로 탈바꿈되어 있었다. 가설대로 할머니를 양반가에 시집 보내기 위해 피 한 방울 안 섞인 차씨의 것을 훔친 게 사실인 걸까?

"이거 원 술래잡기도 아니고. 잡힐 듯 안 잡히네요. 귀신에 홀린 것도 아니고. 뭐가 이리 어려운지."

"어머 금함 씨! 무슨 말을 그렇게 해요. 조상님들보고 귀신이라니." 신자가 쏘아붙였다.

"귀신 맞잖수."

"뭔 사정이 있었겠죠. 인생이란게 별별 일 다 생기잖아요. 그걸 우리가 알아내면 되죠."

"그러니까 그걸 뭔 수로 알아냅니까?"

"힘을 모아야죠!"

문중대회 이후로 종친회에 대한 감정이 돈독해졌는지 신자에게서 유달리 에너지가 넘쳐 보였다. 한편 골똘히 생각에 잠겨있던 학문이 말했다.

"본관이 진주니까 어딘가에 확인되지 않은 무덤들이 있지 않을까?"

"무덤이요?"

"음."

"한둘이어야 말이죠. 비석이 있다면 모를까 그게 아니라면 어떤 게 헌씨 무덤인지 일일이 파 볼 수도 없잖습니까."

노인네. 대체 무슨 소릴 하려는 건지. 어쩐지 현장 노동으로 이어질 것 같은 불길한 예감이 들자 봉달이 차단하고 나섰다.

"필요하다면 묘지 관리하는 사람이나 후손들을 수소문해보면 되지 않겠나?"

"어휴 말씀만 들어도 막막합니다. 어느 세월에 일일이 확인을 해요? 게다가 차씨들이 퍽이나 자기네 조상 무덤 파보라고 하겠어요. 욕이나 안 먹으면 다행입니다."

"음... 그렇긴 하네. 참 난관이구먼."

다시 메모를 끄적이던 학문의 눈에 봉달이 벽에 뭔가를 붙이는 모습이 들어왔다.

"그게 뭔가?"

"부적이에요, 교수님" 신자가 브이를 들어 보이며 끼어들었다.

"부적?"

"네에. 제가 용한데서 받아왔어요."

"부적을 왜? 그리고 자네 천주교 신자라지 않았나?"

"그냥...뭐... 범신론자예요. 실은 요즘 회장님이 사무실에서 낮잠 잘 때마다 이상한 꿈을 꾼다고 해서요. 불길하잖아요. 종친회 사무실인데! 터가 안 좋은 건지 싼 게 비지떡인 건지..."

같은 건물에 있는 옆 공실은 두 배나 되는 월세로 매물이 올라간 점을 상기해보면 분명 여기에 무슨 안 좋은 일이 있어서 싸게 준 거라고 신자가 덧붙였다.

"이런 거 붙여봐야 소용 있겠어?"

"회장님도 참. 뭘 모르시는구나. 거기가요, 갓 신내림 받은 용한 아기동자가 하는 데거든요? 소문났어요."

"아기동자?"

"네에. 제 친구가 얼마 전에 늦게 결혼을 했거든요? 남편이 변호사인데, 고아였대요."

"저런 안 됐네."

"안 됐죠. 남편한테만. 얜 땡잡은 거라고 친구들끼리 다 그러던걸요? 근데 얘가 결혼 전에 궁합을 보려고 아기동자한테 갔었는데요."

"갔었는데?"

"뭐 둘이 언제 결혼하면 좋다 길일이다, 이런저런 얘기를 해주는데 마지막에 가서 갑자기 아기동자가 하는 말이 시부모 복은 없대요."

"용하네. 시부모님 안 계신걸 알았다는 소리니까."

"노우."

신자가 검지를 살랑이며 소파로 다가와 앉았다. 어느덧 학문도 이야기에 귀를 묻고 있는 중.

"이래서 남자들은 하나만 알고 둘은 모른다니까요. 그게 무슨 뜻이겠어요? 시집살이를 한다는 거죠."

"아니 남편이 고아라면서 무슨 시집살이야?"

"그러니까 용하다는 거죠. 제 친구가 그랬어요. 자기랑 곧 결혼할 남자가 고아라고. 무슨 뚱딴지같은 소리냐고. 그랬더니 아기동자가 하는 말이 어? 아닌데? 시부모 둘 다 살아있는데? 찾겠는데 곧? 이러더래요 글쎄!"

"그래서? 어떻게 됐어?!"

"어떻게 되긴요! 그냥 무시하고 나왔는데, 웬걸! 웬걸! 결혼하고 딱 삼 개월 만에 경찰서에서 연락이 온 거에요! 남편 친부모 찾았다고요! 혹시나 하던 퇴직 앞둔 지구대 경찰이 어떤 노부부의 사정이 딱해서 발 벗고 나서줘서 찾은 거래요, 글쎄! 그게 누가 제보해서 막 인터넷 뉴스에도 나오고 그랬어요. 감동적이라고."

"그게 정말이야?!"

"네에! 걔가 지금 결혼한 지 딱 일 년 됐거든요?"

"지금은 어떻게 살아?"

"합가했대요, 글쎄! 호호호!!!"

물개박수를 치며 과하다 싶을 만큼 웃음을 터뜨리는 신자. 봉달이 확신에 찬 목소리로 물었다.

"그럼 이 부적도 효험을 기대해도 괜찮겠지?"

"그럼요. 맞다! 그런데 아기동자가 부적 써주면서 한 가지 주의사항 알려줬는데."

"주의사항?"

"흉몽을 꾼 공간에 부적을 붙여야지, 그렇지 않은 공간에 붙이면 도리어 화가 닥칠 거래요."

그때 아까부터 문가를 응시하던 총각이 가만히 손을 들어 가리켰다.

"회장님, 그런데 저 사람은 누굼까?"

"누구?"

문밖엔 아무도 없었다. 갑자기 등골이 오싹해지자 멤버들이 괜히 시선이 맞부딪히면서 다시 확인했지만, 여전히 어떤 기척도 느껴지지 않았다.

"누가 보인다는 거야? 정신 좀 차리지, 그래?" 자식이 쏘아붙였지만, 총각이 갸웃했다.

"이상하다. 분명히 보였는데. 검은 옷 입은 남자가 저기서 서성이던데."

남자? 봉달이 괜히 꿈자리가 떠올라 곰곰이 되짚는 얼굴을 하는 사이, 똑똑!

전원 모두 소스라치게 놀랐다.

"실례합니다. 302호 맞죠?"

"누, 누구요?!!"

학문이 호통치듯 쩌렁쩌렁하게 묻자 남자가 도리어 고개를 갸웃하며 대꾸했다.

"요 앞에 인테리어사무실에서 왔는데요. 리모델링 견적 뽑으러 오라면서요?"

* * *

산들바람이 마루 위 버선발처럼 쓸고 지나간다.

어디에선가 들려오는 돌 틈으로 흐르는 실개울 소리가 참 듣기 좋다. 왠지 느낌에 봄 같다.

그때 저기 사람이 보인다. 가까이 가보니 소리 또래의 여자아이였다. 더 가까이 가보니 너럭바위 위에 웅크린 채 훌쩍이고 있다.

"있잖아, 왜 울어?"

소리가 묻자 조심스레 고개를 들어 보이는 소녀, 하지만 여전히 훌쩍이며 말이 없다. 잠시 후, 허름한 고름으로 눈물을 찍어 누르더니 어딘가로 뛰어간다.

"어디 가? 어디 가냐고?"

딸랑… 딸랑… 소녀가 뛰어가는 쪽에서 어떤 방울 소리가 들린다.

소녀가 한 노인의 손을 꼭 잡는다. 할아버지인가 보다. 맨발로 수레를 끌고 있다. 평소 동네에서 볼 수 있는 폐지 줍는 노인 같다는 생각이 들지만, 또 그와는 전혀 다른 분위기가 풍긴다. 조금 무섭다. 하얗게 센 머리를 풀어

헤치고 허리는 잔뜩 굽었다.

소녀가 이쪽을 돌아보기에 계속 보고 있는데, 몇 걸음 가더니 이번엔 노인이 돌아본다.

아!

언젠가 꿈에서 본 적 있는 노인이다.

"왜 또 나왔어요? 귀신이에요?"

이렇듯 자각몽은 직시에서 출발한다. 수레를 보니 네 개의 커다란 궤짝과 여덟 켤레의 짚신이 매달려 있다. 그때에도 그랬다.

노인과 소녀는 두 손을 꼭 잡은 채 빠른 속도로 고개를 넘어간다. 북동쪽이다.

모습이 아주 사라지기 직전에 소녀가 할 말이 있는 것처럼 다시 뒤를 돌아본다. 무슨 말을 할지 주의 깊게 입 모양을 보는데...

"언니!! 언니!! 일어나 봐아!"

눈을 번쩍 떴을 땐, 동생 나리가 다급한 목소리로 몸을 흔들고 있었다.

얼마나 잔걸까? 어젯밤 늦게까지 스터디카페에서 기말고사 준비를 하고 집에 오자마자 쓰러지듯 잠들었는데, 깨고 보니 토요일 낮 12시 반. 푹 잤다 싶은 개운함과 함께 여전히 조금 전 꿈속 소녀의 모습과 나리의 모습이 포개어져 보였다.

"왜 자는 사람을 깨워?"

"전화 왔다고!"

나리가 신경질적으로 휴대전화를 침대 위로 던졌다. 하지만 눈가엔 다급함이 일렁이고 있었다. 엄마가 돌아가시고 단둘이 살게 되고 얼마 후에 가스 점검원의 초인종 소리에도 지금과 같은 눈빛이었다.

"무슨 전화?"

"언니꺼!" 그리고 작게 덧붙였다. "아빠인거 같아…"

액정화면에는 033으로 시작하는 번호가 찍혀 있었다. 033이면 강원도다. 몇 달에 한 번씩 안부 차 전화하던 아빠는 매번 다른 번호로 전화를 걸곤 했는데, 그때마다 지역번호를 검색하다 보니 이젠 척이면 척이다. 그러므로 이번에도 아빠가 분명했다. 생전에 엄마 말로는 무슨 역마살이 끼었는지 동에 번쩍 서에 번쩍 처자식도 버리고 떠돌아다니냐고 했지만, 그마저도 한탄에 가까웠지 결코 탓하려는 소리는 아니었다. 하지만 소리는 엄마가 아니다. 다짜고짜 전화를 받자마자 내질렀다.

- 또 왜!

- 귀 따가워 죽겠네. 우리 딸 오랜만에 아빠가 전화했는데 화부터 내기야?

- 찾아오지도 않으면서 무슨 아빠야?

- 이번 추석 때 못 가서 미안해. 화 풀어.

- 올 거 없어. 근데 왜 전화했어?

- 아빠가 웬만하면 이런 전화 안 하려고 했는데

- 돈 없어.

뚝.

나리가 이대로 괜찮은 건지 싶은 눈으로 문 앞에 서서 소리와 휴대전화를 번갈아 보았다.

"왜? 할 말 있어?"

"아니..."

"집에 라면 있지?"

"없을걸."

"그럼 사와. 책상 위에 오천 원 있으니까 가져가."

"응."

윙-

다시 누우려는데 또 걸려 온 전화. 아까보다 악에 받쳐 더 크게 받아쳤다.

- 돈 없다고! 아빠가 엄마꺼까지 다 긁어 갔잖아!

- ......

- 여보세요?

- 소, 소리야...

여자 목소리였다. 순간 얼른 액정화면을 보자 아뿔싸! 아빠가 아니라 헌 실장 아줌마였다.

- 죄송해요. 아빤 줄 알고...

- 그래. 괜찮아. 그건 그렇고. 뭐 하나 물어볼 게 있는데...

- 뭔데요?

아직도 문 앞을 서성이는 나리에게 얼른 다녀오라고 눈짓을 하고 자리에서 일어나 거실로 향했다. 헌 실장 아줌마의 목소리를 확실히 떨리고 있는 게 분명했다.

- 너 혹시... 회, 회장님하고 연락이 되니?

* * *

봉달이 사라진 건 이 주일 전. 그러니까 리모델링 견적을 뽑기 위해 업자가 사무실을 방문한 이후였다. 그 주에 추석이 있었다. 본가가 전라도고 처가가 강원도라는 말만 들어서 며칠 연락이 안 돼도 그런가 보다 했다. 하지만 명절이 지나고 며칠이 지나도록 봉달은 나타나지 않았다. 학문이 아는 후배가 진주 시청에 지적과에 재직 중인데, 적당한 선에서 묘비 찾는 일을 돕겠다는 연락을 받고 기쁜 마음에 바로 봉달에게 전화했지만 없는 번호라는 안내 음성이 나왔다는 것이 이야기의 시작점이었다. 몇 번이고 확인했지만 마찬가지였다. 석연치 않은 일은 거기서 그치지 않았다. 여느 때와 같이 사무실에 출근한 신자는 문득 건물주로부터 전화 한 통을 받았다고 했다. 이번 달 관리비는 일수 계산하여 현금으로 정산해달라는 것. 무슨 말인즉 하니, 다음 달이면 사무실에 피부미용실이 들어서게 되니 건물점검도 할 겸 인사도 할 겸 조만간 들르겠다는 쌩뚱맞은 소리를 늘어놓은 것이다. 그리고 뒤늦게 알아차린 사실은 그 누구도 봉달의 자택주소, 가족들의 전화번호를 모른다는 것이었다.

"여긴 우리 사무실인데 왜 피부미용실이 생긴다는 거죠? 모두 알고 있었어요? 회장님은 왜 연락이 안 되고요?"

신자의 호출을 받고 모두가 모인 자리에서 자식이 이해할 수 없다는 듯이 어깨를 으쓱하며 물었다.

“회장님은… 혹시 무슨 일이라두 생긴 건 아니갔습까?”

금함이 나직이 말했다.

“일은 무슨 일. 나도 수도 없이 걸었어, 전화. 근데 없는 번호로 나온다는 건 번호를 바꿨거나 아예 해지했다는 뜻일 거야. 그리고 우리에게 사전에 말 한마디도 없이 사무실을 내놨다는 건…”

모두 이 혼란스러운 상황에 종지부를 찍기 두려워하는 얼굴들이었다.

“벌써 며칠 됐지?”

학문이 묻자, 잠자코 서 있던 신자가 달력을 보며 말했다.

“십이, 아니 오늘까지 십삼일 됐어요. 회장님과 연락 끊긴 게.”

“우리 중에 아무도 헌 회장과 연락이 닿는 사람은 없다는 건가?”

모두 고개를 저었다. 연락이 안 되는 사정이 있을 것이다, 라고 저마다 가설을 내놓았지만, 설득력이 떨어졌다. 인정해야 했다. 봉달의 책상 위가 깨끗이 치워져 있다는 사실을. 이 모든 사달은 애초에 계획된 일이라는 사실을. 그런데 왜? 냐는 질문에는 아무도 답을 내놓지 못했다. 짚이는 구석도 없어서 더욱 답답했다.

“솔직히 노비 종친회를 세운다는 것 자체가 미스였는지도 몰라요.”

신자가 자조 섞인 목소리로 말했다. 그러다 감정이 북받쳤는지 아예 날 잡았다 하는 심정으로 그간의 불평을 다 쏟아내었다. 정기총회를 한다길래 하루 식당 매출을 포기할 만큼 종친회를 먼저 생각했던 금함이 어떻게 그럴 수 있냐며 운을 뗐고, 그다음은 총각과 자식이 딸랑 십만 원으로 진주에 보내놓고 돈이 모자라 자신들의 사비로 편의점에서 컵라면을 사 먹은 일, 하지만 무엇보다 무보수로 일해 온 신자가 가장 배신이 컸다. 남편과 다퉈가면서까지 주3일 사무실을 나왔고, 나름 측근 간부로서 사무실 살림을 다 꿰뚫고 있다고 생각했는데, 그런 신자까지 모르게 할 만큼 봉달에게는 모두가 철저히 타인이었던 것이다. 우리 종친회, 우리 멤버들, 우리 헌씨, 핏줄... 모든 게 감쪽같이 속이기 위한 입바른 소리에 불과했다는 것이다.

"음... 무슨 사정인지는 모르겠지만, 우리에게 말도 안 하고 사라지고 급기야 사무실까지 몰래 내놓은 데는 헌 회장의 잘못이 크네."

"큰 정도가 아니죠, 교수님. 우릴 능멸한 거죠!"

끝내 신자가 울먹이며 말했다. 자리에 없는 봉달을 향한 힐난의 목소리는 점차 거세어졌고, 학문도 그 불평에 가만히 귀를 기울일 뿐, 할 수 있는 말이 없었다.

"먼저 일어나 보겠습니다."

금함이 먼저 자리에서 일어나더니 문을 쾅 닫고 나갔다. 물론 의도한 건 아닐 것이다. 바람결이었을 테지만, 어찌 됐거나 그걸로 금함의 분노는 충분히 드러낸 셈이 되었다.

모두가 떠나고 홀로 남은 학문, 일어나려다 휘청거리더니 다시 소파에 풀썩 주저앉았다. 도대체 헌 회장은 무엇 때문에 배신을 택했을까? 여러 이유를 추측해보아도 좀처럼 알기 어려웠다. 제대로 된 족보도 편찬하지 못했고, 회원 수가 그리 많은 것도 아니다. 돈 때문이었다면 나올 구멍이 없었을 터, 왜 그랬을까? 갑자기 노비 종친회라는 정체성에 회의를 느껴서? 아니다. 그건 이미 진작 그도 알고 있던 사실이다. 알면서 종친회를 설립했지 않은가? 왜였을까? 무엇 때문에. 어째서. 힘들게 모인 우리가 이렇게 또다시 와해되어야 하는지. 현 회장의 의도는 대체 무엇이었을까?

21

<삼 개월 전>

점심시간을 빌려 모처럼 신권이 형과 마주한 엄니는 언제 그랬냐는 듯이 하나뿐인 아들이 서울서 얼마나 성공했는지에 대해서 장황하게 늘어놓았다. 물수건으로 손을 닦으며 대충 봉달이 눈을 찡긋하자 형도 노인의 비위를 맞춰주기 위함인지 연신 맞장구를 쳐주지만 좀처럼 아들 자랑은 끝날 줄 몰랐다.

"안 그래두 은제 한번 숙모님 사시넌디 찾아뵈야지 혔구만요."

"인제라두 봤은게 되았다. 그나저나 신궈이 니가 요로코롬 잘 풀릴 줄 누가 알았겄냐. 이사장이믄 아주기냥."

"아유 그런 말씀 마셔요. 봉달이에 비하믄야 새 발의 피쥬."

금고에 있을 대와 달리 신권이 형은 피붙이들과 있자 유려하게 사투리를 구사했다. 봉달의 잔을 채우며 일부러 장난치듯 어깨를 흔들며 추켜세우기까지.

"봉달이 너 아주 성공해 불었다? 사업두 잘되구 서울서 아파트두 장만하구."

"아휴. 성공은."

"아는? 잘 크구? 가 하나제?"

"응. 인자 고3. 코딩인가 머신가 스마트폰 거시긴디 시 대회서 우승 여러 번 해가꼬 그걸루 대학두 갈 수 있댜. 뭐 지 말룬 글탸."

"와따매. 잔치라도 해야겄그만. 그런 으미에서 짠 한 번 더허지요잉, 숙모님."

"오매 한번 뿐이겄어. 깔깔깔."

예상보다 길어진 점심시간이 끝나갈 무렵, 봉달은 넌지시 운을 뗐다. 혹시나 하고 하는 질문이었다.

"거시기 말이여, 형. 우리 종친회 없제?"

"있겄냐?"

"형은 알고 있었어?"

"모를 수가 없제. 우리 헌씨 집안 머 내세울 거 머 있냐. 하기사 요즘 시상에 그게 머시가 중요하겄냐마는."

"……"

씁쓸하게 담배 한 모금을 빨아들이는 봉달을 힐끔 보더니,

"종친회야 생기면 좋제."

"좋은디, 누가 할라고 들겄냐고. 형두 하기 싫잖여."

"나야 바쁜게로."

"그란게."

"근디 금고만 그만두면 헐 일도 없는데 나이 들어서 종친회 회장자리 딱 하니 앉아서 운영해보는 것두 나쁘진 않을 것 같어."

“먼 소리래? 내세울 것도 읎담서?”

“요게 들어오잖여, 요게.”

형은 손가락으로 동그라미를 만들어 보였다.

“돈? 먼 돈?”

삼십 년 넘게 금고 생활을 해온 형이 알려준 비밀은 꽤나 쏠쏠했다. 종친회에는 일반인들이 아는 것 이상으로 검은 영역에까지 손을 댄다는 것이다. 부동산 투기는 물론, 연줄이 있다면 공공기관 채용비리는 껌이라는 것이다. 그러면서 처음 금고에 들어오면 제일 왼쪽에 보이는 스무 살 갓 넘은 아가씨도 실은 금고협회 본부장의 처조카라는 것. 연말에 정규직으로 전환이 확정됐단다. 그뿐 아니었다. 더 놀랄 노 자인 것은 간부들의 공금횡령, 가장 쏠쏠한 것은 바로 후원금이라는 사실이었다. 주로 연세 지긋한 노인들이 죽을 날 코앞에 다가오면 마음이 약해지고, 괜히 선산을 다듬는다던가, 일가친척들에게 뭐라도 퍼주고 싶어 한다는 것. 돈 많은 경우에는 종친회에 장학금을 기탁하기도 한다고 했다. 적게는 이삼천에서 많게는 억대까지.

에이, 그야 유명한 종친회에서나 간혹 일어나는 일 아니겠냐고 봉달이 손사래를 쳤지만, 서울 집으로 올라왔을 땐 이미 구체적인 로드맵이 봉달의 머릿속에 그려진 다음이었다.

엄니가 대출받아 준 돈은 반드시 갚는다. 그리고 거래처 대금 결제는 최대 삼 개월이라는 기한을 벌어 두었다. 삼 개월 안에 모든 걸 해결하기 위해서는 일분일초 허투루 쓸 수 없었다.

종친회를 세우기 위해 필요한 건 공간, 그다음이 사람, 그리고 투자자다. 먼저 공간을 만들기 위해서는 인구밀집도도 높고 근접성이 좋은 곳이어야 했는데, 가장 적합한 사람이 떠올랐다. 바로 아버지의 중학교 은사님의 남동생. 종로5가에 건물이 몇 채 있는 양반인데, 현재는 멀리 제주도에서 가족들과 살면서 펜션을 운영 중이라는 정보를 입수했다. 자고로 처가 그리고 건물주와는 자주 안 부딪히는 게 제일이다. 게다가 옛날 인연을 들먹거리며 연락을 취하자, 안 그래도 공실이 비어 있는데 허름하기 짝이 없어서 매물이 안 나간다는 것이다. 그럼에도 괜찮다면 쓰겠냐길래 굴러 들어온 복을 덥석 잡아 버렸다. 적당히 중고마켓에서 소파를 구입해놓고, 책상은 기존에 총판 사무실에서 쓰던 것을 가져다 놓자 얼추 태가 나는 것 같았다.

그다음이 사람이었다. 헌씨 종친회니까 헌씨들이 모여야 한다. 누가 있을까? 누나? 신권이 형? 절대 네버. 고향 사람들을 끌어들일 순 없었다. 어려서부터 함께 자라온 피붙이들을 어떻게 등친단 말인가? 한 치 걸러 두 치라고, 같은 헌씨래도 이왕이면 남이 낫겠다. 그렇게 마음을 정한 봉달은 문구점에서 구입해온 사절지에 대충 **전국에 진주 헌씨들 집결 요망**이라고 적어 박스테이프로 덕지덕지 창문에 붙였다. 효과는 정확히 세 시간 후에 나타났다.

똑똑.

"저기이…"

은행 앱을 열고 대출 잔액을 계산하고 있을 때, 반쯤 열린 사무실 문틈으로 한 여자가 고개만 빼꼼 내밀었다. 허름한 차림을 한 평범한 동네 여자.

봉달의 시나리오에 중요한 역할을 할 인물의 첫 등장이었다.

* * *

사실 헌정치 의원을 알게 된 건 순전히 신권이 형의 공이 크다. 고창고등학교 출신인 형은 아는 선배 중에 박 사장이라는 사람을 소개해줬다. 그리고 그의 지인이 바로 헌정치 의원.

봉달은 헌 의원에게 종친회의 존재를 귀띔 좀 해주십사 박 사장을 위해 접대 자리까지 마련했지만, 바람이 이루어지기엔 넘어야 할 산이 많았다. 첫째로, 헌 의원은 아무 데나 참석하는 인물이 아니니 그럴싸한 규모와 모양새는 갖추고 들이대야 한다는 것. 둘째로, 희귀 성씨인 만큼 모임이 빈약할 텐데 얼추 회원이 모여야 되지 않겠냐는 것. 그리고 마지막 셋째로, 종친회는 뿌리인 만큼 자신의 정치 인생에 도움이 되어야 한다는 것이다. 근본 없는 성씨라는 말을 어릴 때부터 귀에 딱지가 앉도록 들어왔으니 이제 앙갚음을 해야 되지 않겠냐는 것이 헌 의원 측에서 나온 소리였다. 이번에 선거 때에도 이길 수만 있다면 있는 조상, 없는 조상 다 끌어오는데 독립유공자는 유도 아니었다. 급기야 상대 진영에서는 자기 조상이 500년 전인 임진왜란에 참전한 모 장군이었다고 현수막에 떡하니 올리기까지 했는데, 직계도 아닌 사람을 선거에 이용해 먹느냐고 볼멘소리들이 터져 나왔다. 어쨌거나 개표 결과 승리였다. 그만큼 정치판, 연예계 등등 조상 마케팅은 꽤 먹혔다.

우선 사업자등록증을 발급받고 얼마간의 간격을 두고 총각과 학문, 자식이 연달아 가입한 건 그나마 다행이었다. 사실 다 모여 있으면 어디에 내놓기 부끄러운 사람들이지만 그런대로 머릿수는 맞춘 것 같았다. 게다가 욕심들은 또 얼마나 많은지 하나같이 감투 타령. 왕년에 행동대장만 하던 금함에게는 사무국장을, 원체 고고하신 양반인 학문에게는 도유사라는 초월적인 직책을, 신자에게는 내무부장관이나 다름없는 실장을, 총각과 자식에게는 대리를. 위치가 사람을 만든다고 하던가? 하나씩 직책을 주니 의외로 효과적이었다. 각자 맡은 자리에서 있지도 않은 소임을 만들어서라도 열심히 하는데, 그래서일까? 얼마 후에 헌 의원으로부터 만나자는 약속을 받아낸 건 종친회 설립 후 이뤄낸 첫 쾌거였다.

일이 잘 풀리려면 주변에서도 도와준다는 말이 딱 맞다. 퇴근하고 식탁에서 종친회 이야기를 실컷 떠들고 있는데, 관심 없는 척하던 딸 민정이가 무심하게 말했다.

"우리 학교에도 헌씨가 있었던 것 같은데..."

"누구?"

"몰라. 2학년인 것 같던데."

"이름은 알아?"

"헌소리인가? 헌소라인가? 복도에서 명찰만 본 거라서 헷갈려."

여기서부터 꼬이기 시작했다. 소리인지 소라인지 하는 아이를 처음 본 건 동네 구석에서 불량배들 틈바구니였다. 봉달은 부모도 아니고 선도 의무가 있는 교사도 아니었지만, 어쩐지 당하고 있는 걸 보자 천불이 났다. 바보 같은 게 뭘 잘못했다고 계속 쩔쩔매는지. 요즘 애들 영악하니까 어른도 고소한다는 아내의 말이 떠올랐지만, 일전에 임금 체불로 노동청 신고도 받아보기도 했다. 여기서 뭐가 더 무서우랴 싶어서 나섰다.

"아저씨 누구야? 누군데 끼어들어, 짜증나게?"

마음 같아선 너야말로 이 살기 힘든 아저씨 앞날에 방해되지 말고 썩 꺼지라고 하고 싶었지만, 명심해야 할 건 여기는 동네다. 게다가 딸 민정이의 학교 근처다. 최대한 신사적으로 타깃을 빼 온 봉달은 소리까지 가입시키는데 성공했다. 물론 다른 멤버들과 달리 스카우트 개념이 강했다. 공간이 경찰서여서 문제지.

이로써 봉달을 포함하여 총 일곱 명의 멤버가 모였다. 그 가족들까지 입보시킨다면 대략 열다섯 명에서 많게는 스무 명까지 확보 가능. 희귀성씨 치고 단시간 내에 이룬 셈이었다. 일은 모든 게 순조롭게 진행되었다. 헌 의원 측에서 요구한 세 가지가 모두 충족되고 만남까지 성사된 것이다. 적당히 종친회 운영상황을 지켜본 헌 의원의 신뢰를 쌓는 건 시간문제였다. 가장 성가셨던 건 목적을 달성하기까지 회장으로서의 직분을 충실히 이행하는 '척'이라도 해야 한다는 것.

특히 문중대회에서 몇 명 되지도 않은 인원끼리 돌아가면서 경기에 임하느라 고전분투하는 건 우습다 못해 안쓰러울 지경이었다. 꼴에 자존심들은 있어가지고 누구와 시비라도 붙으면 금세 떼로 몰려가서 한판 벌여야 속 시원한, 교양과 권위라고는 눈 씻고도 찾아볼 수 없었지만, 그때만큼은 그런대로 화목했다- 라고 봉달은 떠올렸다. 그래서일까? 문중대회가 끝나갈 무렵에 헌양품 사장이 기사를 대동하고 나타났을 때에도, 아무것도 모른 채 왁자지껄하게 웃고 떠들며 마시고 노는 그들의 등 뒤로 아름답게 물든 석양이 오래도록 기억에 남았다.

어쨌거나 헌양품 사장은 대어 중의 대어였다. 과연 신권이 형의 말이 맞았다. 예상과 달리 나이가 사십 대 후반으로 젊은 축에 속했던 양품은 제조업으로 크게 성공한 사업가였지만 눈 밑엔 어딘가 남모를 그늘이 져 있는 보통의 한국 남성이었다.

"헌씨 아이들을 위해 기부하고 싶습니다. 돈이 없어서 배움을 포기하는 비극을 나는 바라지 않거든요."

'기부'라는 말에 봉달은 대뇌에 고주파 자극이 전달된 것처럼 뛸 듯이 기뻤다. 그리고 자신도 태어나서 처음 듣는 웃음소리와 아부성 말투가 쏟아져 나왔다.

"물론입니다. 당연히 앞날이 밝은 아이들을 위해 쓰여야지요. 그래서 말인데, 장학회관을 건립하게 된다면, 사장님의 흉상을 청동으로 제작하여 전시하고 싶은데 어떻게 생각하십니까? 건립기금 출연자에 대한… 뭐랄까요? 예우랄까요? 하하하."

"감사하지만, 사양하겠습니다."

"다만 기부금은 비밀리에 전달하고 싶으니, 전달식은 생략했으면 합니다."

역시 스케일만큼이나 그릇부터가 달랐다. 종보비 꼴랑 500만 원 던져주고 온갖 생색을 다 내는 늙은 너구리 같은 헌 의원과는 질적으로 차이가 났다.

(헌정치) 종보비 500만 원

(헌양품) 장학기금 2억 원

(헌양품) 장학회관 건립 모금액 1억 원

(헌금함) 종보비 100만 원

(헌학문) 종보비 50만 원

누계 : 3억 650만 원

금방이라도 채무자들에게 잡힐 것 같던 몸이 깃털처럼 가벼이 훨훨 날아갈 것 같았다. 오십 가까이 살아오면서 느낀 건 단 하나, 돈은 무한한 자유를 가져다준다는 사실이다. 기쁨은 나누면 배가 되지만, 돈은 나누면 칼같이 반이 된다. 혼자 누릴수록 좋다. 그런 마음을 알기라도 하듯 비밀리에 기부금을 전하고 싶다는 양품이 그렇게 예뻐 보일 수가 없었다. 신자에게조차 비밀로 해야 했다. 없이 살 때 정이 돈독해진다는 말이 있다. 그러다 갑자기 큰돈이 들어오면 신자가 불현듯 월급을 요구할지도 모를 일이니까. 돈 앞에선 그 누구도 믿어선 안 됐다. 도피를 결심하던 날, 공항에서 마지막 지푸라기라도 잡으려던 눈물겨운 노력을 상기하면 더욱 그렇다.

봉달이 삼석한 뒤에 부재중 전화 3통, 문자 메시지 9통, 음성 메시지 1통이 미확인 된 채로 남았지만 알고 싶지 않았다. 오히려 하루 만에 이렇게 많은 연락이 왔다는 것에 경악하며, 하루빨리 조치를 취할 필요성이 있었다. 통신사 모바일 앱에 접속하여 번호를 변경하는 데는 오 분도 걸리지 않았다. 순간 어딘가에서 막막해질 이들과 또 조만간 쫓길 자신의 처지를 그려보자 가슴이 콱 막혔지만, 계획대로 되어가고 있다고 스스로 주지하지 않으면 안 됐다.

- 헌 회장? 바쁜가? 전화를 안 받아서 말이야. 다름이 아니고, 내 아는 후배가 진주 시청에 지적과에 재직 중이더라고. 어떻게 인연이 닿으려는지 그렇게 됐네. 내가 우리 종친회 사정을 이야기 해보니까, 그 친구가 그럼 묘비 찾는 일을 도와주겠다지 뭔가? 물론 사적으로 도와주는 거라서 한계는 있겠지만, 그래도 얼마나 다행인지 모르네. 자세한 건 만나서 얘기하자고. 이 음성 듣는 대로 전화 주게.

- 회장님! 저 헌 실장, 아니 헌신자예요. 정말 이러기에요? 갑자기 말도 없이 사라지는 법이 어디 있어요? 뭐라고 연락 좀 해주세요!

- 회장님. 저 금함입니다. 연락 주십시오.

- 자식이에요. 조만간 생모하고 만날 것 같아요. 궁금해 하실까 봐 알려드려요.

- 날세. 갈 때 가더라도 이야기나 속 시원히 하고 가시게나. 종친회는 어쩔 생각인가? 종친회도 이대로 버린 건가? 도대체 무슨 사정인 거야?

- 전화 안할라다함다. 다 암다. 내래 말도 않고 조국을 저버리고 온 것처럼 사정이야 있갔디요. 이거 들으시는대루 맘정리되시는대루 꼭 돌아오시라요.

'사정? 네가 내 사정을 알겠냐?'

남아있는 메시지들을 삭제하며 봉달이 생각했다.

'단순히 나 혼자 잘 먹고 잘살겠다는 게 아니잖아. 일단 나부터 살고 봐야 종친회고 뭐고 있는 거잖아. 내 가족이 우선이야. 내 가족이 살아야...'

아내가 민정이를 데리고 친정에 간 사이 집에 들른 봉달은 캐리어 가방에 이것저것 챙겨 넣기 시작했다. 잠시 본가에 다녀오겠다고 둘러댔으니 찾을 일도 없을 것이다.

'엄니한테 빚 갚아야지...'

흐느끼는 봉달의 어깨가 산만하게 들썩였다. 곧 눈물이 뚝뚝 떨어졌다. 얼마 전, 정형외과 병동에 입원한 엄니를 보고 돌아오는 길. 복도에서 만난 간호사가 문득 앞을 가로막으며 말했다.

"심봉례 할머니 보호자시죠?"

"예 그런데요?"

"의사 선생님이 좀 보고 가시래요."

"저희 어무니를요?"

"아뇨, 보호자님이요."

간호사는 사무적인 투로 몇 가지 더 묻더니 이윽고 봉달을 안내했다. 따라간 곳은 구름다리를 건너 별관 2층에 위치한 진료실이었다. 총 4개의 진료실이 있었는데, 그중 봉달이 들어가야 할 곳은 두 번째 문.

"여기 잠깐 기다리셨다가 호명하면 들어가세요."

"네. 그런데 무슨 일로 의사 선생님이 저를...?"

"들어가 보시면 아세요."

촌각을 다툴 만큼 정신이 없는지 간호사가 바람같이 사라지자, 봉달이 시키는 대로 대기석에 앉았다. 무슨 일로 의사가 보자고 했을까? 환자인 엄니도 건너뛰고? 그러자 문득 이 별관에 대해 궁금해졌다. 엄니가 입원해 있는 곳은 본관 3층 정형외과인데, 여긴 무슨 병동이지? 그러고 보니 간호사는 거기에 따른 설명은 일절 없었다. 자리에서 일어나 진료실 외벽에 붙인 명패를 물끄러미 보았다. 순간 심장이 덜컹 내려앉아 하마터면 그 자리에 주저앉을 뻔했다.

간암전문의 OOO

다시 눈을 비비고 보려는 그때,

"심봉례 보호자님!"

언제나 그렇듯이 병원에 간다는 건 달갑지 않은 일이다. 건강검진은 나에게 어떤 선고가 내려질지 알아내기 위함이라면, 부모님의 병환으로 방문하는 경우는 '어쩌면 넌 고아가 될지도 모른단다' 하고 신이 겁을 주는 것 같았다. 그때, 봉달의 기분이 딱 그랬다.

"간과 복막에 암세포가 전이되었는데 모르셨습니까? 복통이 심하셨을 텐데요."

"암... 세포라뇨?"

"수술하셔야 됩니다. 그게 최선이에요."

"아뇨, 지금 암이라고 하셨어요? 의사 선생님 저는 도통 무슨 말씀인지..."

"환자분 설득해보세요. 할머니께서 완강히 버티셔서..."

"그러니까 우리 엄니가 암... 암 환자다? 이거죠?"

의사가 조용히 고개를 끄덕였다.

"그럴 리가 없는데... 며칠 전에 통화했을 때에도 그런 말씀은 없으셨는데요."

"아드님께 말하지 말라고 하시더군요. 그래도 수술이 선행되어야 합니다. 아직 초기긴 하지만 연세도 있으시니까... 의료진으로서 할 수 있는 데까진 해보시길 권장하는 바입니다."

세상에 완벽한 순항이란 없다. 인생도 그렇다. 때론 암초에 부딪히기도 하고, 풍랑에 맞서야 할 때도 있다. 부모의 질병은 어떤 경우에 해당될까? 암초다. 그것도 언젠간 불가피하게 부딪혀야 할 암초. 대처가 부실했던 탓에 봉달호가 잠깐 휘청했다.

엄니에게 진 빚이 많다. 비단 담보대출금 몇 푼이 전부가 아니었다. 그것은 아주 오래전부터 봉달인지 누나인지, 아니면 봉달과 누나 모두인지, 어쩌면 아부지까지인지, 또 어쩌면 그냥 신의 복불복 게임에 잘못 걸린 벌칙인지 모를 '불운'이라는 이름의 빚이었다. 늙은 부모의 병은 자식으로서는 어떻게 인력으로 도저히 변제할 수 없는 크나큰 빚.

헌양품 사장으로부터 3억이 들어온다면, 암 수술 비용과 그 후의 항암 치료비용으로 1억을 미리 떼놓은 다음 남은 2억으로는 사업 빚을 갚기로 했다.

그런데, 한 번 암초를 만난 배는 걸핏하면 휘청하기 일쑤다. 하지만 그건 어디까지나 선장인 봉달이 자초한 바가 컸다. 잘 나가다가 왜 그런 실수를 저질렀을까?

- 아저씨. 갑자기 왜 잠적했어요?

분명히 번호를 바꿨는데, 메시지의 발신자는 소리였다. 같은 학교 선배인 봉달의 딸, 민정이를 찾아간 것이다. 아뿔싸! 이것들이 운동회 때 친해져서 번호를 교환한 사실을 왜 몰랐을까?

* * *

아내에게는 채무자들의 독촉이 시작되어 당분간 숨어 지낼 테니 외부 연락, 특히 종친회 쪽 사람들 연락은 더더욱 받지도 말라고 일러두었다. 그리고 될 수 있으면 아내와 민정이 모두 번호를 바꾸라고 이르는 것도 잊지 않았다. 처음에나 울고불고 이혼하자고 난리를 쳤지만, 시어머니가 담보대출금까지 해준 마당에 정말 한 달 안에 모두 해결하고 오겠다는 남편의 말에 신뢰가 간 건지 아니면 이젠 단련이 된 건지 아내도 흔쾌히 그러마 했다. 물론 종친회 멤버들까지 속여가면서 저지른 일이란 것을 알게 된다면 반응은 또 다를 것이다. 하지만 시간은 금이다. 더구나 쫓기는 사람에겐 다이아몬드다.

새벽 여섯 시. 멤버들도 이젠 포기한 건지, 아니면 다시 날이 밝으면 올 생각인지 멀리서 지켜본 건물은 컴컴했다. 3층 외벽에 붙은 전국에 진주 헌씨들 집결 요망이라 쓰인 사절지가 그사이 헤져서 바람에 나풀거렸다. 주변을 살피고 조심히 안으로 진입했다. 1층 우편함. 그중 사무실인 302호가 아닌 '건전지함'에 손을 넣었다.

“비서를 시켜 새벽에 돈을 넣어두겠습니다. 모쪼록 쓰임새가 좋았으면 합니다.”

한 손을 넣고 몇 번 더듬거리자 매끄러운 질감의 봉투가 닿았다. 다섯 손가락을 동원하여 탐욕스럽게 집어내는데 두께가 상당했다. 심장이 어찌나 고동치는지 귓가에까지 울릴 정도였다. 간신히 침착을 유지하고 막 돌아서려는데,

“헌봉달 씨?”

화들짝 놀라 반사적으로 돌아본 곳에는 한 여자가 깎아놓은 듯이 꼿꼿이 서 있었다.

누구시더라? 사십 대 중후반쯤 됐을까? 눈을 크게 뜨고 아무리 뜯어 봐도 모르는 얼굴이자 약간의 안도감이 찾아왔다. 그제야 어둠 속에서도 돈과 품을 골고루 들인 고귀함이 느껴졌다. 잘 맡으면 향수 냄새도 났다. 마치 온실 속 화초처럼 자라온 규방의 여인처럼. 그런데 이 이른 시간에 누구길래 이 헌봉달을 찾는 걸까?

“맞죠? 헌봉달 회장님?”

여자가 재차 나긋한 목소리로 물었다.

“누구... 십니까?”

‘회장님’이라는 호칭을 붙인다는 건 종친회 관련한 일이 틀림없다. 이 여자도 헌씨인가?

“번번이 올 때마다 안 보이더군요. 혹시나 하고 이 시간에 와 봤는데 잘 온 것 같네요. 드릴 게 있어서요.”

찬찬히 뜯어보니 어떤 ‘불순한’ 의도도 담기지 않았음을 깨닫자

비로소 경계심이 풀렸다. 여자는 희미한 미소를 짓더니 한 손에 우아하게 든 가방에서 돈 봉투를 꺼내 들었다.

“이거... 받아주세요.”

“뭡니까 이게?”

“기부금이라고 해두죠.”

마치 몰래카메라처럼, 끊이지 않는 행운에 봉달은 도통 정신을 차리기 힘들었다. 애써 냉정을 되찾고 근엄하게 묻기를

“기부금이요? 이걸 왜...? 아니 그보다 누구십니까? 그리고...”

그리고 종친회는 진작 문 닫았는데, 무슨 이유로 지금에서야 기부금을 내는 거지 이 여자야? 정체가 뭐야?

“신상은 밝힐 수 없어요. 이해해주세요.”

“그럼 받을 수 없습니다.”

라고 내뱉고도 스스로 놀랐다. 한눈에 봐도 두툼한 흰 봉투가 탐스럽게 달빛에 빛을 내고 있었다. 봉달이 꿈쩍도 안 할 것처럼 턱에 힘을 주고 떡 버티고 서자, 여자는 하는 수 없다는 듯이 살짝 미소를 지으며 말했다.

“당신만 알아두었으면 좋겠군요.”

익명 기부를 조건으로 여자는 명함을 건넸다.

제이앤에스 디자인

서울시 중구 명동 1-3

대표이사 정숙자

“나, 자식이 엄마예요. 멀리서나마 그 아이가 웃는 모습을 봤어요. 그럴 때마다 당신들이 그 애 옆에 있더군요.”

줄지은 행운에 간신히 정신을 차렸을 땐 슬슬 동이 터오기 시작했다.

버스를 타고 삼십 분을 달려 도착한 곳은 인천항. 갈매기 울음조차 짠 내음이 풀풀 나는 부둣가에는 수많은 배들이 정박해 있었다. 휴대전화를 흘끔 보니 오전 여섯 시 십오 분. 밀항선 승선 시간 오 분 전이었다.

22

"이야, 헌금함이 요즘 바쁘다며? 이름대로 돈 쓸어 모으는 재미가 어때?"

슬개골파에 있었을 때, 투톱으로 세력을 견제하던 '악어'가 카운터 앞에 산세베리아 잎을 딱밤 치듯 톡 두드리며 말했다. 그 바람에 산세베리아 잎이 반으로 똑 부러져 떨어지는 것까지 본 금함이 반문했다.

"넌 요즘 논다며?"

"왜? 취직이라도 시켜주게?"

"아쉽지만 여기서 네가 할 일은 없어."

"그럴 줄 알았다."

"온 이유는?"

"듣자 하니 공사다망하던데, 쓸데없는데 기운 빼지 말고 일이나 같이 하자."

"쓸데없는 데?"

"무슨 종친회니 나발이니 시답잖은 일 벌이지 말라고."

옮기던 음료박스를 내팽개치듯 손에서 놓아버린 금함은 어깨를 털더니 성큼성큼 다가갔다.

“환갑도 못 한 우리 영감, 몇 년 전에 칠순 잔치라도 해드리려고 했는데 나한테 그러더라. 아들놈이 깡패 짓해서 번 돈으로 잔치해 봤자 무슨 흥이 나겠냐고. 망신만 당한대. 그래서 손 털었다.”

“고작 노인네 때문에?”

“고작 나 같은 놈 옥바라지 시키는 게 더는 못 할 짓이라서.”

“왜 이래? 한두 번도 아니고?”

악어는 아주 설득을 하러 온 모양인지 아예 의자를 하나 끌어다 앉더니 삐딱하게 한쪽 다리를 올리고, 담배를 꺼내 물었다.

“여기 금연이다. 피려면 나가서 펴.”

“야, 너 진짜 변했구나?”

“응.”

“도대체 이러고 사는 게 뭐가 좋아서? 손님들 비위 맞추느라 굽신거리는 거?”

“여기선 나름 CEO야. 분점도 몇 개 있고. 거기다 종친회에선 사무국장이지. 우리 영감 날마다 내 자랑하느라 교회에 출근 도장 찍는다. 이렇게 사는 것도 괜찮더라고.”

그러자 악어가 마시려던 믹스커피를 도로 뿜으며,

“사, 사무국장? 네가?? 크크큭. 벼어엉신. 까막눈 새끼가 무슨 사무우?? 타자는 칠 줄 아냐? 요거요거.”

열 손가락을 두드리는 시늉을 하며 숨이 넘어가도록 웃더니, 무안해졌는지 웃음을 거두고 밖을 힐끔 시선을 던졌다. 주차된 차 앞에서 대기 중인 부하들이 저희들끼리 노닥거리고 있었다. 악어는 냉큼 자리에서 일어나 품에서 흰 봉투를 꺼내 카운터 위에 올려 두며 말했다.

"이건 개업 선물. 직원들 뽀나스 주든가. 언제고 마음 바뀌면 연락해라. 따분한 새끼야."

악어는 차에 올라타기 전에 이쪽을 향해 가운뎃손가락을 날렸다. 살짝 찌푸려진 금함의 미간을 봤는지 마츠모토가 주방에서 조용히 나와 말했다.

"잊을 만하면 오네요."

"그래도 네가 여기 있는 덕분에 그 이상 질척대지는 않아 좋군."

마츠모토가 피식 웃었다. 일본 본토에 남아있는 그의 삼촌들이 야쿠자인 덕을 톡톡히 보고 있는 것이다.

"그나저나 요즘 종친회는 안 나가세요?"

"왜 안 나가? 나가."

"차 끌고 가시는 걸 못 봐서..."

* * *

"자... 회, 회의를 시작하겠습니다. 다들 자리에 앉, 앉...을 자리는 없지만..."

토요일 오후 늦은 시각이었다.

신자의 아파트 단지 내 어느 필로티 층 밑. 기둥과 연결된 앉을 만한 마루에는 학문만 앉아 있고, 총각과 자식은 그냥 바닥에, 신자와 소리는 금함 옆에 서 있는 채였다. 신자는 나름 실장의 노릇을 다한다며 한 손엔 수첩과 펜을 들었고, 소리는 그 상황이 따분한지 긴 머리끝만 연신 매만지고 있다.

사방에서 매미는 귀 따갑게 울어대고, 옆자리 평상에서는 할머니들이 돗자리를 깔고 부채질을 하며 아까부터 이쪽을 흥미롭게 쳐다보고 있었다. 이따금 떡과 과일을 먹으라며 회의 도중에 건네주기도 했다. 흐름은 뚝뚝 끊기지만, 그래도 잘 받아먹는 멤버들.

"근데 아자씬 나이가 맻이유?"

그중 한 할머니가 이쪽을 보고 물었다. 금함과 총각, 자식 등이 서로 번갈아 보며 선뜻 대답하지 못하는데, 할머니가 다시 물었다.

"아니, 아니. 댁들 말구. 저 아자씨."

하며 학문을 가리켰다. 학문도 놀라 자세를 바로 고쳐 앉았다.

"나, 나요?"

"한 칠십쯤 먹었을래나."

"아닌데? 육십 다섯쯤 됐을 것 같은데."

"문소리래? 따악 봐두 팔십은 되얐갔는디."

자기네들끼리 심각하게 의견을 주고받는 도중에 팔십이란 대목에서 학문이 발끈했다.

"나 48년생입니다!"

"쥐띠구넌."

할머니들은 바로 띠를 계산해내더니, 또 자기네들끼리 쑥덕거렸다. 가만 들어보면 별것 아니었다. 교회 아는 장로님과 동갑이라느니, 중환자실에 있는 시동생보다 한 살 많은데 정정하다느니, 나이배기라느니 하는 그런 내용들.

도저히 회의 분위기가 나지 않았다. 이따금 산책을 나온 아파트 주민들과 목줄을 맸어도 으르렁대는 강아지까지.

"회의를 시작하겠습니다."

이 말만 벌써 세 번째였다. 신자는 수첩에 '시작, 시작, 회의'라는 단어만 여러 번 갈겨쓰고, 날도 더운 데다 계속 서 있자니 더는 못 참겠는지 소리가 폭발해버렸다.

"우리 그냥 근처에 카페라도 가죠?"

그러자 총각이 '카페'라는 말에 험한 눈으로 소리를 쏘아보고, 곰곰이 듣던 금함이 물었다.

"요즘 미성년자도 카페에 갈 수 있나? 우리 때는 가면 학생주임한테 걸렸는데."

"지금이 어느 땐데요. 안 가는 애들이 없어요." 신자가 대신 대답했다.

"카페는 무슨. 더우니까 하드라도 사와라, 총각아. 비비빅이랑 메가톤."

김빠진 소리가 가벽에 신경질적으로 등을 대고, 학문이 상황을 정리하듯 박수를 치며 말했다.

"음음! 왜 이리들 산만한가? 헌 회장이 없는 마당에 우리끼리라도 종친회를 운영해야지 어떻겠나? 오늘은 날이 더우니까 얼른 회의하고 가자고. 자, 금함이 계속 진행하게."

"예. 회장님이 갑자기 말도 없이 사라져 버렸지만, 우리끼리라도 시조 찾기 프로젝트를 계속해야 합니다. 현재, 헌 할머니 외에 조상님들 행방이 오리무중인데요. 백날 문서나 뒤져봤자 제자리걸음이고, 그래서 말인데 교수님께서 말씀하신 대로 진주시를 동서남북으로 나눠서 주인 없는 묘비를 일일이 다 찾아보는 건 어떨까 싶습니다."

하기도 전에 다들 지레 겁에 질렸는지 거부에 가까운 침묵이 흘렀다. 신자가 조심스레 물었다.

"진주라면...대구랑 가깝겠죠? 더울 텐데..."

"더 밑에 있다고 알고 있습니다."

금함이 확신에 찬 목소리로 대답했다.

"전 못 해요. 방학 때 공부해야 해서요." 소리가 차단하고 나섰다.

"교수님은... 연세가 있으셔서 안 되겠죠? 행여 더위라도 드시면 안 되니까..."

신자가 물었다. 학문과 소리가 그렇게 제외된다면 남은 건 네 사람. 금함, 신자, 총각과 자식뿐이었다. 동서남북으로 나눈다 해도 한 사람당 맡아야 할 범위가 상당히 광활했다. 사실상 불가능. 막막한 계획에 다시 정적이 찾아왔다. 이번에도 신자가 말을 꺼냈다.

"그런데요. 제가 며칠 곰곰이 생각해 봤는데... 회장님이 갑자기 사라시신 이유요. 그 전부터 조금 이상했거든요?"

"뭐가 이상했다는 건가, 헌 실장?"

"계속 시조를 삼 개월 안에 찾아야 한다는 둥... 혼잣말로 자주 그러셨고. 더 이상했던 건 제가 실장인데도 법인계좌를 안 맡기셨어요. 그리고 결정적으로 수상한 건요."

그러면서 신자는 자신의 휴대전화를 뒤지더니 한 사진을 내보였다. 얼마 전, 문중대회에서 찍은 사진들이었다.

"여기 보세요. 대회 끝나고 며칠 뒤에 제가 사진 보정을 하려고 모두 PC로 옮겼거든요? 단체 사진 크게 인화해서 사무실 벽에 걸어두면 좋으니까요. 프로그램에서 열심히 보정하고 있는데, 유독 이 사진이 눈에 띄더라고요."

신자의 시선을 오래도록 붙잡아둔 그 '문제의 사진'에 멤버들이 가까이 모였다. 사진 속 봉달은 어느 근사한 중년의 남자와 마주 서서 이야기를 나누는 모습이었다. 둘은 동년배로 보였지만, 여유 있게 바지 주머니에 손을 찔러 넣은 상대와 달리 다소 아첨하듯 허리를 굽히는 봉달의 모습이 대조를 이루었다. 또 입은 귀에 잔뜩 걸려 있었다. 평소에 알던 눈빛이 아니었다. 교활하기까지 해 보이는 사진 속 봉달의 얼굴은 상당히 낯설었다.

"이분은 누구신가?"

학문이 물었지만 신자는 어깨만 으쓱해 보였다. 사진을 확대해 봐도 도통 누군지 몰라 한참 난감하던 그때, 여전히 가벽에 등을 댄 채 소리가 시큰둥한 목소리로 말했다.

"그거 누구인지 쉽게 찾아낼 수 있어요."

소리는 사진을 메시지로 전달받은 뒤, 문제의 중년 남성의 상반신을 잘라 구글에 이미지로 검색했다. 잠시 후, 여러 사진이 나왔다. 몇 번의 터치 끝에 클릭한 어느 사진.

"이 사람 같은데요?"

소리의 주변을 둘러싼 멤버들이 좀 더 자세히 보고자 가운데로 얼굴을 모았다.

"맞네요! 사진 속 남자랑 얼굴이 똑같네!"

신자가 손뼉을 치며 말했다. 소리는 스마트폰 스크롤을 천천히 내렸다.

시골 순경부터 시작, 경찰대 출신들 틈에서 이례적 고속 승진

종로경찰서의 권양석 경위(42·사진)는 지난해 상반기 지명수배 중인 보이스피싱 연변 총책을 검거하는 데 공이 인정되어 경위로 특별 승진한 것으로 알려져 있다. 그로부터 일 년 뒤인 올해 권 경위는 부동산 매매계약서를 위조해 외국에 체류 중인 피해자의 부동산 소유권을 불법으로 이전한 혐의를 갖는 종친회장과 그 일당을 무더기로 검거에 성공함으로써 이번 하반기에도 특별 승진 대상에 포함되는 이례적인 성과를 낸 것으로 알려졌다. 이에 권 경위는 당연히 경찰로써 해야 할 의무를 다했을 뿐이라며...

경찰정복을 입은 채 미소를 머금고 있는 사진 속 남자는 봉달과 악수를 한 그 남자가 틀림없었다.

* * *

어스름한 새벽녘이라 상대의 얼굴을 확인하기 위해서는 실눈을 뜨고 한참을 봐야 겨우 알 수 있었다.

"헌봉달?"

중국 밀항선, 조타실이라고 하기에도 초라하기 그지없는 널빤지 따위로 엮어 만든 칸에서 벙거지 모자를 꾹 눌러쓴 한 선원이 걸어 나오며 물었다.

"맞아요. 제가 헌봉달입니다."

"시간은 잘 맞춰 오셨네."

"지금 바로 출발할 수 있겠죠?"

"당연하지."

이상하다? 뱃일을 하는 사람은, 특히나 밀항으로 먹고사는 사람은 일반인과는 다른 특유의 억센 기운과 거친 분위기가 있기 마련이었다. 그런데 이 남자는 달랐다. 기분 탓일까? 봉달을 향해 오기 위해 갑판에서 이쪽으로 올라올 때에도 한쪽으로 휘청거리기도 했다. 잔뼈가 굵은 뱃사람이 아니라 마치 봉달과 마찬가지로 바다가 낯선 육지 사람처럼.

"바로 출발할 수 있지. 그럼."

그리고 순식간에 코앞까지 들이닥친 남자가 눈 깜짝할 사이에 손목을 잡아챘다.

"경찰서로."

하며 수갑을 채우려던 그때, 봉달이 날쌔게 반대 방향으로 몸을 날렸다. 그리고 전속력으로 질주하자 마찬가지로 그 뒤를 남자가 무서운 속도로 따라잡기 시작했다. 새벽녘 부둣가에서 쫓고 쫓기는 추격전이 멀리서 보면 빠르게 움직이는 점 두 개로 보일 만큼 단출했지만, 실상은 긴박했다.

갑자기 경찰이라니?? 거래처에 대금을 지급할 기한은 앞으로도 몇 주 더 남았는데? 설령 종친회 멤버들이 고소했다고 하더라도 명분이 없을 텐데?? 대체 누가 봉달을 밀.고.한 거지?? 달리는 내내 오만 생각이 섬광처럼 스쳤다.

숨이 턱 밑까지 차오를 때까지 달리던 그때, 대각선으로 즐비한 식당가들이 눈에 띄었다. 그중 횟집들로 밀집된 골목으로 들어섰다. 예기치 못한 방향 전환에 경찰도 기를 쓰고 따라왔다.

내부는 예상과 다르게 불 켜진 곳이 많았다. 골목 밖에서 바라봤을 때와는 달리 이른 새벽부터 장사 준비를 하기 위함인지 사람들로 붐볐다. 봉달은 어디로 도망칠까 이리 재고 저리 재다가 아무데나 문 열린 1층 안으로 몸을 황급히 숨겼다. 내부를 둘러보자 비린내가 확 끼얹었다. 식당에서 쓰이는 듯한 들통 따위가 팽개쳐져 있었다. 잠시 머뭇거리다가 이대론 안심이 안 되는지 서둘러 위로 올라가기로 결심했는데, 갑자기

땡그랑!

2층 층계참에서 버려지다시피 한 반쯤 깨진 도기 화병에 부딪히면서 날카로운 소리가 제법 크게 들렸다. 도움이 안 되네, 미간을 찌푸리며 얼른 오르던 길을 오르는데 다다다다! 하고 예상대로 경찰의 발소리가 다시 가까워졌다. 경찰이 위치를 알아차린 것이었다.

이렇게 쫓기면서도 왜 쫓겨야 하는지 도통 답을 알 수 없었다. 하지만 이대로 털릴 수 없다. 가쁜 숨을 내쉬며 오르고 오르자, 비로소 옥상 문이 보였다. 철제문은 쉽사리 열렸다. 탁 트인 공간이 시야에 들어차면서 바닷바람이 확 불어왔다. 짠내였다. 녹색 페인트로 칠한 옥상 곳곳에 빨랫줄, 항아리 등이 자리했다. 여느 가정집처럼 자전거나 유모차 따위도 있었다. 제기랄, 이제 어디로 가지? 하고 잠시 갈등하는가 싶던 봉달은 건너편으로 시선을 던졌지만, 건물과 건물 사이가 너무 넓었다. 영화도 아니고 뛰어넘는 건 도저히 불가능할 거라는 생각이 들었다. 혹시 여기까지 따라왔을까? 사방은 아직도 캄캄했다.

그때, 끼익! 하고 짧고 강렬한 소리에 얼른 몸을 돌리자, 저쪽에서 숨을 고르며 하지만 발걸음은 차분한 경찰이 서서히 걸어오고 있었다. 독 안에 든 쥐를 힐난하는 듯한 냉소를 흘리며.

시야를 확보하려 눈을 크게 떴다. 경찰도 싸구려 벙거지 모자를 벗어 훽 내던지더니 땀으로 젖은 머리를 손으로 건성으로 털었다. 어라? 어디서 봤더라...?

"허, 헌양품... 사장님??"

* * *

경찰에 도착했을 때 봉달은 졸지에 조직적으로 종친회 관련 범죄를 저지르는 돈 봉투 수거책이 되어 있었다. '헌양품'이라는 가명으로 접근한 권 경감은 서울 경찰서로 압송하면서 계속해서 주워 읊었다. 다른 조직원이 있다면 모두 실토하는 게 이로울 것이라고. 대충 들어 정리하자면, 농촌 노인들을 상대로 종친회비 명목으로 돈을 뜯어내는 일당들이 요즘 판을 친다고 했다. 그중 상습사기범도 있다고. 죄의 경중에 따라 구속영장이 신청될 수도 있다는 말에 봉달이 발끈했다.

"나 진짜 그런 놈 아니라고요!"

"다들 그렇게 말합니다."

"믿어 달라니까요? 헌양... 아니 경찰관님!"

개새끼. 감히 헌씨도 아닌 게 헌씨로 둔갑해서 접근해? 봉달은 자신의 완전범죄에 큰 구멍이 났음을 인정해야 했다. 그리고 화살은 경찰에게 향했다. 처음부터 그에게 속은 걸 생각하자 열불이 났다. 그런데 그를 소개시켜 준 건 다름 아닌 헌정치 의원이다. 그도 알고 있었을까? 그도 한패일까? 아닐 것이다. 그는 분명한 헌씨가 맞다. 그렇다면 그도 봉달처럼 속은 걸까? 궁금증은 꼬리에 꼬리를 물었다. 하지만 한 가지 확실한 건 경찰의 위장 수사에 봉달이 보기 좋게 걸려들었다는 것이다. 종친회 범죄와 관련하여 피해자가 한둘이 아닌데다, 사기범들이 전국적으로 활동을 하고 있다는 첩보를 입수한 경찰 내부에서는 아예 전담팀을 꾸렸다고 했다.

"안 믿으시겠지만, 저 진짜 이번이 처음입니다. 공범도 없다고요."

"그야 조사해보면 다 나옵니다."

"좀 믿어주세요!!"

"조용히 하세요!"

윙--

윙---

그때, 봉달의 휴대전화가 울렸다. 누나였다.

* * *

문중대회에서 찍은 사진은 수십 장이었다. 처음 도착해서 멀끔한 얼굴로 찍은 단체 사진부터 다른 가문들이 껴주지 않아 오로지 헌 씨 멤버들끼리 먹고 마시며 한바탕 흥겨운 그들만의 세상, 누구 하나 질 것 같으면 천막에서 고래고래 소리를 지르는 모습, 트로피 앞에서 앙숙이던 총각과 자식이 어깨동무를 하고 엄지를 치켜드는 모습, 그리고 봉달이 신자와 아들 승철이를 양쪽에 끼고 환하게 웃는 모습까지. 그러다 다음 사진에서 소리의 손길이 멎었다. 함께 이인삼각 달리기를 하는 모습이었다. 아무것도 모르는 사람이 보면 부녀지간을 보일 수도 있겠단 생각이 들었다. 잘 생각해 보면 그때, 봉달은 키가 작은 소리에게 보폭을 맞춰주었던 것 같다. 이 사람이 내 아빠라면 어떨까? 하지만 얼른 고개를 절레절레 흔드는 소리. 말도 안 되는 상상을. 봉달은 사기꾼이었다. 어제 회의를 하고 근처 순댓국밥집에서 금함 삼촌이 그렇게 불렀다. 사기꾼이라고. 모두를 능멸하고 배신한 사기꾼. 그도 결국 자매를 버리고 나 몰라라 한 아빠와 똑

같은 부류의 사람인 건가?

"많이 기다렸지?"

저만치서 신자가 헐레벌떡 뛰어왔다. 작정한 모양인지 손바닥만 한 크로스백을 대각선으로 메고 편한 트레이닝복 차림에 운동화를 신은 채였다.

"가자."

함께 도착한 곳은 학문의 집 앞이었다. 아담하지만 근사한 전원주택 앞에 금함의 SUV 차량이 세워져 있고, 그 안에서 총각과 자식이 함께 내렸다. 초조한지 금함이 연신 구석에서 담배를 피워댔다. 이윽고 대문이 열렸다.

"들어와서 시원한 음료라도 한잔하고 가지 않고선. 꼭 이렇게 서둘러야겠나? 다들?"

질책하는 듯이 혀를 차며 학문이 나왔다. 그 뒤로 학문 처가 따라 나왔다. 고이 빗어 넘긴 백발에 린넨 원피스 차림을 한 단아한 노부인이었다. 피부는 하얗고 눈매엔 그윽한 미소가 담겨 있었다.

"안으로 모시고 싶었는데요."

"아니에요, 사모님. 다음에 꼭 들를게요." 신자가 말했다.

"그런데 꼭 보러 가야 합니까? 솔직히 내키지 않은데요?"

차에 올라타고 얼마쯤 지났을까? 운전석에 앉은 금함이 말했다.

"다들 같은 마음인가?"

학문이 묻자 공기는 썰렁했다. 서로 눈치만 보는 와중에 금함이 둘러대듯 이어 말했다.

"아주 내키지 않는다기보다는 그냥... 기분이 조금 그렇다는 겁니다. 이게 맞는 건가 싶고."

"핏줄이 뭔가? 다른 때는 몰라도 궁지에 몰렸을 때는 그래도 찾을 곳이 핏줄밖에 없지 않겠나? 나라고 왜 안 그러겠어? 헌 회장을 생각할수록 그저 분하고 괘씸할 따름이네."

"그런데 왜 찾아가는 겁니까? 그 사람은 우리를 배신했는데."

"한 번은 봐주자는 거야. 헌씨가 우리나라에 몇이나 되겠나? 지금껏 나타나지 않는 걸 보면 어쩌면 희귀 성씨 중에서도 가장 희귀한 게 우리 헌씨일지도 몰라. 과장을 더 보태자면 헌씨라고는 우리 여섯 명밖에 없을지도 모르지. 상당히 가까운 일가라고 볼 수 있어. 나중에 내칠 때 내치더라도 딱 한 번 봐줘서 손해 볼 것 없지 않겠나? 막말로 우리가 피해 본 것도 없고 말이야. 그리고 어찌 된 영문인지 사정도 들어 보고. 사람이 떠날 땐 다 말 못 할 사정이 있는 법이니까."

사람이 떠날 땐 다 말 못 할 사정이 있는 법이니까.

학문의 말에 귀를 묻으며 자식은 차창 밖으로 시선을 던졌다. 길가에 청단풍이 바람 한 점 없는 날씨에 파랗게 반짝였다. 아스팔트에서는 찌는 듯한 더위에 아지랑이가 갓 지은 밥의 김처럼 모락모락 피어올랐다. 꼭 이런 날씨에 자식은 태어났다고 했다. 대도시도 아닌 외곽 어딘가에서 그것도 병원도 아닌 보건소에서 갑자기 출산을 했다고 했다. 어린 엄마는 홀로 아이를 건사하는 법을 몰라 그 어린 핏덩이가 땀띠에 허덕여 울자 어쩔 줄 몰라 함께 따라 울었단다.

반년이란 짧다면 짧고 길다면 긴 그 시간을 함께했는데, 그해 겨울에 아기를 두고 떠나야 할 때 대체 어떤 사정이 있었던 걸까? 양말도 미처 신지 못한 채 오들오들 떨며 아기를 두고 황급히 도망친 것에는 어떤 사정이 있어야 가능한 걸까? 함께 한 시간은 반년도 채 되지 않았지만, 그 몇 달이 자식의 일생을 갉아먹고 있다는 생각을 떨치기 힘든데, 그 여자는 아주 잊었는가 보다. 떠날 때 말 못 할 사정이 있다는 학문의 말에 자식은 공감할 수 없었다.

* * *

"내 참 기가 막혀서. 얼마 전에 신고가 들어왔습니다."

"신고요??"

누나가 되물었다.

"예. 종친회를 사칭하는 곳 같다는 겁니다. 낮에는 종일 비우다가 저녁때나 몇 번 들른다는데, 거기에 수상한 사람들이 들락거린다고. 노인부터 미성년자, 거기다가 웬 조폭에 조선족까지."

"조선족이 아니라 탈북잡니다. 탈북자."

유치장에 갇힌 봉달이 창살을 부여잡으며 말을 가로채고 끼어들었다. 누나가 뭘 잘했냐고 눈을 부라리자 경찰이 겸연쩍게 쳐다보더니 이어서 말했다.

"요즘 신종 보이스피싱이 기승을 부리는 건 알고 계시죠? 아주 상담원까지 고용해서 노인들에게 전화를 돌린다는 겁니다. 족보에 올려준다고. 그리고 족보 구입비용으로 50만 원씩 뜯어내는 수법이죠."

"속는 사람이 있던가요?"

"있으니까 판을 치겠죠. 워낙 광범위해서 위에서 단속 강화하라는 지시가 떨어졌습니다. 그러던 중 동생분이 하는 종친회가 첫 번째 단속 대상이 된 겁니다. 추가조사가 필요해서 우선 긴급체포 형식으로..."

"단속 대상이라니! 이봐요, 경찰관님!"

봉달이 아까부터 쇠창살을 더 세게 흔들며 소리쳤다. 다른 경찰이 주의를 주려고 하자, 권 경감이 제지했다.

"열어주도록 해."

누나가 허리를 조아리며 연신 감사의 뜻을 밝혔다. 유치장에서 나온 봉달이 과한 몸짓으로 몸을 풀며 권 경감을 향해 눈을 부라리며 나왔다. 헌양품이라는 가짜 신분으로 의도적으로 접근해 경찰서로 끌고 오기까지 그간 권 경감에게 농락당한 것을 생각하면 도저히 분이 풀리지 않았다. 거기다 가짜 지폐로 유인하기까지. 무엇보다 눈앞에서 3억이란 돈이 신기루처럼 증발해 버린 건 그야말로 절망 그 자체였다.

경찰서에서 나오자 누나가 그의 등을 사정없이 내려쳤다.

"화상아!"

"아, 아프다고!"

"엄마 돈 가져간 걸로 모자라서 아주 별짓을 다 하는구나? 왜? 그

길로 도주하려고 했어? 해외로?"

"중국이 해외인가."

"미친놈."

"확실히 말해두지만, 나 죄 없어. 없다고. 아까 저 짭새 하는 말 들었지? 지들이 헛다리 짚었다잖아. 이것들 내가 가만 안 둘 거야."

"가만 안 두면? 말을 말자. 한동안 조용해서 정신 차리나 싶었더니만, 종친회인지 뭔지 일이나 벌리고."

"일 벌리긴 누가 벌린다고 해. 내가 총대 메고 설립한 거지."

"가면서 얘기해."

누나가 주차되어있는 차로 잡아끌며 말했다.

"어딜 가는데? 밥 좀 먹지? 나 배고픈데."

"엄마 병원! 오늘 수술 날짜인 것도 잊었어?"

* * *

누가 신고했을까? 건물 사람들? 대부분 관심이 없다. 가장 유력한 문중협회와 대회에서 맞닥뜨린 수많은 가문 중 하나, 어쩌면 그 전부일 수도 있다. 정작 대회에선 은상 트로피까지 받았고, 희귀 성씨지만 그만큼 특별한 일가가 아니겠냐며 끝물엔 모두에게서 환영한다는 덕담까지 들었다. 그래서 더 의심이 갔다. 듣도 보도 못한 희귀한 성씨들이 종친회랍시고 만들어 참가했을 때의 모습은 그들 눈에 오합지졸로 보였을 테니까. 보편적인 일관성도 없는 얼토당토않는 성격의 모임, 기본도 안 되어 있는 사기꾼 집단. 그것이 세상이 바라보는 헌씨 종친회에 대한 평가였다.

어느덧 병원에 도착했다. 막 도착한 수술실 전광판에는 그 어디에도 엄니를 찾아볼 수 없었다.

“심봉례 환자분 방금 회복실에서 막 올라가셨어요.”

봉달의 문제 때문에 병원에 늦게 도착한 것을 누나는 두고두고 원망했다. 비상구 계단을 이용해 서둘러 뛰어 올라간 병실. 문을 열자마자 봉달은 그대로 굳은 채 서 있을 수밖에 없었다.

“이제 오십니까. 헌.회.장.님.”

눈을 부릅뜬 금함이 어금니에 잔뜩 힘을 주고 말했다. 그 뒤로 신자의 싸늘한 얼굴이, 총각과 자식의 실망 어린 눈빛들이, 그리고 소리의 변명을 추궁하는 한숨이 봉달을 맞이했다.

“이제 왔나? 어서 오게.”

익숙한 목소리에 화들짝 놀라 뒤를 돌아보자 이번엔 복도에서 학문이 걸어오고 있었다. 목소리는 차분했지만 처음 만났을 때부터 줄곧 대수롭지 않게 여겼던 미소는 찾아볼 수 없었다. 하지만 그렇다고 노여워하는 빛조차 찾아볼 수 없자 그것이 더욱 두려움으로 다가왔다. 봉달이 멤버들의 얼굴을 번갈아 보더니 이내 고개를 푹 수그렸다. 곁눈을 보건대 다행히도 엄니는 잠든 상태였다.

“아무래도 나가서 얘기하는 게 편하겠지?” 학문이 말했다.

병원 옥상에 마련된 하늘정원. 구석 벤치에 멤버들이 둥글게 에워싸고 그 가운데에 독 안에 갇힌 쥐 마냥 봉달이 고개를 푹 수그리고 있었다. 분위기만으로도 신랄한 비난이 온몸으로 전해졌다. 금함이 먼저 물었다.

"어떻게 된 건지 설명이 필요하지 않겠습니까?"

"더는 속일 생각 말고 말씀해보세요, 회장님." 신자도 쏘아붙였다.

이상하게도 멤버들의 얼굴을 보자 두려움과 막연한 반가움이 마구 뒤섞인 기분이 들었다. 왔던 길로 도망쳐야 할지 아니면 인사부터 건네야 할지 도통 갈피를 잡지 못하는 어린아이의 얼굴을 하고선

"그게 말이야..."

"우리를 배신한 이유가 뭡니까?" 총각이 따져 물었다.

"다들 안 믿겠지만, 그러니까..."

'나도 당했어.'

하지만, 다시 봉달에게 당한 것은 멤버들이었다. 목 끝까지 그 말이 치밀어 오르다가 꾹 삼켰다. 스스로가 혐오스러웠다. 엄니 병실에 나타난 멤버들의 얼굴은 독촉하러 찾아오는 채무자가 아닌 사고치고 말썽을 피운 봉달을 꾸짖으러 온 '가족'의 얼굴이었으니까. 그것이 그토록 괴로운 형벌이라는 걸 몰랐다. 샐쭉한 얼굴로 간신히 입을 열었다.

"내가 미안하다..."

그리고 몸을 돌려 학문에게도 말했다.

"교수님, 죄송합니다. 모든 게 제 욕심 때문이었습니다."

끝내 실망이 학문의 얼굴에 번지는 것을 똑똑히 보았다.

23

전북 고창군 성송면 하고리.

밭 한쪽 구석에 놓인 컨테이너 농막에서 봉달이 나와 작업용 바지를 털었다. 흙먼지가 뽀얗게 흩날렸다. 내년 봄쯤에 군에서 실시할 건물철거 지원 사업에 신청하기까지 우선 밭에 널브러진 큰 돌덩이들은 자력으로 치우려는 심산이었다. 비용이 일부만 나오니 나머지는 자부담해야 하는데 지금으로선 최대한 한 푼이라도 아껴야 했다. 엄니가 이곳에 시집와 이날까지 살기를 어언 오십오 년, 살면 얼마나 살겠냐며 쭉 이렇게 봄이 오면 오는 대로 눈이 오면 오는 대로 살다가 죽거든 선산에 묻힌 아부지 옆으로 가겠다는게 당신의 마지막 희망 사항이었는데, 이젠 그마저도 틀렸다고 푸념했다. 봉달을 원망하지는 않았다. 다만, 며느리 밥보다 딸 밥 얻어먹는 것이 신간 편하겠다는 말뿐이었다.

"올해까지만 여서 살구, 돌아오는 봄엔 니 누난티 가 살란다."

야무지게 받아 챙겨놓고도 엄니는 차용증 이야기를 꺼내지 않았다. 아마 따로 보관하지도 않았을 것이다. 누나는 다신 안 볼 것처럼 봉달과 말을 섞지 않았지만, 엄니는 그렇게라도 봉달을 위로했다.

주택연금을 받을 수 있을 거란 선택지도, 정 힘에 겨우면 남에게 소작을 줘서 거기서 단 얼마라도 나오는 농작물을 받아먹으려는 선택지도 모두 사라지고 말았다. 그저

"정 빚을 못 갚겠으면 남은 논 팔아다 메꿔야지 워쩌겄냐. 어짜피 나 죽거던 그거 다 너줄라했씅게. 넘 맘쓰덜마라."

윙-

휴대전화 화면에 딸 민정이 찍혔다.

- 그래 민정아.

- 아빠, 아직도 할머니네 집이야?

- 그렇지.

- 언제 올 건데?

- 겨울까지는 지내다 가려고. 왜? 집에 무슨 일 있어?

- 아니. 아무 일도 없어. 그래서 더 이상해.

- 조용하고 좋지 뭘 그래.

- 거기서 일은? 뭐 하는 거 있어?

- 일주일에 세 번 정도. 면사무소에서 군내 일자리 사업 있어서...

아내가 시켜서 한 전화란 걸 모를 리 없었다. 옆에서 쿡쿡 찔러대며 수런거리는 소리가 딱 그랬다.

- 다음 주에 엄마랑 갈게.

- 뭐 하러. 그럴 필요 없어.

- 없기는. 할아버지 제사잖아.

고속버스에서 내린 처와 민정이 재료를 바리바리 싸 들고 온 건

그로부터 딱 일주일 후였다. 시골 마당 마루에 전구 하나 환히 비췄다. 깊은 밤 어디선가 빼꾹빼꾹 울음소리가 구슬프게 들려왔다. 대문과 방문을 모두 활짝 열어두었다. 돌아가신 분의 영혼이 수월하게 들어오실 수 있게. 꽂아둔 향에서 길고 곧게 연기가 피어오르는 가운데 봉달이 잔을 들고 봉달의 처가 정종 한 잔을 세 번에 나눠 따랐다. 봉달의 식구들과 누나, 이렇게 네 사람이 좁은 방 안에서 순서대로 절을 올리는 동안 엄니는 마루에 오도카니 앉아 말이 없었다. 돌아가신 아부지의 흉을 보지도, 이번 제사상에 얼마가 들었는지에 대한 푸념도 일절 하지 않았다. 왜인지 굽은 등으로 움츠려 있는 것 같았다. 망막에는 뭐가 맺혀있는지 알 수 없었다. 대동아 전쟁의 먼지바람인지, 시집 올 적의 요란한 꽹과리 소리, 징 소리인지.

그다음 나란히 놓은 수와 저를 돌아가신 분의 구미에 맞게 반찬에 올려두었다. 그렇게 다 드실 때까지 방구석마다 차지하고 앉아 모두들 다시 정적을 유지했다. 봉달은 무릎을 끌어안은 자세로 한껏 몸을 웅크리고 앉았다.

그때, 멍멍! 하고 개 짖는 소리가 크게 들려왔다. 그리고

"여그여. 여가 봉달이네여!"

개울가집 할머니의 그 특유의 소란스러운 목소리가 차츰 가까워졌다. 일제히 고개를 돌리자 대문 밖에서 말고삐를 잡아끄는 신명난 방자처럼 개울가집 할머니가 사람들을 우르르 끌고 오는 모습이 비쳤다.

"누구... 아...!"

조금씩 뚜렷해지는 윤곽에 봉달이 놀라 벌떡 일어섰다. 말쑥한 양복 차림을 한 학문과 금함, 총각, 자식, 그리고 마찬가지로 검은 반팔 블라우스에 정장 바지를 차려입은 낯선 모습의 신자가 마당에 떡하니 나타난 것이다.

"야, 봉달아. 느집 손님덜이란디 집을 영 못 찾구 헤매길래 나가 따라와 불었다."

시골마을에 어울리지도 않는 하얀 털복숭이의 외국견종도 주인을 따라 들어와 좋다고 꼬리를 흔들어댔다. 누나가 얼른 디딤돌 밑으로 내려가 짐 꾸러미를 대신 받아들었다. 서로 어찌어찌 아는 사이다- 하고 간략한 인사말이 오가는 풍경을 보며 봉달은 그대로 선 채 한 발자국도 뗄 수 없었다. 멤버들이 모두 밑에서 봉달만 주시하고 있자, 누나가 눈치껏 마루 위로 안내했다.

"어떻게 여길..."

절을 올린 멤버들이 차례로 그 좁은 방에 다닥다닥 붙어 앉자, 여전히 반쯤 얼이 빠진 얼굴로 봉달이 입을 열었다.

"자네 부인께 들었네."

"뭐 하러 이렇게 먼 길을 오셨습니까. 죄송하게..."

"그나저나 자당께선 어떠신가?"

학문이 엄니 쪽을 보며 물었다.

"많이 좋아지셨습니다. 덕분에."

마지막에 '덕분에'를 말할 때에는 차마 멤버들의 얼굴을 바로 볼 수 없어 외로 꺾은 채 피했다.

"밥 안 주실 거예요, 회장님?" 분위기를 환기할 생각인지 신자가 화제를 돌렸다.

"아, 줘야지. 당연히 줘야지."

봉달이 일어나기도 전에 부엌에서 이미 손님상을 차리는 소리가 경쾌하게 울렸다. 상 위에 육전이며 떡이며 잡채며 나르는 누나와 처. 신자가 가만있기 뭐한지 함께 나르자 서로 손사래를 치며 정다운 실랑이를 벌였다. 총각과 자식이 제사상을 치우는데 한몫 거들고, 학문은 정식으로 인사할 생각인지 봉달 모에게 다가가 지그시 두 손을 맞잡았다.

새로 상을 차리던 봉달이 가만 보니 간만에 사람 사는 집 같았다. 절간처럼 쓸쓸했던 집안이 한순간에 시끌벅적해지자 자기도 모르게 미소가 지어졌다. 밥상이 술상으로 이어지자 언제 그랬냐는 듯이 서로 객쩍은 소리도 자연스럽게 오갔다. 옆구리 쿡쿡 찔러가며 반응을 유도하는가 하면, 봉달도 은근히 헛기침하며 함께 어울렸다.

"참, 제가 말 안 했었나요? 연락이 왔어요."

자식이 모두를 향해 말했다.

"낳아준 생모에게서요. 이름 말이에요. 왜 이따위로 지었느냐고 따졌거든요. 어떻게 변명하나 들어보고 용서할지 말지 정하려고 했어요."

"뭐라는데?" 옆에 앉아있던 총각이 얼른 한 잔을 비우더니 물었다.

"아들을 버린 스스로에게 벌을 주고 싶었대요. 살면서 TV를 보든,

누군가의 이야기를 듣든, 책을 읽든, 어떤 생각을 하든 '자식'이라는 그 흔한 단어 앞에서 아들을 떠올리려고 일부러 이름을 자식으로 지었대요. 결혼을 약속했던 남자가 버리고 떠난 뒤에 스물두 살 어린 여자가 할 수 있는 게 없었다네요. 그 뒤로 죽기 살기로 돈을 벌었고, 뒤늦게 대학을 가고 또 취직을 하고... 그러다 때를 놓쳤대요."

"내 이런 말 하기 아니꼬와두 하는 수 없다. 다 변명이다. 부모가 새끼 찾는데 때가 어디 있간?" 총각이 툴툴댔다.

"그러게... 왜 이제야 만난 건지."

신자가 끼어들었다. "그래서?? 만났어?"

"네. 멋진 분이시더라고요. 생각보다 굉장히. 그분 말로는 회사를 세웠고 내 이니셜을 따서 지었대요. 언제고 그 회사를 나한테 주려고."

봉달은 그제야 새벽녘에 그녀가 건넨 명함을 떠올렸다. 제이앤에스 디자인. 그리고 자식은 이야기를 정리하듯 품에서 돈 봉투를 꺼내 들었다.

"이게 뭐냐? 왜 이걸..."

봉달이 물었다.

"그날 회장님이 저한테 이체했죠. 천만 원."

천만 원이라는 소리에 일제히 놀라 감탄사를 뱉었다. 특히 신자는 눈이 휘둥그레진 채 입을 다물 줄 몰랐고, 총각은 그게 북한 돈으로 얼마치인지 한산히더니 뒤늦게 놀라 손뼉을 쳤다.

"이걸로 새로 사무실 구해서 월세 내세요. 이 정도면 일 년 정도는 버틸 수 있잖아요."

그러자 예상과 달리 봉달의 얼굴이 천천히 험악하게 굳어갔다.

"네 어머니가 주신 거야. 네 몫이라고. 그러니까 넣어둬."

"그래요, 내 몫. 내가 행복해지고 싶어서 주는 거예요. 내 행복을 빼앗아 가지 말라는 말이에요. 생모가 날 버렸던 것처럼, 회장님도 종친회를 버렸잖아요!"

그러자 봉달이 자리에서 벌떡 일어났다.

"돌아가라. 그 돈 받을 수 없어."

그리고 단호하게 말했다.

"다들 잊었어? 난 어떤 형태로든 단합 같은 것엔 관심이 없었어. 내가 종친회를 세운 건 어디까지나 돈, 다 돈 때문이었다고. 막말로 우리 같은 노비 후손들한테 종친회가 가당키나 하냐? 우리만 북 치고 장구 치고 해봤자 세상은 개무시만 한다고. 그렇게 당하고도 몰라?"

모두가 평등한 단군의 자식일 수가 없었다. 그중에서도 적서의 구별이 있다는 것을 너무 뒤늦게 알아차렸다. 문중대회를 하던 날의 풍경과 공기는 시간이 지날수록 뼈저리게 다가왔다. 유서 깊은 가문의 자손들로서 상반된 부류와 자신들을 차별화하는 법을 그들은 결코 잊은 법이 없었던 것이다. 헌씨들을 어느 정도 상대해준 건 동등한 위치에서가 아니라 하등 집단에게 베푸는 자선에 불과했다는 것도 뒤늦게 깨달았다. 그 눈빛은 수 세기 넘게 대청 위에서 내려다봤음직한 어떤 오만함을 물려받은 게 틀림없었다.

"잘 들어. 사람은 태어나서 죽을 때까지 다 돈이야, 돈. 어느 시인의 말처럼 저세상 가서 이승이 소풍이었다고 말한다고? 어림 반 푼어치도 없는 소리! 그 소풍도 돈 없으면 못 가. 돈이 양반인 세상이야. 이깟 종친회 나부랭이가 아니라. 그러니까 종친회니 뭐니 그런 거에 괜한 힘 빼지 말고 다들 돌아가. 각자의 삶을 살라고. 여기까지 와 줘서 고마운데, 종친회는 더는 없어. 죄송합니다. 교수님. 먼 길 오셨는데..."

그동안 알고 지내던 봉달의 모습이 아니었다. 그 무지막지한 발언에 학문은 물론이고 모두 놀라 차마 뭐라 반박할 수조차 없을 만큼 싸늘했다. 멤버들 사이에서 모종의 눈짓이 오갔다. 애초의 계획이 틀어졌음을 확인하는 표정이었다.

* * *

아마 새벽부터 내린 비였을 것이다.

처마 밑으로 추적추적 떨어지는 빗소리에 뒤척이다가 잠에서 깨었을 땐 오전 11시. 이미 멤버들은 한 명도 빠짐없이 떠난 다음이었다. 갑자기 쿵! 하고 심장이 내려앉는 기분이 들었다. 정갈하게 개어 놓고 간 이부자리 하며, 어제의 떠들썩한 공기는 간데없이 사라지고 참을 수 없는 고요가 막막하게 다가왔다. 급한 마음에 마루를 돌아 작은 별채를 가도 마찬가지였다. 부엌에서 덜그럭거리며 설거지를 하는 누나는 아직도 서슬 퍼런 도끼눈을 하고 있어 차마 말을 붙이지 못했고, 아내에게 묻자 가만히 반으로 접은 종이를 건넸다.

"이게 뭐야?"

"그 어르신이 두고 가신 거야. 당신 일어나면 전해주래."

"교수님이?"

봉달은 눈을 비비고 앉아 종이를 펼쳤다. 밤새 자지 않고 썼을 장문의 편지였다.

헌 회장 보시게.

이 편지를 읽고 있을 때쯤이면 우리는 이미 서울로 올라가고 없을 테니, 말없이 갔다고 너무 서운해하지 않았으면 좋겠네. 자네도 우리가 가는 걸 보고 있자면 마음이 안 좋았을 거 아닌가.

처음 회원들을 이끌고 내려왔을 때에는 자네를 설득하려고 온 건 사실이야. 다시 종친회를 운영해보자고 말할 생각이었거든. 하지만 돌이켜 보건대 그건 나의 짧은 생각이었어. 생각을 달리 해보면 자네에게도 그럴만한 이유가 있었을 텐데 말이야. 얼마나 우리 보기 미안하고 무안했을지 생각을 못 했네. 우리를 배신했을 때에는 모든 걸 각오한 자네였을 텐데, 도리어 일이 어그러지고 우리가 용서한다고 불쑥 찾아오니 자네도 생각할 시간이 필요했을 거야. 아니, 어쩌면 도망치고 싶었을지도 모르지. 온전히 자네 혼자 이번 일을 되새기고 돌아볼 시간을 주지 못해 미안하네.

살아보니까 완전한 정답도 완벽한 사람도 없더라고. 자네만 그런

게 아니거든. 모두 한 가지씩, 어쩌면 더 많은 흠을 갖고 있는 사람들이야. 그런데 그런 것 모두 감싸 안아주는 게 가족이더라고. 가족이 뭔가? 유사한 DNA를 가진 사람들의 모임? 핏줄? 글쎄 내 생각은 다르네. 끈끈한 정을 기반으로 밉든 곱든 얼굴 맞대고 살면서 즐거우나 괴로우나 함께 하는 사람들 아니겠나? 사실 이 말은 나의 아버지가 하신 말씀이네. 아, 그러고 보니 다들 털어놓은 가정사를 이 늙은이만 뒤늦게 고백하는 셈이 되겠군.

교단에서 물러난 뒤의 삶은 참 무료했네. 연금과 무료 지하철 이용권, 건강보험의 혜택만 누릴 일만 남은 재미없는 노년의 삶을 살던 어느 날, 인터넷에서 종친회 회원 모집 글을 봤네. 기분이 묘했어. 날이 밝는 대로 바로 사무실을 찾았지만, 실은 나는 계단에서 몇 번을 주저했다네. 그리고 회원들과 하루하루 보내면서 더욱 그랬고. 사실 말이야. 나는 내 어머니가 누군지 잘 모르네. 경기도 지역에서 한량으로 소문난 우리 아버지가 정실부인에게서 딸만 내리 다섯을 낳자 날 밖에서 낳아 왔거든. 아들이라는 이유 하나로 다섯 명의 이복 누나를 제치고 나 홀로 대학을 나오고 유학을 다녀왔다네. 누님 세 분은 이미 돌아가셨고, 나머지 두 분은 미국과 일본에서 살고 있는데 어찌나 나에게 맺힌 게 많은지 다들 날 안 보려고 해. 다 내 잘못이지. 남아선호사상의 혜택을 누리면서 누님들을 외면한 건 씻을 수 없는 큰 죄야. 솔직히 조선시대에 살았다면 나는 첩의 자식 아니겠나? 서자, 아니 내 생모가 어느 작부라는 이야기도 있으니 그보다 못한 얼자라고 하는 게 정확하겠군. 과거시험도 못 봤겠지. 헌데 시대를 잘 만나서 아들이라는 이유로 많은 풍요를 누렸어. 어떤가? 이제 내가 달리 보이는가? 나에겐 이런 하자가 있네. 그러니 고작 사업 망했다고 기죽을 필요 없고, 한순간 돈에 혹해서 우리를 외면했다고 두고두고 자책할 필요 없네. 우리가 용서했지 않은가? 나도 누님들에게 용서받을 수 있다면 얼마나 좋을까 늘 후회하는데, 자네에겐 아직 기회가 있어.

이렇게 다 털어놓고 나니 참 속 시원하군.

시간이 약이야. 어느 순간 돌아보면 모든 게 덤덤하게 느껴진다네. 그때가 언제인지는 사람마다 다르지. 하지만 먼 후일 자네가 돌아봤을 때, 그래도 우리를 생각하면서 한 번쯤 미소를 지어줬으면 좋겠어. 그동안 즐거웠네. 어디서 뭘 하고 살든 자네 하는 일 잘 되기를 내 기도함세.

24

그로부터 일주일이 지났다.

다시 신자의 아파트 단지 내 필로티 층 밑으로 모인 멤버들. 막내인 소리가 헐레벌떡 뛰어와 검은 봉지를 내밀자 다 큰 어른들이 득달같이 달려들어 부산스럽게 뒤적였다. 비비빅, 메가톤, 바밤바 등.

"슬슬 회의를 시작해 보겠습니다."

말과 달리 입 안 가득 차가워 우물거리는 금함과 도통 들을 준비가 되어 있지 않은 멤버들. 지극히 자연스러운 분위기였다.

"그나저나 자식이는 어머님과 연락하며 지내기로 했나?"

학문이 물었다.

"네. 말은 그렇게 했는데, 막상 연락하기가 좀 그래요."

"시간이 약이야. 차츰 좋아질 테니 두고 봐."

신자가 아까부터 묻고 싶었던지 두 사람을 번갈아 보더니 조심스레 물었다.

"그런데, 자식아."

"네, 누나."

"저번에 들으니까 너희 어머니께서 회사를 물려준다고 하지 않았어? 그래서? 네 생각은 어떤데?”

“제 회사도 아닌걸요. 저랑은 상관없다고 생각해요.”

“왜? 주는 걸 왜 안 받아?”

그러자 신자의 얼굴에 실망한 기색이 역력하게 번졌다.

“자! 회의 본격적으로 시작하겠습니다.”

금함이 다시 손뼉을 치며 말했다.

“우리가 현재 시조도 몰라서 헤맨 지가 석 달쨉니다. 석 달째. 이제 죽이 되든 밥이 되든 뭐라도 해야 되지 않겠습니까? 제 생각엔 교수님 말씀대로 직접 발로 뛰어서 묘지를 찾아내는 게 좋을 것 같습니다.”

“좋습다. 체력이라면 자신있습다.” 총각도 무턱대고 맞장구부터 쳤다.

“그런데 교수님하고 소리가 빠지면 우리 넷 밖에 없다니까요? 맞지 소리야?”

그간의 사정을 어른들에게 들은 뒤라 소리도 섣불리 대답하기 곤란한지 입맛만 다셨다.

“아닐세. 나 아직 정정하네. 나도 함께하겠네.”

“그럼 저도 할게요. 해야죠, 뭐.”

학문까지 나서자 소리도 뒤이어 대답했다.

“모두들 각오 단단히 하게. 길고 지루한 작업이 될 거야. 예전처럼 사무실이 있는 것도 아니고, 더구나 인력이 많은 것도 아니니 우리끼리 조금씩 힘을 보태서 하는 수밖에.”

“그럼 언제 어디부터 가면 되죠?” 자식이 물었다.

“그러니까 그게...” 금함이 출력해온 A4용지를 뒤적이며 말했다.

“진주지 어디야.”

그때였다. 어디선가 익숙한 목소리에 멤버들의 시선이 허공에 부딪히더니 돌아본 쪽에는 봉달이 서 있었다. 평상시의 옷차림과 크게 다르지 않은, 시골 햇볕에 조금 검게 그을렸지만 여전한 모습으로 삐딱하게 서 있었다.

“회장님!”

다들 동시에 소리쳤다.

봉달은 자연스레 금함이 서 있는 쪽으로 성큼성큼 가더니 전해받은 서류 더미를 둘둘 말아 마치 지휘봉처럼 흔들었다.

“무조건 아무 무명 묘지나 찾아 돌아다니는 건 막노동이다. 해서, 먼저 경남도청을 기점으로 동쪽부터 살펴보는데, 이번 주는 금산면부터!”

“이번 주부터요??” 신자가 난색을 표했다. “남편이 시청 사람들하고 야유회 간다는데...”

“헌 실장 아직도 끌려다니는 거야? 뭐가 예쁘다고 남편 회사 야유회까지 따라다녀?”

그러면서 기둥 옆 튀어나온 부분에 한쪽 다리를 꼬고 앉았다.

“예뻐서 따라가는 게 아니라 승철이도 가니까 그렇죠.”

“그럼 아들만 보내면 되잖아. 설마 아빤데 제 자식 하나 못 보겠어? 어쨌든 그렇게 하는 걸로 하고, 구역별로 나누자고. 금산면 중에서도 가방리, 송백리, 속사리 이렇게 세 마을을 에워싸는 산이 있어."

"그럼 한 구역당 두 명씩이겠군." 학문이 말했다.

"맞습니다. 하지만 워낙 광활하기 때문에 모두 돌아본다는 건 불가능하죠. 그래서 교수님의 지인 찬스를 쓰자는 겁니다. 현재 관리되지 않는 무덤들의 리스트를 얻어 볼 순 있을까요?"

"묘지만 따로 관리하는 대장이 있긴 한데, 그것을 임의로 민간인이 열람할 순 없어. 엄연한 공무니까. 하지만, 허용되는 선에선 분묘기지권이 없는 묘지에 대한 조언을 해 줄 수 있다고도 했네. 그리고 하나 더."

"뭡니까?"

"내 오랜 지기 중에 금석학의 대가가 한 사람 있는데 이 일에 끼고 싶어 하더군."

"비석에 글자 읽어내는 거 아님까?"

총각이 알은체를 하며 끼어들었다.

"바로 알고 있군. 무덤의 비문이야 나 한 사람으로 족하지만, 그 친구가 이번처럼 문중의 시조를 찾는 일에 관심이 많아. 이처럼 영광스러운 일이 또 어디 있겠냐면서 말이야."

"저희야말로 영광이죠! 잘 됐습니다, 교수님! 그럼 이번 주말부터 프로젝트 시작할 거니까 다들 시간 비워두라고."

* * *

토요일 오전 7시. 얼핏 보면 산악회 모임을 연상케 하는 차림새로 하나둘 모여든 멤버들은 금함의 SUV 차량에 몸을 실었다. 거기엔 금석학자인 윤 박사도 함께였다. 다행히 길이 막히지 않아 경남도청까지 네 시간이면 충분했다. 출발할 때의 단합과 각오도 잠시 차에서 내리자마자 멤버들을 반긴 건 중천에 걸려 이글거리는 태양. 무연고묘를 들쑤시는 일인 만큼 극기 훈련 못지않은 육체노동이 될 거란 각오에 다들 만반의 준비를 했지만, 예상보다 너무 뜨거웠다. 나름의 철저한 계획을 세워두고 왔지만, 날씨부터 호락호락하지 않았다.

"10월 초인데 여긴 아직도 여름이네요. 세상에나 30도라뇨!"

신자가 스마트폰을 확인하더니 외쳤다. 봉달이 멤버들을 향해 말했다.

"자, 지금부터 두 명씩 한 조가 되어서 흩어질 겁니다. 여자끼리만 다니면 너무 위험할 테니 되도록 섞여서 출발할 겁니다. 헌 실장은 소리랑 금함이랑 한 조, 총각이는 자식이랑 한 조, 둘이 싸우지 말고. 그다음 교수님과 윤 박사님은 저랑 함께 움직이시죠."

그 다음 주의사항 몇 가지와 보고할 내용 등을 간단하게 정리한 멤버들은 각 조대로 나뉘어 흩어졌다. 봉달 일행은 학문의 군청 지적과 소속의 지인이 알려준 필지부터 우선 찾아다니기로 했다. 멀리서 보면 병풍처럼 아름답게 둘러싸인 풍광이 마을을 뒤로 하고 올라가자 분위기가 사뭇 달랐다. 푸른 녹음은 거뭇하게 사방을 에워쌌다. 세 사람의 흙을 밟는 소리가 유달리 크게 들렸다.

"시조를 찾은 다음에는 뭘 해야 하죠? 족보부터 제대로 만들어야겠죠? 중시조에 대한 연구도 계속해야 되겠고요."

앞서가던 봉달이 풀을 헤치며 말했다.

"자네 취임식도 해야 하지 않겠나?"

"취임식은요, 뭘. 몇 명 되지도 않는데."

"크고 작고가 중요한 게 아니지. 그래도 갖출 건 갖춰야지. 우리 헌씨의 유래와 내력을 밝힌 족보도 만들고, 파보도 만들고."

은연중에 학문은 단순한 뿌리 탐색이 아닌, 혹시 모를 '뒷이야기'에 대한 남다른 기대감을 품고 있는 것이 분명했다. 지인인 금석학 전문가까지 대동할 정도니, 이거 일이 너무 커진 거 아닌가 싶었지만, 지인인 윤 박사는 연신 이 모임에 끼게 된 것을 자랑스러워했다. 어떤 면에선 헌씨들보다 더 에너지가 넘쳐났다. 의외로 경상도는 태어나서 처음 와 봤다는 말을 믿지 않았는데, 선크림도 바르지 않고 모자도 없이 살짝 벗어진 머리를 훤히 드러내놓고 다니는 걸 보니 납득이 갔다.

"옛날부터 궁금했는데 말이죠, 교수님."

얼마나 걸었을까? 쉬어갈 겸, 봉달이 가던 걸음을 멈추고 숨을 골랐다. 그리고 어느 무덤을 가리키며 말했다.

"저 무덤 뒤로 길게 툭 튀어나온 건 뭡니까? 조상님들 런웨이도 아니고."

"용미." 윤 박사가 대답을 가로챘다. "봉분을 보호하기 위해서 일부러 언덕처럼 쌓아 만든 겁니다. 비가 오면 빗물이 봉분까지 안 가고 양옆으로 흐르게. 그래야 봉분이 훼손되지 않죠."

"웃자고 하는 소리니까 화들 내지 마세요. 실은 어렸을 때, 저기 그러니까 용미에 올라가서 뛰어놀던 적이 있어요. 아부지께 눈물이 쏙 빠지게 혼이 났거든요. 그래서 무덤만 보면 그때 생각이 종종 나더라고요."

"허허허. 헌 회장 말썽깨나 피웠구먼."

그때, 윤 박사가 앞질러 뛰어갔다. 그리고 주위를 살펴보더니 두 사람을 향해 오라는 손짓을 흔들었다.

"음. 버려진 무덤 같은데."

"그러네요. 비석도 없네요."

"우선 체크해두자고."

학문이 현 위치의 좌표를 찍어 저장한 뒤에, 봉토 주변의 사진도 함께 촬영했다.

"공동묘지에도 작은 비석 하나 정도는 있기 마련인데, 이분은 아무것도 없네요."

"전쟁 중에 돌아가셨나?" 학문이 고개를 갸웃했다.

"6·25전쟁이요?"

"응. 피난길에 죽으면 그럴 수도 있지."

"그래도 그렇지. 아무 표식도 없는 게 말이 되나요?"

"어린 자식이 죽으면 종종 그랬네. 젖도 못 뗀 아이가 죽으면 죽은 아이를 업고 다니는 것조차 버겁고 짐이 되어서 언제고 찾으러 오마- 하고 일단 묻어두는 거야. 표식이야 왜 안 했겠나. 했겠지. 헌데 세월 풍파에 다 허물어진 탓이겠지. 아, 물론 어디까지나 짐작이야."

"……"

"저기는 또 확연히 다르군!"

학문이 몸을 돌려 가리킨 쪽은 올라오던 쪽과 마주 보는 위치였는데, 두 사람의 무덤인지 크게 조성되어 있었다.

"이야, 사이즈가 웅장하네요. 왕릉은 아닐 테고… 옛날에 유명인의 무덤인가 본데요?"

"음. 명망 깊은 집안의 사람일 테지. 윤 박사가 보기엔 어떤가?"

"어디 보자… 좌향도 저만하면 훌륭하고…"

윤 박사는 숫자를 헤아리더니, 놀랐다는 듯이 눈을 크게 뜨는 시늉을 했다.

"벼슬깨나 한 양반인가 본데?"

"그걸 어떻게 아시죠? 박사님은 딱 보면 견적이 나오나 봅니다?"

봉달이 화들짝 놀라 물었다.

"대충 헤아려 보건대, 정3품이나 정4품쯤 했을 거요. 옛날에 양반이 죽으면 벼슬 품계에 따라 무덤을 중심으로 거리를 두죠. 사람 걸음으로 칠팔십 보 정도면 정3품 쯤 해 잡순 분인 것 같네요. 참고로 정1품은 백 보."

"한 마디로 크기가 클수록 한자리 했다고 봐야겠습니다? 대체 누가 묻힌 걸까요?"

"두 형제가 각각 부인과 같이 묻힌 것 같네요. 딱 봐도 무덤의 크기가 크니까요."

과연 그랬다. 무덤도 컸고, 무덤을 둘러싼 돌들도 반듯 정연했다. 윤 박사는 그것을 '사대석'이라고 일컬었다. 왕릉이나 왕족, 또는 옛 위인의 무덤에 보면 병풍처럼 둘러싸인 돌. 물론 신분과 품계에 따라 쓰이는 돌의 종류도 달랐다는 건 나중에 안 일이다. 근사한 전원주택에 들어가는 조경석 같기도 한 사대석은 무덤 주인의 위용을 죽어서도 지키려는 듯 호위무사처럼 에워싸고 있었다. 거기다가 그 주변으로 화려하게 심어진 꽃나무들까지. 문득 관리인 하나 없이 버려진 조금 전의 작은 무덤과 비교가 되자 서글픈 마음이 들었다. 이래서 묘지를 휴식 공원으로 조성하여 시민들에게 개방한 외국과는 정서가 확실히 다르다는 걸 실감했다. 프로젝트 시작한 지 두 시간도 안 되어 이렇듯 마음이 착잡해질 줄이야. 윤 박사의 말대로라면, 이 무덤에 묻힌 아이의 부모는 어찌 됐을까? 부모가 죽었다 하더라도 찾아올 형제들은 없었을까? 혹시 전쟁 때 모두 죽은 걸까? 그도 아니면 북한으로 간 걸까? 뒤에서 학문과 윤 박사가 그 거대한 묘가 풍수지리를 따졌을 때 얼마나 탁월한지에 대해 두런두런 이야기를 나누며 따라오는 동안 봉달은 씁쓸한 심사를 지울 길이 없었다.

* * *

오후. 시내 모처에 '오리백숙'식당.

반나절 만에 모인 멤버들의 검게 익은 얼굴엔 지친 기색이 역력했다. 예상했던 것처럼 성과는 없었다. 버려진 무덤에 대한 리스트를 가져오는 정도였는데, 총 아홉 곳 중 두 곳은 뒤늦게 연락을 받았다. 한 곳은 자손이 해외에 오랜 기간 머물고 있어서 관리가 소홀했고, 다른 한 곳은 곧 이장 계획이 있다는 것이다.

"그럼 일곱 군데를 알아냈단 거군."

말할 기운도 없는 봉달이 작게 중얼거렸다. 햇빛 가리개를 턱 밑으로 내리자 인중이 땀으로 번들거렸다.

"헌 실장 그 용하다는 아기동자한테 다시 다녀오든지 해 봐."

"저 천주교 신자라니까요?"

"범신론자라지 않았나?" 학문이 물을 마시려다 말고 물었다.

"지난주에 신부님한테 고해성사했어요. 다신 그런 데 안 가기로. 그런데 거긴 왜 찾으세요?"

"도저히 못 찾겠으니까 하는 소리야. 오죽 답답하면 이럴까. 에휴."

그러다 퍼뜩 뭐가 생각났는지,

"근데 그 부적이 참 이상하단 말씀이야."

"이상하다뇨? 용하다고 가보랄 땐 언제고."

"그게 아니라. 처음에 헌 실장이 뭐랬어? 부적 주의사항을 알려줬잖아. 흉몽을 꾼 자리에 붙여야지, 그렇지 않은 곳에 붙이면 도리어 화가 닥친다고."

"그랬죠." 신자가 새초롬하게 대답했다.

"그런데, 꿈은 계속 꿨단 말이야? 그럼 그게 흉몽이 아니란 건데."

"로또라도 하시게요?"

"아이참 그게 아니고. 흉몽도 아닌데다가 계속 화만 들이닥쳤잖아. 중간에 내가 나갔다가 들어오고, 경찰서 가고. 뭐, 그건 내가 평생 미안해야 될 일이긴 한데..."

"...?"

"꿈."

"꿈?"

봉달은 저만 알고 있는 꿈 이야기를 멤버들에게 장황하게 늘어놓았다.

"그래서 그 노인네가 말이야. 내가 말이라도 붙일성 싶으면 그냥 휙 가버리는 거야. 몇 번이고 꿈에서 같은 상황을 반복하더라고. 거기다가 리어카에는 뭘 그렇게 싣고 가는지 박스 네 개에 짚신이..."

"여덟 켤레."

"그래. 여덟 켤레."

그 순간에 약간의 정적과 묘한 공기가 순식간에 지나갔다. 봉달이 눈을 휘둥그레 뜨고 상 끄트머리에 앉아있는 소리에게 휙 시선을 던졌다. 병 사이다를 오프너로 따며 소리가 말했다.

"머리는 산발로 풀어 헤치고, 옷도 허름하고요. 되게 꾀죄죄해 보이는 할아버지 맞죠?"

뻑! 하고 뚜껑이 열렸다.

"그걸 네가 어떻게...?"

"저도 며칠 전부터 꿈을 꿨어요. 어떤 할아버지랑 여자애가 나타나선."

"여자애?"

"네. 여자애요. 저보다 어린."

"꿈이 다르네. 에이 난 또. 절묘하게 같을 뻔했어."

"하지만 상자 네 개랑 짚신 여덟 켤레는 딱 들어맞잖아요?"

"그건 그래. 그래서 꿈의 엔딩이 뭔데?"

"여자애는 울고, 나중에 할아버지 손잡고 어딘가로 가요."

"어디로?"

"몰라요. 항상 오른쪽으로 이렇게 꺾어 들어갔던 것 같아요." 소리가 손날을 오른쪽으로 향하면서 말했다. "두시 방향으로."

"두시 방향이라."

북동쪽이다!

봉달은 힐끔 벽에 걸린 시계를 확인했다. 시침은 오후 두 시를 향해 달리고 있었다.

사람은 종종 '암시'의 힘을 믿어야 할 때가 있다. 뜻하던 바를 이루기 위해 간절히 기원하는 마음이 일정 수준에 도달하면 어떤 '계시' 같은 것이 초자연적인 형태로 주변에 발현되곤 한다. 그것을 알아차리고 말고는 오롯이 그것을 받아들이는 자의 몫이다.

수레 위의 네 개의 궤짝, 여덟 켤레의 짚신은 뭘 의미할까? 네 시 방향? 여덟 시 방향? 아니면, 사십팔일? 사분의 팔? 혹시,

"사 점 팔 킬로미터?"

어느새 주문한 음식이 나와 허겁지겁 배를 채우는 동안 봉달은 구글맵으로 현재 지점에서 북동쪽 직선거리로 4.8킬로미터 떨어진

지점을 살폈다. 위성지도로 살펴보니 죽 이어진 야산이 펼쳐졌다. 부근은 행정구역상 속사리에 속했다.

“속사리는 아까 총각이랑 자식이가 가지 않았냐?” 봉달이 묻자, 둘은 동시에 눈을 마주치더니 변명하듯 늘어놓았다.

“샅샅이 뒤졌습다. 공군부대 있는 데만 빼고.”

“공군부대? 그런 게 있었어?”

“예. 민간인 출입 통제라고 했어요.” 자식이 바통을 이어 받아 대답했다.

* * *

군부대 인근 사거리로 진입하자 제일 먼저 왼편 옹벽 위에 설치된 대형 전투기 모형이 방문 차량을 반겼다.

정예전사 양성! 환영합니다.

“제길, 여기서 막힐 게 뭐람. 하는 수 없지. 돌아서 가자고.”

“내일 다시 오죠. 벌써 해가 졌는데요?”

봉달의 지시대로 핸들을 돌렸지만, 썩 내키지 않는지 금함이 말했다.

“아니야. 쇠뿔도 단김에 빼랬다고, 지금이 아니면 안 돼.”

“들어갈 수 있는 통로도 없을 텐데요. 군부대가 좀 삼엄합니까.”

“그래요, 회장님. 우리 이러다 법에 걸리는 거 아닌가 모르겠어요.”

신자도 불안한지 만류하고 나섰다.

"윤 박사님과 교수님도 같은 생각이세요?"

봉달이 동의를 구하듯 묻자, 학문이 한 치의 망설임 없이 대답했다.

"아니. 쭉 가세. 회장의 지시를 따라야지."

멤버들은 군부대를 벗어난 부근에 등산로가 있음을 확인, 그쪽으로 우회하여 입산하기로 결정하였다.

"설마하니 등산로에 무덤이 있을까요?"

"등산로로 들어가기 전에 굴다리가 하나 있다는데요?"

스마트폰을 들여다보던 소리가 말했다. 봉달이 스마트폰을 건네받았다. SNS에 10대들이 올린 게시물인데, 군 작전지역이라 민간인 출입이 통제되어 그 이상은 들어가지 못했다. 인적이 드문 데다 음습하다 보니 불량 청소년들의 아지트로 제격인 셈. 간혹 굴다리를 지나 정비되지 않은 야산을 오르는 일이 많았는지 나름의 길목까지 터 있었다. 그로부터 멀지 않은 곳에 영업하지 않는 흑염소 농원과 식당이 있었기 때문에 설령 걸린다 하더라도 길을 잘못 들었다고 둘러대면 될 일이었다.

소리가 태연하게 말했다.

"아마 감시카메라는 없을 거예요."

"그렇게 생각하는 이유는?"

"애들은 감시 카메라 있는 데선 절대 삥 안 뜯거든요."

"역시... 너도 써먹을 때가 있긴 있구나."

도착했을 때 해는 뉘엿뉘엿 저물고 사방엔 어둠이 조금씩 내리고 있었다. 시골이다 보니 불빛을 켜지 않으면 안 됐다. 되도록 들키지 않게 허공이 아닌 바닥을 향해 비추도록 지시한 봉달이 앞장섰다.

"근데, 아저씨. 개꿈일 수도 있잖아요."

아까부터 하고 싶던 말인지 소리가 작게 속닥였다.

"개꿈치고 너무 들어맞잖아. 이번에 성과가 나오면 넌 하늘이 내린 복덩이 헌씨다."

"치."

그럼에도 내심 기분이 좋은 소리가 조금씩 무거워지는 눈꺼풀에 힘을 주며 야무지게 뒤따랐다. 이윽고 양쪽으로 도열한 소나무 전경이 펼쳐지면서 정돈된 바닥 위에 버려진 시설물들이 눈에 띄었다. 오래도록 방치된 군 훈련 시설물로 보였다.

까악- 그러다 까마귀 소리에 소스라치게 놀라 뒤엉켜 넘어진 일행.

"어머 윤 박사님 괜찮으세요?"

신자와 금함이 양쪽에서 일으켜 부축이며 일으켜 세웠다. 발목을 삐끗했는지 절뚝였지만,

"괜찮아요. 어서 갑시다."

허공에는 전봇대 전선 위로 일곱 마리의 까마귀들이 일행을 감시하듯 내려다보고 있었다. 이따금 망가져 뜯겨 있는 철책들을 지나자 다시 잡초가 무자비하게 뒤엉킨 풀숲이 나왔다. 여기서부터 어떻게 가지, 하고 주변을 찬찬히 돌아보는 봉달. 뒤에서는 멤버들이 어

찌어찌하여 허리까지 오는 풀을 헤치고 오고 있었다. 거기다 다리를 절뚝이는 윤 박사와 못지않게 걸음이 힘겨워 보이는 학문까지. 엉뚱한 데로 잘못 들어선 건 아닌가 싶은 조바심이 일었다. 봉달이 전진을 멈추고 서자, 어느새 멤버들이 한자리에 모였다.

"얼마나 남았나?" 학문이 물었다.

"다 왔습니다. 삼백 미터 반 남았습니다. 괜찮으세요, 교수님? 박사님은요?"

두 노인이 대답 대신 손을 흔들었다. 괜찮을 리가 있나. 봉달이 숨을 정돈하며 지도 앱을 확인했다. 빨갛게 표시된 지점에서 더 올라가야 했다. 시간은 저녁 여섯 시 사십 분.

"어? 저게 뭐지?"

막 출발하려던 그때 신자가 놀랍다는 듯이 소리쳤다. 목소리가 꽤 컸는데, 대단한 것을 발견해서 그렇다기보다 본인도 모르게 크게 터져 나온 것 같았다. 사방에 듣는 사람도 없을 산중이라 다행이었다.

"왜 그래? 헌 실장?"

"저거 밭인데요?"

일제히 신자가 가리킨 쪽으로 몸을 돌렸다.

"밭? 어디?"

"저기요. 어머 저거 참깨밭인데? 누가 여기까지 와서 농사를 짓지?"

"어쩐지 깻잎 냄새 났어요!" 소리가 반가운 목소리로 대꾸했다.

그뿐 아니었다. 그 옆으론 고추와 배추까지 크지 않은 공간을 나누어 오밀조밀 심겨 있었다.

"음. 보아하니 관리가 된 것 같은데 그렇다면 사유지란 말인가?"

이 근처에 사람이 살고 있다고? 이렇게 척박하고 음산한 곳에? 봉달이 의구심을 떨치기 힘들 때, 이번엔 윤 박사가 외쳤다.

"절개지다! 절개지!"

윤 박사가 불빛을 비춘 곳은 황토색 흙이 벌거벗은 몸처럼 멤버들 앞에 펼쳐졌다. 그게 뭔지 몰라 다들 멀뚱히 쳐다보고 있자, 윤 박사가 첨언했다.

"여기 사람이 오가는 곳 같은데?? 보아하니 개간 사업을 하려는 것 같은데."

"야 이거 빨리 찾아야지 되갔습다? 만약 맞다문 조상 묘를 공사꾼들이 파헤치게 되는 거 아입니까?"

총각이 봉달 옆으로 붙더니 다급하게 말했다.

"그래. 듣고 보니 그러네. 어서 가보자고."

* * *

스마트폰 나침반 앱을 실행시켜 방위를 재던 봉달이 같은 말을 또 반복했다.

"여기 어디쯤인데..."

주변은 잡풀로 무성했다. 봄에 누군가 캐다 만 칡뿌리가 여전히 반쯤은 땅에 묻힌 채 널브러져 있어 걸려 넘어지기도 했다. 아무리 돌아봐도 무덤처럼 보이는 것은 찾아볼 수 없었다.

"오죽 답답했으면 이렇게까지 해서 와봤겠습니까마는 정작 아무것도 없으니까 허탈하네요."

도착지점을 중심으로 멀리까지 둘러보던 금함이 말했다. 하기야 꿈 하나로 여기까지 오기엔 무리가 있었다. 멋대로 해석하고 끼워 맞춘 것도 없지 않아 있었고.

"버려진 무덤이 오래됐다면 필시 우리가 생각하는 것과는 다를 겁니다."

윤 박사가 말했다. 단순히 위로하려고 하는 소리가 아니라는 걸 증명해 보이듯이 차근차근 짚었다.

"우선 최소 백 년 이상 된 무덤이라는 거, 두 번째는 그렇다면 한국전쟁을 거치면서 무덤의 양상을 잃어버렸을 확률, 세 번째는 그로 말미암아 산짐승들이 파헤쳤을 가능성도 다분하죠. 게다가 장마철에 떠내려갔을 확률도 있고. 물론 헌 회장님의 가설대로 이즈음에 무덤이 있다는 전제하에 드리는 말씀이에요. 찾기 어려운 게 당연하단 얘깁니다."

무의미하게 불빛만 비추던 멤버들의 얼굴에 노곤함이 밀려왔다. 어느덧 시간은 밤 여덟 시 이십 분. 멤버들은 말없이 앉아서 미지의 과거를 헤맸다.

학문은 연신 무릎을 주무르며 버티고 버티다가 뒤늦게 수술을 받으려 했지만, 나이가 너무 많아 인공관절을 심지 못했더라는 사설을 늘어놓았다. 그리고 뭐가 떠올랐는지

"음. 가만 생각해보면, 한 가지 놓친 게 있어."

새벽차를 타고 한나절 산만 누비다가 백숙집에서 딱 한 끼 때운 것이 전부인 멤버들이었다. 배고픔과 졸음에 지쳐 누구도 학문의 말에 궁금해하지도 않았다. 그저 불빛을 보고 모여든 모기떼를 물리치는 데만 정신이 팔렸다. 학문이 다시 말을 이었다.

"왜 우리는 헌씨가 차씨 족보를 훔쳤다고만 생각했지? 어째서 그 밖에 경우의 수는 전혀 생각하지 못했을까?"

"다른 이유가 뭐가 있겠습니까. 괜한 기대하지 마세요." 궁금해서라기보다 되지도 않는 소리 말라는 식으로 봉달이 일축해버렸다. 학문이 아랑곳 않고 이어서 말했다.

"참 신기하지 않나? 우리 모두 조부모 대까지만 알 뿐이지, 그 윗대의 존재에 대해선 아무도 몰라. 이름도 사는 곳도 직업까지도 말일세. 누구도 알려고 하지 않았고, 어른들도 알려주지 않았지. 어쩌면 백 년, 이백 년 전에 무슨 일이 있긴 있었던 것 같네."

"……"

"예전부터 궁금했네. 헌씨에 대한 족보의 유무는 둘째치더라도, 역사 속에서 어떤 존재로든 나와야 하거든? 노비든 역적이든 선비든 간에. 그런데 일절 없었던 말씀이야. 마치 아예 이 세상에 존재하지 않는 것처럼. 그러다 헌씨의 기록이 세상에 불쑥 튀어나온 게 언젠가? 바로 헌 할머니야. 그분이 진주 강씨 댁으로 시집을 가면서 준호구에 그 집 며느리로 적혔지. 그게 바로 헌씨가 세상에 모습을 드러낸 최초였단 말이야."

"계속 말씀해 보십시오." 봉달이 재촉했다.

"그 말은 즉, 헌 할머니가 살던 시대 그 이전에는 아예 헌씨가 없었다는 이야기가 될지도 몰라."

"헌씨가 아예 없었다는 게 말이 됩니까? 그럼 그 할머니는 어떻게 태어났고요? 또 우린 어떻게 태어났겠어요?"

듣다 듣다 참지 못하겠던지 신자가 신경질적으로 말했다.

"뭐가 이렇게 복잡해요? 그전에 무슨 사달이라도 났다는 거예요? 이를테면 전쟁?"

"옳거니! 전쟁 가능성도 배제할 수 없지. 전쟁 중에 자료가 소멸됐을 수도 있으니까. 그 시대와 가깝게는 병자호란과 정묘호란이 있네만..."

"중국 놈들이 쳐들어온 것 맞죠?" 총각이 자신 있게 외쳤다.

"맞네. 하지만 아직 확실한 건 아니야."

신자가 두 손을 맞잡으며 이야기에 빠져들 때쯤에, 소리가 비명을 질렀다. 찢어질 듯한 날카로운 파장에 나무에 앉아있던 새들이 일순 푸드덕하고 날아가 버렸다.

"왜 그래? 무슨 일이야?"

"저, 저것 좀 보세요."

파르르 떨리는 손가락으로 가리킨 쪽에는 컴컴한 나무들 사이였다. 아무것도 보이지 않았다. 다시 눈을 크게 뜨고 시야를 확보해 보려 했지만 마찬가지였다. 그때, 신자가 뭘 봤는지 호들갑을 떨었다.

"어머! 어머!"

이것이 아까부터 있었던가 싶을 만큼 모두 놀랄 수밖에 없었다. 눈 앞에 펼쳐진 것은 빨간색, 노란색, 흰색 등 오색의 긴 천들로 칭칭 휘감긴 당산나무 한 그루였다. 우묵한 존재감을 발하며 자리했는데, 그중 어떤 천 자락은 산중 바람에 살랑살랑 나부끼기도 했다. 묘하기도 하고, 무섭기도 하고, 또 신비롭기도 한 광경 앞에 다들 한동안 말이 없었다. 그러다 윤 박사가 성큼성큼 걸어가더니 나무 주위를 불빛을 비춰가며 살폈다.

"오래된 나무 같네요."

"오래됐다고요?" 봉달이 물었다.

"네. 천들이 바래요. 재질도 해질 대로 해졌고. 찢기거나 구멍도 났군요."

당산나무. 오래전부터 내려온 토속신앙의 일환으로 조상들은 줄곧 그것이 마을의 수호신 역할을 한다고 믿어왔다. 마을의 길과 흉을 당산나무에게 빌거나 혹은 점치기도 했다. 하지만, 그러기엔 너무나 으슥하고 외딴곳에 자리하고 있다는 느낌을 지울 수 없었다. 사람이 오간 흔적이 없었다.

"혹시 여기 주변에서 제사를 지내진 않았을까요?" 신자가 윤 박사에게 의심의 눈초리로 물었다.

"그럴 수 있죠. 당산나무니까. 무당들이 와서 굿을 했을 테죠."

"세상에."

"너무 이질감 느낄 거 없어요. 이건 우리나라 고유의 토속신앙이니까."

'굿을 했다라...'

과연 그 밑으론 신줏돌처럼 보이는 돌탑들이 세월의 풍파에 일부분 허문 채로 있었고, 군데군데 동아줄도 끊긴 채 방치되었다.

봉달은 어떤 확신에서인지 주변을 다시 샅샅이 살피기 시작했다. 아까보다 더 적극적으로 아예 막대기로 잡풀을 헤쳐가면서.

"긴데 말임다. 꿈에서 할아바지와 애 하나가 나왔다지 않았습까?" 총각이 의아하다는 듯이 물었다.

"그래. 근데 애가 나온 건 소리만 꾼 거야. 내 꿈에선 노인네만 나왔고."

"기캄 어른이 아니라 애 무덤이 나올 수도 있단거 아임까?"

순간, 다들 거기까지 생각 못 했다는 눈으로 얼굴에서 얼굴로 시선이 옮겨졌다.

"그러고 보니 저 아까 좀 튀어나온 부분을 봤어요." 소리가 말했다. 그리고 조용히 학문이 앉아있는 자리를 가리켰다. "저기요."

그 말에 얼굴이 파랗게 질린 학문이 부리나케 자리에서 일어나자 기다렸다는 듯이 금함이 낫을 들고 달려갔다. 그리고 길게 아무렇게나 뻗은 잡풀을 한 손에 휘어잡고 서걱서걱 베어 버렸다. 소리의 말대로 어느 정도 봉긋하게 올라온 부분이 확인됐다. 그러나 이것을 봉분이라고 하기엔 석물도 없을뿐더러 너무나 평범한 모양새였다. 이번엔 운동화 코로 그 주변을 헤쳤다. 어느 정도 파이자 발끝에 딱딱한 돌덩이가 닿았다. 불빛을 비춘 상태에서 손으로 꺼내 들었다. 흔히 아는 돌이 아니었다. 기다란 돌 두 개를 짚으로 엮어 묶은 모양

이었다. 그것은

"십자가...?"

마치 밀레의 그림 '만종'처럼 작은 무덤을 둘러싸고 멤버들이 머리를 모았다.

"아무리 애라도 남의 무덤인데 파는 건 좀 그렇다..." 신자가 썩 내키지 않는 목소리로 말했다.

"음. 그렇지. 고인에 대한 크나큰 결례지."

학문까지 동조하자 다시 난관에 부딪혔다. 어디로 보나 버려진, 아니 잊혔을 지도 모를 아이의 무덤이 분명했다. 관리인도 없어 보였다. 행인들도 무덤인지도 모르고 밟고 지나갈 만큼 도드라지지도 않았다.

"그런데 설령 파 본다고 뭐가 나올까요? 딱 봐도... 그냥 지나가시죠?"

금함이 두 손으로 무덤을 재고 따지듯 이리저리 돌려 보며 말했다. 그의 말도 일리가 있다고 봉달은 생각했다. 비석도 없는데, 숨겨진 왕릉이나 이집트 왕가의 계곡도 아니고, 파본다고 뭐가 나올 것 같지 않았다. 하지만, 꿈자리에서 본 '4'와 '8'의 조합대로 4.8킬로미터 떨어진 위치, 게다가 소리가 발견한 작은 무덤, 어린 여자아이. 단서가 될 만한 키워드들이 머리를 떠나지 않았다.

"한 가지... 방법이 있긴 하죠."

줄곧 침묵을 고수하던 윤 박사가 천천히 입을 열었다. 어쩌면 처음부터 방법을 알고 있었던 눈치였다.

"뭡니까? 그게?" 봉달이 물었다.

"보다시피 묘지기가 있을 리 만무하죠. 그렇다고 우리 손으로 판다는 건 불가능해요."

"뭐, 그렇죠. 거기다 기껏 팠는데 우리 조상의 무덤이 아니면 그만한 낭패도 없으니까."

"폼페이 유적지가 왜 계속 관광 명소로 건재한 줄 아세요?"

윤 박사가 모두를 돌아보며 이어서 물었다.

"어째서 경주가 여전히 수학여행지로 선정될까요? 바로 계속 뭐가 발굴되기 때문이죠. 지금도 현재 진행 중이에요. 건물을 짓다가도, 아파트를 짓다가도 뭐가 계속 나오죠."

"근데 여긴 그냥 야산에 불과하잖습니까?"

봉달이 맥 빠진 소리로 말했다.

"이보시오, 박사님. 알아듣기 쉽게 말씀해보십시오. 시간도 늦었는데."

금함도 짜증 섞인 목소리로 받아쳤다.

"우리가 아닌 남의 손을 빌리는 겁니다."

"박사님도 참. 누가 우리 대신 파주겠어요? 나 같으면 돈 준대도 싫을 것 같은데요? 내 조상이 아닌 한 팔 이유도 없고요." 신자도 심드렁하게 말했다.

윤 박사가 여유만만한 웃음을 지으며 말했다.

"팔 이유가 없다면 그 이유를 우리가 만들어 주면 되죠."

그러면서 윤 박사는 일행이 올라온 지점을 내려다보았다.

25

아홉 시 뉴스. 우크라이나를 향한 러시아의 침공이 종식되었다는 뉴스가 끝나자 이윽고 경상도 모처의 발굴 현장 화면으로 전환됐다. 먼지를 뒤집어쓴 인부들 사이로 진주시청 직원과 문화재청 연구원들의 모습도 함께 보였다.

네. 저는 지금 경남 진주시 금산면의 한 발굴 현장에 나와 있습니다. 현재 이곳의 온도는 31도를 웃돌고 있는데요. 뜨겁게 내리쬐는 뙤약볕 아래 조선 후기의 생활상의 실마리를 엿 볼 수 있는 항아리 조각이 출토되었습니다. 본래 택지개발이 예정이었던 이곳에서 항아리 조각이 출토된 것은 어제 오후인 수요일...

그 멘트와 함께 카메라 앵글은 한쪽에 마련된 테이블 위로 향했다. 하얀 천으로 덮인 테이블 위에 일정한 간격으로 놓인 조각들. 흙투성이의 조각이 확대되자 신자가 외쳤다.

"어머! 저건!"

"그래. 우리가 사서 묻어놓은 거잖아. 낄낄."

하며, 봉달은 얼마 전에 구입한 도자기에 대해 으스대며 설명했다. 도예 공모전에서도 더러 수상한 바 있는 어느 도예가의 백자를 십 이만 원이라는 거금을 주고 구입하여 망치로 부순 뒤, 그중 몇 조각을 절개지였던 땅에 묻어둔 것이다. 그로부터 오십 미터 떨어진 곳에는 봉달이 고향집에서 가져온 오십 년 넘은 절구 공이를 묻어놨는데, 아직 거기까지는 손을 닿지 않은 모양이었다.

"어때? 저렇게 보니까 그럴싸하지 않아?"

"이렇게 화면으로 보니까 좀 반갑긴 하다. 헤헤. 근데, 저게 무슨 조선백자예요. 이천 휴게소에서 산 건데. 우리가 너무 엄한 사람들 고생시킨 건 아닌지 모르겠어요."

"고생은 뭐가 고생이야? 우리가 부순 조각 말고도 다른 것도 나왔다잖아. 우리가 그 짓을 안 했더라면, 하마터면 세상에 빛을 못 봤을 것들이라고."

"그렇긴 한데..."

135cm 정도의 어린 아이의 인골이 발굴된 지점입니다.

"그렇지!"

마치 축구 결승전에서 골을 넣은 것처럼 모두 자리에서 일어나 주먹을 쥐었다. 135cm의 아이라면 시대를 감안하더라도 어린아이가 분명했다. 그리고 여기서 조금 더 영묘함을 바란다면 소리가 꿈에서 본 여자아이일 확률이 높았다. 성별이나 사인 등에 관한 자세한 것은 추후 정밀 분석을 통해 이루어질 것이라는 멘트가 이어졌다.

이에 진주대학 고고사학과 박정민 교수는 이번 발굴조사에서 확보한 성과를 토대로 하계 학술대회를 개최할 예정이라고 밝혔습니다.

"학, 학술대회까지요? 우리 이러다 들키는 거 아니겠죠?"

"이거 일이 너무 커지는 거 아임까?"

자식이 당혹스럽다는 듯이 말하자 총각도 덩달아 덜컥 겁이 났다. 그와 달리 이미 뜻했던 바를 얻어낸 봉달은 고지를 선점한 산악인처럼 여유 만만한 웃음을 흘렸다. 그리고 느긋하게 바지를 걷어 올리더니 휴대용 저주파 패드를 무릎에 부착하며 말했다.

"설마하니 우리 때문에 하겠냐? 저 사람들이 어떤 사람들인데. 다 전문가들이라고, 전문가. 자기들 눈에도 보통이 아니다 싶으니까 뭐라도 하는 거겠지. 별걸 다 가지고 쫄고 있어. 사내새끼들이."

이번 조사에서 특이할 만한 점은 따로 있었습니다. 바로 어린아이의 인골이 발굴된 지점으로부터 25m 떨어진 위치에서 인골 4구가 추가 발굴된 것인데요. 사망나이는 15세에서 30세로 추정되며, 다수의 고문 흔적이 발견되었습니다. 진주문화연구소의 임윤재 소장은 인골 간의 유사관계를 추가 조사하겠다고 밝혔으며, 이곳이 한국전쟁의 격전지였다는 당초의 예상을 벗어나 분석 결과에 따라 이들의 생존시기가 보다 더 앞당겨질 수 있음을

시사했습니다.

다음 뉴스로 전환될 동안 일동 얼음처럼 굳은 채 좀처럼 움직일 줄 몰랐다. 충격의 침묵이 멤버들을 에워쌌다.

"저게... 지금 무슨 소리야? 인골 네 구가 더 나왔다니?"

윙--

그때, 학문의 휴대전화가 울렸다. 윤 박사에게 걸려 온 전화였다.

- 음. 날세. 윤 박사.

- 헌 교수, 방금 뉴스 봤나?

- 음. 그런데 사람 뼈가 네 구나 더 나왔다는데. 이게 어찌 된 일이지? 우린 애초에 그 작은 무덤의 주인만 알고자 했을 뿐인데 말이야.

- 그러게 말이야. 공동묘지일 리는 없고...

- 음. 혹시 선산이었지 않았을까?

- 이 사람아. 선산이었으면 어떻게든 후손들이 관리를 한 흔적이 있거나, 비석이라도 있었겠지.

- 그렇긴 한데...

- 어디까지나 내 생각인데, 헌 교수.

- 말해보게.

- 어쩌면 저게... 투장은 아니었을까?

- 투장?

- 그래. 쉽게 말해서 암장, 도둑 장사를 지내는 것 말이야. 남의 무덤에. 그러니까, 저 네 구의 시신들은 남의 눈을 피해 저기에 묻혔어야 하는 사정이

있었지 않나 하는 거야.

- 도대체 누가? 누가 저들을 저기에 묻었단 말인가?

* * *

뉴스가 방영되고 바로 다음 날, 멤버들은 다시 진주로 향했다.

학생 신분인 소리와 '지금 만나러 갑니다' 녹화 일정으로 총각이 불참한 가운데 멤버들은 저마다 추리를 펼치며 조금씩 퍼즐을 맞춰가기 시작했다.

"그런데, 이거 너무 김칫국 마시는 거 아닙니까?" 금함이 말했다.

"김칫국이라니?"

"지금 발견된 유골들이 우리 헌씨랑 상관이 있는지 없는지 밝혀지지도 않았잖습니까? 그게 가장 중요한 건데요."

"금함이 말도 일리가 있네. 더는 지체할 수 없지. 우리의 목표는 저 유골이 우리 헌씨 조상이냐 아니냐를 따지는 거니까."

수 시간을 달려 도착한 곳은 발굴이 한창이었다.

"관계자 외 출입 금지입니다."

목에 명찰을 맨 젊은 청년 두 사람이 입구를 가로막았다. 그 너머에는 멸균 복장을 한 여러 작업자들이 솔질로 뭔가를 털어내며 조심스레 쟁반 위에 올려 담는 모습이 포착됐다. 그 주변으로는 용역을 썼는지 작업복이 같은 일꾼들이 나무를 골라 토막을 내고 들것에 실어 가는 광경이 펼쳐졌다.

“저기요!!”

봉달이 이때다 하고 손을 흔들며 소리쳤다. ‘금산면 유해 발굴 사업’이라는 현수막이 걸려 있는 천막 캠프 앞을 오가는 관계자들을 향한 것이었다. 그중 한 두 사람이 이쪽을 힐끔 봤지만, 그걸로 끝이었다. 그쪽의 사정도 부산스럽게 돌아가고 있었기 때문이다.

“이봐요, 젊은 사람.”

학문이 안 되겠는지 손수건으로 목덜미를 닦으며 명찰을 맨 청년 중 한 사람에게 다가갔다.

“안 된다고요. 들어가실 수 없어요.”

스태프는 짜증스럽게 내뱉었다.

“여기 고고사학과 박정민 교수라고 있지?”

“그런데요?”

정확한 소속과 직책을 걸고넘어지자 신경이 쓰인 모양인지, 학문을 바라보는 눈빛이 조금이나마 달라졌다.

“가서 전하게. 나 한국대학교 동양사학과 현학문 교수야. 현.학.문. 가서 그렇게만 전해만 주게. 확인할 게 있어서 왔다고.”

잠시 후, 박정민 교수라는 사람으로 보이는 남자가 그 청년과 함께 모습을 드러냈다. 역시 만만찮은 노인이라는 처음의 평가가 정확했다. 봉달이 경이로운 눈빛으로 박 교수와 학문이 대화를 주고받는 장면을 지켜봤다.

“이분이십니까?”하고 박 교수가 봉달을 가리켜 물었다. 학문이 고개를 끄덕였고, 두 사람은 박 교수를 따라 안으로 들어갈 수 있었다.

"교수님하고 들어갔다 올 테니, 차에서 기다려."

덜컥 앞에서 막힌 금함과 자식, 신자가 입맛만 다시며 차로 돌아가고 두 사람은 박 교수를 따라 안에 마련된 작은 천막으로 들어갔다. 그가 노트북과 서류 더미 속에서 바쁜 팀원들을 가리키며 말했다.

"이쪽에서 별도로 유전자 감식 작업이 진행 중입니다. 정주... 헌씨라고 했던가요?"

"진주 헌씨."

봉달과 학문이 동시에 말했다.

"아, 진주 헌씨. 우선 발굴된 유골들에 대해 간략하게 설명해드리겠습니다. 제일 먼저 신장 135cm쯤 되어 보이는 어린아이의 유골이 나왔고요. 그 다음 뉴스를 보셔서 아시겠지만 네 구의 유골이 더 나왔습니다. 전원 성인이고요."

"성별은...?"

"전부 남자입니다."

"가족 단위입니까?"

"네. 감식 결과 그렇게 보고 있습니다."

봉달과 학문이 의미심장한 눈빛을 주고받았다.

"다만 한 가지 특이한 점은요. 겉보기엔 그냥 매장되어 관리가 소홀한 것처럼 보였지만, 정작 그 속의 관만큼은 치밀했다는 거죠. 마치 계획적이었다고나 할까..."

"음. 계획적이라면?"

"우선 관이 일반 목관이 아니었습니다. 회격, 그러니까 그게 뭐냐면 석회와 숯가루, 또 황토 등을 섞어서 만든 거거든요. 이게 외부로부터 차단력이 우수해요. 습도나 벌레도 침범을 못 하죠. 어쨌거나 여러 유골 중 한 구를 감싼 염포를 해체해 봤는데요."

박 교수는 잠시 두 사람을 번갈아 보더니 다시 조심스레 말했다.

"미라화되었습니다."

"미라!"

이번에도 역시 봉달과 학문이 동시에 놀라 소리쳤다.

"네. 머리카락이나 피부 탄력 등 보존 상태가 우수하고요. 전체적으로 깨끗한 상태였습니다."

총각의 말대로 이거 일이 상당히 커졌다고 봉달은 생각했다.

"고인들의 신상을 알아낼 만한 것도 나왔소?"

학문이 물었다. 가장 중요한 질문이었다.

"물론입니다. 그런데 유골들이 이쪽 지역에 오랫동안 세거해온 종중의 것으로 밝혀졌습니다. 아쉽게도 진주 헌씨는 아니고요."

순간 바람 빠진 풍선마냥 모든 에너지가 쭉 빠진 두 사람에게 박 교수가 대수롭지 않게 말했다.

"그런 관계로 저희 쪽에서 연구에 도움을 드릴 만한 거라곤 부장품을 보여드리는 것밖엔 없겠네요. 그 시대의 복식사나 식문화 등을 알아보는데, 어느 정도 도움이 되실 겁니다. 이쪽으로 따라오시죠."

어차피 진주 헌씨의 것도 아니라는데, 봐서 뭐 하겠느냐고 봉달이 만류했지만, 학문이 막무가내였다. 하는 수 없이 안내에 따라 이동한 곳은 처음 절개지가 펼쳐져 있던 부근이었다. 거기엔 또 다른 캠프가 있었는데 '출토물 보관소'라는 표식이 걸려 있었다. 봉달과 학문은 상주하고 있던 학예연구사의 관리하에 부장품을 눈으로 확인할 수 있었다.

"이건 뭡니까?"

학문이 두툼한 책자를 가리키며 물었다.

"족보의 일부입니다."

학예연구사가 대답했다.

"족보라... 좀 봐도 되겠소?"

"아뇨. 지류는 훼손 우려가 있어서 그건 불가능합니다. 다른 출토물을 보시죠."

아쉬운 마음을 뒤로 하고 시선을 옮겼다. 이번엔 뭐라 뭐라 음각으로 새긴 커다란 목판이었다. 빨래판보다 조금 더 큰 크기였는데, 그것이 성인 유골 중 한 곳에서 나왔다고 했다.

"뭐라고 쓰였습니까? 교수님?"

멀찍이 서서 뒷짐을 지고 봉달이 물었다. 이미 얼굴엔 불만이 가득했다. 결국 이런 결과를 듣자고 일주일 전부터 그 개고생을 했나 싶은 자괴감과 함께 진주 현씨와 무관한 유골들이라는 점이 서운하다 못해 허망하기까지 했다. 그런 봉달의 눈에는 어느 때보다 열심인 학문의 태도가 썩 달갑지만은 않은 것이었다.

"글쎄... 어디 보자..."

학문은 부드러운 솔로 목판을 문질러 한 자 한 자 확인했다.

"음. 고인의 집안 내력이로군. 좀 자세히 볼 수 있겠소? 음. 고맙소."

학예연구사의 허락을 받자 학문은 아예 의자를 끌어다 앉더니 품에서 돋보기안경을 야무지게 장착했다. 그리고 작게 읽어 내려갔다. 부 누구, 조부 누구, 증조부 누구... 어느 가문의 몇 대손이고, 고인에 대해서는 자와 휘, 생몰년, 그리고 행적과 생전에 역임했던 관직명 등이 적혀 있었다. 재질만 나무다 뿐이지 내용으로 보자면 족보내용과 다름없었다. 조사는 싱겁게 끝났다. 뒤에서 봉달이 가자고 성화하는 데다 남의 집안 내력을 더 캐봤자 뭐하랴 싶어 고개를 끄덕이며 돋보기안경을 벗으려던 그때. 학문의 머릿속에 섬광처럼 스친 어떤 무언가가 있었다. 다시 안경을 쓰고 목판을 뚫어져라 보더니 이번엔 미간을 찌푸리며 무언가 떠올리려 애를 썼다.

"왜 그러세요, 교수님?"

여전히 무미건조한 태도로 봉달이 물었다.

"아...! 어, 어떻게 이런 일이...!"

* * *

"이것 좀 보게. 예전에 내가 가져온 진주 강씨의 준호구야. 여기 부인이 헌 할머니라고 쓰여 있지. 기억나나?"

차로 돌아온 두 사람. 학문이 스마트폰에 저장된 사진을 보이자 멤버들이 모두 고개를 끄덕였다.

진주강씨 갑회의 처 헌씨 신해년생 본 진주

부 재표

조 직환

증조 주황

"이번엔 이걸 보게."

학문이 이번엔 다른 사진을 보였다. 조금 전에 출토물 보관소에서 남몰래 찍어온 것이었다.

진주차씨 재표 무진년생 본 진주

부 직환 기유년생

조 주황 기축년생

"목판에 새겨진 내용일세. 헌 할머니의 아버지, 할아버지, 증조할아버지가 여기 목판에서는 고스란히 차씨로 성만 바뀐 채 남아 있어."

"예전에 총각이랑 자식이가 진주에 내려갔다 왔을 때에도 같은 이야길 한 적 있죠. 성만 빼고 다 똑같다고." 금함이 받아쳤다.

"그래, 맞네. 그땐 우연의 일치라고 생각했는데..."

"지금도 우연 아닐까요?"

봉달이 미덥지 못한 눈으로 물었다.

"헌 회장. 그리고 자네들. 내 말 잘 듣게. 어쩌면 우리가 미스터리를 푼 셈이 될 수 있어. 잘 들어봐. 꿈에서 궤짝 네 개와 짚신 여덟 결레를 봤다고 했지? 자 그 숫자를 조합해서 자네는 4.8킬로미터 떨어진 지점에서 작은 무덤을 찾았어. 그리고 거기에선 소리가 꿈에서 본 여자아이의 유골이 실제로 나왔고. 그래 여기까진 우연의 일치라고 할 수 있어."

"계속 말씀해 보시죠."

"그다음, 시신 네 구가 나왔어."

"네. 생각보다 너무 많이 나왔죠. 한두 구도 아니고."

"그게 뭘 의미하겠나?"

"......"

"답답한 사람 같으니. 자네 꿈에서는 짚신 여덟 켤레, 그리고 발굴 현장에서는 시신 네 구. 사람 수가 딱 들어맞잖나!"

"아니 그럼 그 수레가 상여라도 된단 말입니까? 이거 너무 소름 끼치는데요?"

"충분히 그럴 수 있지. 그리고 목판에서 발견된 헌 할머니의 조상들이 모두 차씨로 바뀌었어. 지금부터 그 이유를 설명해 주겠네."

학문은 수첩에 진주 차씨를 크게 한자로 써 보였다.

"자, 어떤가?"

한자에 문외한인 멤버들인지라 도대체 어디가 석연찮은 부분인지 통 모르는 눈치였다.

"본관이 진주라는 것 빼곤 대체 뭐가..."

車 (수레 차)

학문은 의미심장한 웃음을 짓더니 그 '수레 차' 글자 오른쪽 옆에 '방패 간(干)' 자를 넣었다. 그러자 익숙한 한자가 완성됐다.

軒 (집 헌)

"아직도 모르겠나? 헌씨가 차씨의 족보를 훔친 게 아니라, 헌씨가 본래 차씨에서 파생된 성씨라는 것일세!"

26

한 달 뒤.

SBC 예능프로그램 '꼬리에 꼬리를 잡는 이야기' 촬영팀이 경남 진주시 금산면에 도착한 시각은 오후 한 시 반이었다. 스태프들이 장비를 설치하고 피디가 대본을 체크하는 동안 소식을 듣고 온 마을 사람들로 어느새 경로당 주변은 가득 찼다.

인터뷰 대상은 마을에서 6대째 살아왔다는 노인 J씨였다. 올해 여든 셋이지만 쌀 한 가마는 우습게 든다며 뜬금없이 카메라 앞에서 노익장을 과시하자 곤란해하는 제작진과 달리 마을 사람들은 신이 나서 손뼉을 쳤다.

"할아버지. 방송 중간에 들어갈 중요한 장면이에요."

"예에. 들은 대로 본대로 말하라캤는데? 아인교?"

"맞습니다. 그렇게 말씀하시면 됩니다. 저희가 잘 편집해서 방송에 내보낼게요."

"반말해도 되지예?"

"편하실 대로 하세요."

어린 스태프가 와서 노인의 옷깃에 마이크를 달자 좌우는 술렁였다. 촬영이 시작됐다.

내도 돌아가신 우리 할아부지한테 들은기다.

엔날에 일본놈들 들오기 헐씬전에 일이그등. 그때 쭝국서 신부들이 왔다 안하나? 맻집걸러 하나씩은 천주를 믿었다카대? 근데 그때가 어떤 시대고? 잉금이 이거 아이겠나?(엄지를 치켜들며) 근데 거 종교선 머라카드나? 하느님을 믿으라카제? 하모 거선 하느님이 제일인기다. 으디 그뿐이겄나. 내말곤 암도 믿지말라카고 마 사람도 왕후장상에 씨가없다카고 그래 씨부리고 댕기는데 잉금이 보기에 을매나 눈이 뒤집히겄나? 갤국엔 난리가 난기다. 고종 아배가 누꼬? 흥선대언군 맞제? 그양반이 마 천주학쟁이들은 마 싹 잡아뿔라고 소리소리지른게로 조선 방방곡곡 곡소리가 말도 아니었다카드라. 우리 할아부지도 그때 일곱 살 먹었을대라켔다. 육모방망이를 들고 마 다 끌고 가는데 앞뒤사정 봐주긋나? 기래 싹다 죽은기다. 모가지 뿐질러 죽고, 사지 찢개가 죽고, 살점 하나하나 베아가 죽고, 맞아죽고, 목매달아 죽고, 귀향가다 사약먹고 죽고, 가스나는 얼굴 쫌 반반하다시프모 어디 첩으로 가고 마 아주 풍비박산도 그런 풍비박산이 읎는기라.

근데 말이데이- (눈을 번뜩인다) 거 말에 차 진사라고 있었데이. 어디가선 내세우도 못해도 시골선 그래도 글깨나 외던 양반이었나보제? 그 양반이 아들 넷에 딸이 하나 있었그등. 아들들은 다 장성했는데 아부질 닮아 머리가 죄 비상한기라. 이미 생원에 진사까지 합격들 했으니 을매나 가문의 경사겠노? 근데 버슬 빋어가 팔자를 꼬나 이 말이다. 나중에본게로 싹다 천주학쟁이었다카대. 큰놈 작은놈은 감옥서 매 맞아 죽고, 거 손자덜은 어리다케서 머심으로 팔려가고, 셋째랑 막내아들도 다 죽었다카데. 아! 셋째가 장갤 들던 즈음인데 각시가 뱃속에 애를 뱄다 안하나? 그 뒤론 모른다. 애를 떼붓는지 어쨌는지. 재가했다고만 들었다. 하모 해야제. 여자혼자 먼수로 먹고 사는데?

그라고 막내애. 가가 딸인데 차 진사가 나이 사십이 헐씬 넘어서 본 딸이그등. 그라니 을매나 으야동동 했겠노. 근데 난리가 날것같은게로 승이고 이름이고 싹 갈아가 딱 시집을 보내뿟다. 출가외인이다케서 화를 피할라칸거제. 근데 해필이모 시집서 그 꼴을 안보더라 이 말이데이. 친정에 아부지 옴마 다 죽고, 오래비덜 다 죽고나니 으디 사정 봐주겠나? 데려올땐 마 양반집 아씨다케서 그래 좋아죽드이만 판이 바뀌니께로 온종일 맬시 맬시 그런 맬시가 없었다카대. 나중엔 눈 퍼얼퍼얼 오는 음동설한에 그 으린거슬 맨몸으로 쫓아냈다 안하나? 즈그집에까지 화가 미칠까비 두려웠던기지. 신랑이라꼬 하나 있는데 가도 나 어린 얼란데 머스매가 알모 을매나 알겠나? 그란게야가 어무이 지가 잘못했심더. 함붐만 봐주심 안되겠능교, 허고 문앞에서 꼼짝안코 싹싹 빌어도 소용없는기다! 갤국엔 어쩌긋나? 구걸하고 살아야제. 그래도 지 나고 자란 고향인지라 정은 들었는갑지 떠나도 안코 마을만 비잉비잉 돌았다 카드라. 그카다 해만 저물모 산에 가서 훌쩍훌쩍 운다 켔데이. 동니 머심들이 나무하라가다 오도카니 얼라 혼자 울고있는기 보모 윽수로 안쓰러와 마 눈뜨곤 못볼 지경이라대. 말이라도 붙여보모 즈 아부지 옴마 다 죽고 읎는데도 은제고 지 데릴러올끼라고 철썩같이 믿더라. 그카다 지도 서러버가 눈물 뚜욱뚜욱 흘리는데 하이고마 말만 들어도 가심이 쓰리다 안하나? 그때 열살 열한 살밖에 더묵었겠나? 오래비들이라도 살아있어가 딱 버티고 있음 좀 존나? 싹 죽어뿔고 잆는데. 들리는 소문엔 마 충격받아가 머리가 어케 됐다도 카고. 그 으린 것이 비실비실대모 마 병들다 난중엔 굴머 죽었다카대 거 너럭바우 앉아서 말이데이. 반가 규수로 나서 죽을땐 그래 갔으니 을매나 팔자가 사납노.

근데 그집 손덜이 다 죽은기로 아들 넷을 묘를 제대로 모한기라. 해줄 사람도 엄꼬. 그카다 난중에 머심으로 팔려가가 살아남은 손주 맻이 와가 남몰래 밤에 묘를 썼다카대. 와? 지어내는 야기 같나? 내 거짓말 안한데이. 쪼우에 산에 가모 방송국에서 사람들 나와 카메라로 마 안 찍나? 그기다 그기. 우리 할아버지가 그라는데 그집 손덜이 대언군이 무서버가 다아 성을 갈았다 안하나? 차씨가 밸로 없어가 붙잡히모 안되이께로 헌씨로 바꼈다 들었다. 헌씨. 죽은 즈 고모도 헌씨로 갈아가 시집갔으니께로. 차암... 난중에 들은게로 그집 후손덜이 멫은 육요때 북으로 넘어가고 또 맻은 여서 살다 죽었다카드라. 내사 거까지밖에 모른데이. 암턴간에 갤론은 차씨랑 헌씨랑은 혼사맺음 안 된다 이말이데이. 즐대 안 된데이.

이 인터뷰는 <천주학쟁이를 잡아라 - 1866 그날의 비명>이라는 타이틀로 12월 25일 성탄특집으로 방영되었다.

* * *

신의 한 수는 이례적으로 두 번 발현되었다. 첫째는 택지개발을 앞두고 있던 절개지를 이용하여 발굴을 이끌어낸 윤 박사의 묘수였고, 다른 하나는 북한에서 온 총각이 돌아가신 아버지의 유언대로 줄줄 외우고 있던 고조부의 이름과 박해 당시 차 진사댁 셋째 며느리의 뱃속에 있던 아이의 이름과 생몰년까지 모두 일치한다는 사실이었다.

유골들과 함께 발견된 목판과 마주한 건 모세의 십계명이 적힌 목판 만큼이나 경이로운 조우였다고 신자가 두 손을 모으며 몇 번이고 강조했다.

찌는 듯한 한여름에 만난 멤버들이 어느덧 세 번째 계절을 함께 보내고 있었다. 언제 왔는지도 모를 만큼 성큼 다가온 겨울이지만, 이장 작업이 한창인 현장에 나온 멤버들은 추운 줄을 몰랐다.

“헌 실장, 뭐해? 절 안 하고?”

“저도...요?”

“헌 실장은 헌씨 자손 아니야?”

신자가 쭈뼛대자 다들 어서 하라며 등을 밀었다. 맨 마지막으로 절을 하는 동안 엄숙한 분위기가 흘렀다. 그렇게 간단하게 산신제를 올린 뒤에 중장비가 투입됐다. 묘소의 위치는 차씨 종친회에서 자신들의 선산을 제공하겠다고 했지만, 긴 논의 끝에 전라북도 고창군으로 묘를 쓰기로 했다.

포크레인이 한창 땅을 파고 있을 때, 저만치서 반짝반짝 광이 나는 까만 차가 미끄러지듯 다가오고 있었다. 이윽고 기사를 대동한 헌정치가 모습을 드러냈다.

“이거 늦어서 미안하네.”

"형님은 참 걸핏하면 늦으니 문제요."

봉달이 저번 경찰서에서 연락했을 때에도 전화를 받지 않은 악감정이 남아 있는지 가시 돋친 목소리로 말했다.

"뒤끝은. 몇 번씩 미안하다고 했잖아. 나도 헌양품이가 실은 경찰이었는 줄 몰랐다고. 아이고 안녕하십니까? 국회의원 헌정치입니다."

그러면서 장비 인부들과 악수를 나누는 정치. 선거철에 자주 보던 모습이다.

땅을 모두 파자 인부들이 흙에 석회 가루를 한 포대 뿌려 버무렸다.

"저건 뭐지?"

"생석회입니다." 정치의 물음에 학문이 대신 대답했다.

"생석회요?"

"저걸 뿌려야 해충방역도 되고 도굴도 방지하죠. 오페르트 도굴사건도 모르십니까? 흥선대원군의 아버지인 남연군의 묘를 오페르트란 놈이 파헤치던 사건 말입니다. 천인공노할 짓이었죠. 근데 그때 석회가 어찌나 짱짱하던지 결국 몇 시간 만에 뜻을 이루지 못하고 후퇴하고 말았다는 이야기가 전해집니다. 석회가 바로 그런 겁니다."

"이제야 내 뿌리를 알게 되다니 참... 우리 4대조 5대조 할아버지께서 서런 일을 겪으셨다는 게 믿어지지 않습니다."

"음. 나도 전국에 헌씨들이 적은 이유를 이제야 알 것 같습니다.

차 진사 댁 아드님들께서 모두 돌아가시고 살아남은 몇몇 자식들이 헌씨 성으로 둔갑하여 겨우 명맥을 유지해왔으니 적을 수밖에요."

비로소 차 진사댁 아들 네 명의 묘소가 일렬로 마련되었다. 천주교 박해 당시 죽임을 당했을 때 모두 젊은 나이인데다 이렇다 할 벼슬살이를 하지 못했지만, 생원시에 합격한 점과 차씨 족보에 그들의 자와 휘가 실려 있어 그것으로 그들을 진주 헌씨의 중시조로 삼기로 하였다. 물론 이는 2차 정기총회에서 결정한 내용들로 멤버들 전원이 대찬성을 했다.

이장을 성공리에 마친 뒤에 멤버들은 모두 봉달의 고향집으로 모였다. 솥뚜껑에 끊어온 삼겹살 두 근을 올리고 각종 술과 음료수를 내오니 그야말로 마을잔치였다. 오랜만에 집안이 사람들로 북적이자 엄니도 기분이 좋은지 명이나물과 상추쌈을 계속해서 내왔다. 마루 밑 갑돌이는 뭐라도 얻어먹을까 주변을 어슬렁대고, 마루 한 귀퉁이에서 개울가집 할머니를 비롯한 노인들이 이쪽을 흐뭇하게 보고 있었다.

"정말 신기해 죽겠다니까요? 꿈속에 그 궤짝 네 개가 네 분의 아드님들이고, 짚신 여덟 개는 그분들 신발! 그리고 소리 꿈에 나온 여자아이가 그 댁 막내딸이라니. 이제와 보니 전부 딱 들어맞는 거 있죠!" 신자가 말했다.

"여자아이라니? 말조심해. 할머니야 할머니. 헌 할머니." 학문이 손을 내저으며 말했다.

"알았어요. 할머니. 꿈속에서 여자아이, 아니 헌 할머니의 손을 잡고 수레를 끌던 노인은 그럼…"

"차 진사 할아버지였던 거지. 자기 대에서 집안이 요절날 줄 누가 알았겠나."

"요절은요. 교수님이야말로 무슨 말씀을 그렇게 하세요. 헌씨로 부활한 거죠. 부.활."

"음. 헌 실장 말이 맞네. 부활이구먼."

총각이 북에서 인기라는 비둘기 노래를 열창하는 동안 어른들이 승철이에게 용돈을 몇 푼씩 쥐여줬다. 어린애한테 무슨 그런 돈을 주냐면서도 깔깔 웃어젖히던 신자가 뒤에서 몰래 돈을 보관해주겠다며 승철이를 회유하는 풍경. 보는 것만으로도 미소가 번졌다.

"헌 회장. 우리도 장학회를 만들어야지 않겠나?" 학문이 넌지시 말했다.

"해야죠. 몇 되지 않지만, 그래도 우리도 할 건 다 해야죠. 돈은 걱정 마십시오. 딸랑 한 명 줄 건데, 큰돈이야 나가겠습니까?"

그 말에 모두들 약속이라도 하듯 소리에게 시선을 옮겼다.

"저 대학 안 갈 거예요."

"북에서도 가는 대학을 왜 안가니?" 총각이 따지듯 물었다.

"가봤자 회사원밖에 안 되잖아요. 그냥 유튜버나… 그런 거 할래요. 그게 더 빠르겠어요."

"뭐가 빨라?" 질책하듯 봉달이 물었다.

"돈 버는 거요. 저 돈 빨리 벌어야 해서요. 아빠 오면 세 식구가 더 넓은 데서도 살아야 하고, 동생 대학도 보내야 하고요. 동생은 가겠대요, 대학."

"가. 무조건."

"무조건이 어디 있어요. 이유가 있어야 가지."

"살면서 뭘 하려고 할 때마다 학벌이 네 발목을 붙잡을 거야. 그게 억울해서라도 가야지. 졸업장은 기본으로 필요한 거니까. 막말로 전공대로 사는 사람이 몇이나 있겠냐. 그러니까 잔소리 말고 시키는 대로 해."

그렇게 말하고, 맥주를 마시려다 말고 다시 말하기를

"부족하면 한 학기가 아니라 일 년 장학금으로 줄 수 있으니까. 걱정 말고. 대신 나머지는 네가 벌어서 가야 해. 요즘 아르바이트 널렸으니까. 정 없으면 종친회 사무실에라도 나와서 청소라도 하든가. 최저시급은 줄 수 있어."

"우리 사무실 이제 없잖아요?"

그러자 이번엔 모두 봉달의 대답을 기다리는 눈치였다. 잠깐 돈에 눈이 멀어서 급하게 처분하고 도망치듯 뛰쳐나온 사무실. 멋대로 둥지를 버리는 바람에 멤버들이 뙤약볕 밑에 모여 고군분투했다는 이야기는 두고두고 마음에 돌덩이처럼 자리했다.

"거기보단 좁지만, 저렴하고 쓸 만한 곳이 있어. 그건 차차 이야기하기로 하고 자, 다 같이 건배나 하죠!"

잔이 어지러이 부딪치며 또 한 순배 돌았다. 이번엔 자식이 고개를 갸웃하며 물었다.

"그런데, 신자 누나. 예전에 신자 누나네 할머니 할아버지가 노비라고 하지 않았어요?"

"음. 그래. 나도 그 이야기를 들었네." 학문이 이어서 말했다. "아마 차 진사댁 아들들이 모두 몰살되고, 그 손자 대에서 신분이 나락으로 떨어진 것과 궤를 같이하지 않을까 싶은데? 헌 회장 집에서 발견된 그 공명첩도 그렇고. 안 그런가, 헌 회장?"

잊고 있었다. 그렇지. 공명첩. 시기로 보면 차 진사댁에 화가 들이닥치고 대략 한 세대가 지나 손자 중 누군가가 공명첩을 사들였다면 이야기가 맞아떨어졌다.

"그러네요. 그럼 남은 건 차 진사의 네 아드님들의 후손 계대를 잡고, 제대로 시향을 봉행하는 일만 남았네요."

"음. 당당하게 대동보도 편찬할 수 있게 됐어. 우리가 차씨에서 파생된 성씨이니 그쪽 족보를 참고하면 될 일이고. 무엇보다 시조 묘역에도 조만간 방문하자고."

"물론 시조 할아버지의 성은."

"차씨지. 그건 변함없는 사실이니 받아들여야 하네. 다만 우리는 이왕 이렇게 된 거 우린 헌씨로서의 삶을 살면 되네."

생각난 김에 공명첩을 가지러 방에 들어간 봉달.

문갑에서 1997년도에 발간된 오래된 전국 전화번호부를 꺼내자 어떤 종이가 흘러나왔다. 아무 노트나 죽 찢은 듯한 종이에 위에는 '헌삼동 부주'라고 삐뚤삐뚤 쓰여 있었다. 아버지의 장례식 날 조문 온 사람들의 명단이었다.

여러 이름들이 나열되어 있었다. 누구 얼마, 누구 얼마, 개울가집 성님 얼마... 대부분 5만 원, 10만 원, 아버지의 오랜 지인들은 20만 원, 금고 이사장으로 있는 신권이 형이 50만 원을 냈다. 그리고 제일 많이 낸 금액은 100만 원이었다.

'이렇게 큰돈을? 누구지?'

"난중에 본게로, 느 아부지 죽고 부주한 사람덜 누군고 하고 보니, 그 얼라가 다녀 갔드라. 성공했는지 돈도 젤루 두둑허게 허고 갔어. 백만 원. 하이고 고거시 피 한 방울 안 섞였어두 즈한테 헌씨 성을 준 은혜는 안 잊구 왔는갑더라. 짠한 것. 워쩌고 사는가 모르겄네. 만나믄 기냥 따순 밥이나 해줄란디. 개성댁이 연탄불 피워놓구 죽지만 않았어두 눈칫밥은 안먹구 컸을턴디. 느가부지가 가 데려올쩍만혀두 밖에서 데꼬온 자석인줄 알고 몇 년을 그 어린것헌티 눈을 흘겼는디 시방 죽을 때가 되얏는가 미안해 죽겄네. 시방 죽어서 지옥 가는 거 아닌가 걱정시러워."

옆에 이름을 확인했다. 헌상자. 대수롭지 않게 그대로 덮으려는데 문득,

"어렸을 때 엄마가 저랑 동생의 성을 바꿨어요. 물론 저희도 동의했고요. 그리고 사 년인가? 더 살다가 돌아가셨어요. 우리 엄마요? 헌.상.자요."

그 순간 손에서 종이가 미끄러지듯 떨어졌다. 반쯤 벌어진 입을 한참 뒤에야 두 손으로 틀어막는 봉달.

마당 쪽을 향해 천천히 몸을 돌렸다. 밖에서는 시끌벅적한 웃음소리가 이어졌고, 가만히 보고 있으니 갑돌이를 품에 안으며 깔깔대고

웃는 소리의 옆얼굴이 환히 보였다. 신자가 고기 한 쌈을 싸 주자 새끼제비마냥 입을 짹짹 잘도 벌려 먹는다. 아주 오래전의 기억을 더듬어 보자면 그 아이도 그랬던 것 같다. 감자옹심이를 입안에 떠주면 얼마 없는 이로 잘 받아먹었다.

오늘따라 달이 유난히도 밝다. 술에 취한 아부지를 대신해서 자전거를 끌고 오던 어느 밤도 딱 이랬다. 박꽃같이 고운 달이 어느 초가 위에 둥실둥실 뜨던 밤. 얼큰하게 취한 아부지가 뒤따르며 백난아의 찔레꽃을 부르면, 봉달은 엄니 흉내를 내듯이 뒤돌아서서 쏘아붙이곤 했다. 봉달은 딸 같은 아들이었으니까. 엄니를 대신해서 아부지를 나무라야 했으니까. 물론 아부지 정신이 말짱할 땐 감히 상상도 못 할 일이었다. 술은 왜 그리 많이 자셨냐 -도랑에 넘어져서 몇 달째 몸져누운 고모부를 보시라- 하고 엄니가 했음직한 말들을 봉달이 대신 쏟아냈다. 아부지는 그저 허허 웃어넘기곤 했다. 술에서 깨셔도 혼내는 법이 없었다. 시동생 줄줄이 건사하고 가르쳐 장가보내놓고, 고생만 직살나게 한 엄니에게 있어 귀한 막둥이 아들 끼고 앉아 신세 한탄하는 것까지 빼앗고 나면 남는 도락이 없다는 걸 아셨는지 당신께서 유일하게 허락하신 도발이고 반동이었다. 흐트러져 힘을 잃은 맹수를 바라보듯 아부지를 향한 봉달의 어린 감정은 복잡미묘했다. 봉달같으면 줘도 안 먹을 쓰디쓴 한 잔 술에 어떤 누가 그토록 미워서 깊은 수렁으로 삼켰을까, 한 잔 술에 무학으로 자라 무학으로 기른 할아버지에 대한 원망을 언제까지 섞어 드실까, 한 잔 술에 자기만 바라보고 시집온 순박한 엄니의 청춘이 익사 되어도 모른 체 할까.

아부지를 향한 원망은 장례 날 음복주로 끝내기로 결심했지만, 물론 지켜지지는 않았다. 가만히 생각해본다. 피 한 방울 안 섞인 아이를 데려오던 날, 그 아이의 버려져 외로운 DNA로부터 동일한 염기서열을 느꼈던 것은 아닐까.

봉달은 알 수 없는 묘한 감정에 한참 그 자리에서 움직일 줄 몰랐다. 종이를 다시 고이 접어 서랍장 깊숙이 넣어 두었다. 그리고 준비된 웃음을 지으며 밖으로 나갔다. 어느새 음정 박자 무시하고 질러대는 노랫가락으로 흥이 절정에 달하고, 별것 아닌 것에도 모두들 자지러지듯 웃음이 퍼졌다. 맑고 까만 밤하늘에는 별들이 총총 흩뿌려져 빛을 발하고 있었다. 백 년 전, 이 백 년 전에도 차 진사와 네 아들, 그리고 어린 딸아이가 봤음직한 하늘이다. 일일이 그 별자리의 이름을 알 수 없었을 테지만 충분히 의미 있는 삶을 살았을 것이다. 이렇듯 세상 모든 걸 샅샅이 들춰내고 하나하나 헤아리며 살 수만은 없다. 때로는 미완으로 남겨두는 것도 있어야 한다. 그럼에도 별은 빛나니까.

<용어 소개>

대동보(大同譜) : 시조 이하의 모든 파들을 종합적으로 수록한 족보
도유사(都有司) : 종중 업무를 총괄하는 우두머리
만가보(萬家譜) : 270여 가문의 족보를 모은 종합보
문중(門中) : 같은 조상을 둔 동성동본의 집안들
보책(寶冊) : 조상들의 행적을 기록한 책
보학(譜學) : 족보에 대한 이해와 연구
본관(本貫) : 시조가 난 곳
사조(四祖) : 부, 조, 증조, 외조
선원록(璿源錄) : 왕실 족보의 하나로 시조인 이한부터 태종 자신까지의 직계만 기록
세거(世居) : 한 지역에서 대대로 삶
수단(收單) : 족보에 들어갈 내용을 적은 단자를 거두는 일
수단(修單) : 거둔 수집 자료를 계대에 맞게 정리하는 일
시조(始祖) : 가계의 가장 첫 번째 조상
양세계보(養世系譜) : 조선시대에 작성된 것으로 내시 777명의 가계를 기록한 족보
입적(入籍) : 호적에 올라 신분을 취득하는 일
족보(族譜) : 한 가문이 시조로부터 갈라져 퍼진 생물학적 족속들의 정보를 시대순으로 확인할 수 있도록 만든 기록물. 그안에 적힌 동족들의 이름과 행적, 가족관계를 알 수 있다는 점에서 사적인 기능을 하고, 사회적 신분을 증빙하고 정치적 입지를 파악한다는 점에서 공적인 기능도 있다. 사회적 부계 계통의 산물로 출발했으나 차츰 모계 계통의 기록에도 주목하는 추세다.

종친록(宗親錄) : 왕실 족보의 하나로 태조와 태종의 적자만 기록

종친회(宗親會) : 부계의 친족집단

좌향(坐向) : 묘가 앉은 방향

주협무개인(周挾無改印) : 삭제하거나 삽입하여 고친 글자가 없다는 뜻으로 중요한 서류에 찍는 도장

준호구(準戶口) : 호적대장에 의거하여 관청에서 호와 호구를 베껴서 발급한 것

중시조(中始祖) : 시조 이후 가문을 일으킨 시조

출계(出系) : 다른 집으로 양자가 되어 들어감

투탁(投託) : 돈을 들여 다른 집안의 족보에 이름을 올리는 행위

파보(派譜) : 대동보의 하위 개념으로 어느 한 파의 계보와 사적을 기록한 족보

항렬(行列) : 같은 성씨 중에서도 상하관계를 구분하기 위해 만든 서열

호구단자(戶口單子) : 호적 작성을 위해 주호가 자기 집안의 상황을 적어서 관청에 신고하던 서류로 3년 마다 조사를 할 때 제출

호적대장(戶籍臺帳) : 단자를 모아 만든 책자

호적중초(戶籍中草) : 각 집에서 제출한 호구단자를 검토, 취합하여 마을 단위로 작성한 것

휘(諱) : 돌아가신 분의 생전의 이름